*Hans Ernst* · Die Leute vom Marienmoor

HANS ERNST

# Die Leute vom Marienmoor

ROMAN

rosenheimer

5. Auflage 1997
Printed in Austria

Druck und Bindung: Wiener Verlag, Himberg
Schutzumschlagfoto: Michael Wolf, München
ISBN 3-475-52106-7

Über dem Rafensee lag das Lichtgezitter der untergehenden Sonne. Dieses frohe Farbenspiel zog sich am Südufer über das weitgestreckte Moor hin und ließ die vielen Tümpel in einem grüngoldenen Licht aufschimmern. Dem aufwärtsstrebenden Bergwald schenkte das Wunder des sinkenden Abends ein feines, rosarotes Flimmern über die Wipfel hin. Die jäh aufsteigenden Bergspitzen der Rafenergruppe waren noch von einem flammenden Licht umhüllt, das dann langsam purpurn wurde.

Das war die Zeit, in der in den schmalen Gassen des Städtchens Rafenstein schon die Dämmerung wogte. Nur um die beiden Türme der Sankt-Bonifaz-Kirche schimmerte noch etwas Licht von diesem zur Neige gehenden Vorfrühlingstag. Hinter dem Kirchbergl erhob sich der Schloßbau des Barons von Schorer, halb wehrhafte Burg, halb idyllischer Landsitz, mit weitausgedehnten Ökonomiegebäuden.

Das Städtchen Rafenstein am See war schon sehr alt und hatte kurz vor dem Krieg seine 800-Jahr-Feier halten können. Der Stadtplatz hatte noch grobes Kopfsteinpflaster, die Häuser waren mit alten Fresken geziert, und der Brunnen inmitten des Platzes spie aus vier Drachenmäulern das Wasser in ein rundes Becken, das einen Durchmesser von acht Metern hatte. Während des Dreißigjährigen Krieges war Rafenstein von den Schweden gebrandschatzt worden. Aber kein einziger Bewohner war dabei ums Leben gekommen, weil sie über den See ins Moor hineingeflüchtet waren. Ein Nebel, dick wie Milchsuppe, hatte sie drei Tage lang für die Schweden unsichtbar gemacht. Sie waren schließlich wieder abgezogen, ohne daß ein Tropfen Blut geflossen war. Zum Dank für diese wundersame Errettung hatten die Bürger am Rand des Moores, etwa zehn Meter vom Seeufer entfernt, eine Kapelle zu Ehren der Mutter Gottes erbaut. Heute war sie längst verfallen, und keine Spur deutete mehr darauf hin, daß vor hundert Jahren noch gläubige Menschen über den See gerudert und zur „Maria im Moor“ wallfahrten gegangen waren. Das Moor war ausgestochen, den Torf hatten die Rafensteiner im Laufe der Jahrhunderte verheizt, das Moor war für niemanden mehr von Interesse.

An diesem Vorfrühlingsabend, der mit der Dunkelheit seinen Wind stärker und kälter über den Marktplatz pfeifen ließ, trafen sich nach einer Sitzung die Stadträte im Bräustüberl der Lammbrauerei hinter dem nördlichen Torbogen in der Brunnergasse.

Diese Zusammenkunft bei dünnem Bier und einem Schwarzmarktessen war eigentlich nur eine Fortsetzung der Sitzung im Rathaus, die um fünf Uhr begonnen und sich bis halb acht Uhr hingezogen hatte.

Die Tagesordnung hatte nur einen einzigen Punkt aufzuweisen gehabt. Einen einzigen Punkt für zweieinhalb Stunden. Voraussichtlich würde dieser eine Punkt auch hier im Bräustüberl noch zu keinem Abschluß kommen und noch viele Tage darüber debattiert werden, nicht nur von den Stadträten allein, sondern von allen Menschen des Städtchens am See, denn es ging um nichts Geringeres, als daß das Moor da drüben besiedelt werden sollte.

Die Stadtväter von Rafenstein hatten zwar über kein Für und Wider zu entscheiden, denn die Besiedlung war ein Regierungsbeschluß, und daran war nichts mehr zu rütteln. Sie sollten dazu nur Stellung nehmen und darlegen, wieweit die Gemeinde sich finanziell beteiligen könne.

Gar nicht, natürlich. Das stand so ziemlich bei allen fest. Was ging sie das Moor an. Sie hatten ihren Nutzen davon gehabt. Was sollten sie jetzt noch Geld hineinstecken, noch dazu für wildfremde Menschen, für irgendein Zigeunergesindel vielleicht, das man nach dem Krieg aus dem Banat vertrieben hatte.

An der Stadtratssitzung hatte auch ein Regierungsvertreter teilgenommen, Regierungsrat Bogner von der Abteilung Moorkultur, der den Rafensteinern die Sache ein wenig schmackhaft machen sollte. Aber er redete nur tauben Ohren und hatte dann nichts dagegen, als die Rede davon gewesen war, man könne die Besprechung im Bräustüberl weniger amtlich fortsetzen. Den Vorschlag machte der Schrotthändler Rabitz, der ums Tagesgrauen gesehen hatte, daß ein Öchslein durch den nördlichen Torbogen in die

Brunnergasse getrieben worden war. Er hatte eine feine Witterung für gewisse Sachen, und weil seine Lagerarbeiter am Mittag im Lammbräu unter anderem auch eine Ochsenschwanzsuppe bekommen hatten, machte er sich seinen Reim darauf, daß man auch am Abend in geschlossener Gesellschaft und hinter verschlossenen Türen etwas von dem verschwundenen Öchslein abbekommen könnte.

Und er täuschte sich nicht. Die Kellnerin sagte, daß es einen Lendenbraten gäbe. Einen Lendenbraten ohne Marken in der notvollen Zeit Anfang 1948. So saßen also die zwölf um den großen runden Tisch am Kachelofen, spielten mit dem Besteck und freuten sich auf den bevorstehenden Genuß. Eigentlich waren es dreizehn, aber der Obersekretär Rambold lehnte den Lendenbraten ab, denn es sei ihm nicht bekannt, daß ein Schlachtschein vorgelegen hätte. Er war mager und hatte Hunger. Aber er war Beamter und konnte mit seinem Gewissen nicht vereinbaren, was nach einer schiefen Handlung aussehen mochte.

„Ja, ja", sagte der Bürgermeister Stephan, nachdem er eine Weile gewartet hatte, „wie ich es mir auch auslegen mag, ich sehe nichts Gutes über unser liebes Rafenstein hereinbrechen." Er hatte das große Kaufhaus am unteren Marktplatz. „Die Leute kommen ja mit nichts."

„Doch nicht ganz mit nichts", antwortete ihm Regierungsrat Bogner. „Meines Wissens führen die Siedler immerhin neben ihrem spärlichen Hausrat zwölf Pferde, acht Kühe, sechs Schweine und etwa dreißig Schafe mit sich. Notfalls können sie sich ein Jahr damit über Wasser halten. Ja, ich weiß, Sie werden mir entgegenhalten, was ist das für fünfzig Menschen. Ich habe aber gesagt: notfalls, und im nächsten Jahr könnte bereits das Moor einiges abwerfen. Nach den Berechnungen des Moorwirtschaftsamtes könnten im nächsten Jahr bereits dreißig Tagwerk unter dem Pflug sein."

Baron von Schorer lächelte skeptisch. Er war Landwirt und außerdem Jagdpächter und hatte im Vorjahr erst Fasanen im Moor angesetzt. Schon aus diesem Grund war er ein scharfer Gegner des Siedlungswerkes.

„Das wäre Hexerei", sagte er. „Und hexen wird auch der Stiftenkopf nicht können."

Mit dem „Stiftenkopf“ war der eisengraue Melchior Graf gemeint, der Führer der Siedler, der vor etwa drei Wochen im Rathaus zu Rafenstein aufgetaucht war und seine Gedanken mit leidenschaftlicher Kraft vorgetragen hatte. Und gerade deshalb, weil er alles mit so leidenschaftlichem Schwung gefordert hatte, setzten sie alle sofort die Mauer der Abwehr gegen ihn. Wäre er als Bittender gekommen, es hätte ihm der eine oder der andere vielleicht sein Herz ein wenig aufgetan. Aber dieser knorrige, hünenhafte Mensch hatte wohl nie in seinem Leben um etwas gebeten. In diesem Kreis hatte er nur den Regierungsrat Bogner hinter sich. Aber Bogner war leider weit vom Schuß, saß in der Hauptstadt des Landes im Moorkulturamt, und seine schriftlichen Anordnungen wurden im Rafensteiner Rathaus wenn auch nicht gerade sabotiert, so aber doch recht lax behandelt.

„Zunächst wird die Gemeinde überhaupt mit nichts belastet werden“, nahm jetzt Bogner wieder das Wort. „Das Moor ist Staatsgrund. Ebenso die Baracken, in denen die Siedler vorerst Unterkunft finden werden. Ich habe sie heute nachmittag besichtigt, sie sind noch in einem halbwegs guten Zustand. Einen Grund zu einer solch feindseligen Ablehnung kann ich absolut nicht erkennen.“

„Warten wir's ab“, sagte der Schrotthändler Rabitz und schielte nach der Tür hin, die in diesem Augenblick geöffnet wurde. Die Bedienung brachte die ersten Portionen Lendenbraten herein und zog den herrlichen Bratenduft aus der Küche hinter sich her. Der Obersekretär Rambold bekam einen ganz schmalen Mund, und als dann alle aßen, saß er steil aufgerichtet da, kaute an einer trockenen Semmel, starrte gegen die Wand und dachte gewaltsam an etwas anderes, nur um dieses genießerische Schmatzen und Kauen nicht hören zu müssen.

In diesem Augenblick betrat Frau Konstanze Beerlich, die Lammbräuin, den kleinen Raum. Frau Konstanzes Alter war schwer zu schätzen. Sie war nahe der Fünfzig, aber man hielt sie für höchstens vierzig. Sie sah sofort, daß der Herr Obersekretär Rambold vor einem leeren Teller saß. Sie wandte den Kopf der Bedienung zu.

„Mir scheint, es ist hier jemand übersehen worden. Im übrigen, Mahlzeit, meine Herren!"

Der Herr Obersekretär war keineswegs übersehen worden, und er war Manns genug, dies zu begründen und auch zu erklären, weshalb er von diesem Essen Abstand nehmen müsse, denn seines Wissens sei um keine Schlachtgenehmigung nachgesucht worden. Oder könne die Frau Beerlich vielleicht einen Schlachtschein vorweisen?

Nein, das konnte sie nicht, und es war auch nicht nötig. Ihre großen Augen hingen eine Weile voller Mitleid auf dem schmalen Gesicht des Herrn Rambold. Dann schob sich eine kleine Falte zwischen ihre Brauen.

„Sie sind ein Kindskopf, wenn Sie sich weigern zu essen, was ich in aller Ehrlichkeit zu geben habe, der Ochse ist ein ganz ehrlicher Ochse gewesen und hat nach dem amtsärztlichen Attest wegen Blähsucht sterben müssen. Also ist er nur halbwertig, und außerdem hatte er nur acht Zentner. Und nun essen Sie."

Seine Beamtenseele wand sich zwar noch ein wenig in ziehendem Mißtrauen, aber als dann das Fleisch vor ihm stand, duftend und in der Mitte noch ein ganz klein wenig rötlich schimmernd, lief ihm doch das Wasser im Mund zusammen, und er neigte sich mit einem glücklichen Lächeln darüber.

Frau Konstanze aber saß an die warmen Kacheln des Ofens gelehnt und hörte, was alles über die Menschen geredet wurde, die sich im Moor ansiedeln wollten. Man nahm kein Blatt vor den Mund und redete sich allen Ärger unbekümmert und recht leichtfertig von der Seele. Sie hörte von einem lichtscheuen Gesindel reden, von einem fahrenden Volk, das sich zigeunermäßig umhertreibe und sich nun im Moor vergraben wolle.

Frau Konstanze wußte es zwar ein wenig anders, denn der Regierungsrat Bogner wohnte immer im Lammbräu, wenn er hierher kam. Und wenn einer, wie jetzt zum Beispiel der Elektromeister Weinberger, so heftig aufbegehrte, daß man es dem Zigeunerpack eben recht schwer machen müsse, so daß sie gerne von selber wieder abzögen, dann krümmte sich ihr Mund in heimlicher Verachtung, denn sie wußte von Herrn Bogner, daß die Leute trotz allem bleiben würden. Sie wußte auch, daß der Elektromeister nicht aus eigener Überzeugung sprach, sondern nur das zum Ausdruck brachte, was ihm und anderen der Herr Baron von Schorer einpaukte. Sie waren sein Sprachrohr. Er selbst äußerte sich kaum oder warf nur hin und wieder eine scharfe Bemerkung in die Debatte. Sonst saß er steif an die Vertäfelung aus Lärchenholz gelehnt, rauchte hastig die selbstgedrehten Zigaretten und suchte zuweilen Frau Konstanzes Blick. Dann war es, als verdunkle sich das Blau in ihren Augen, und ihr Mund kräuselte sich wie im Spott.

Um zehn Uhr brachen die Herren auf. Frau Konstanze stand neben der Tür und reichte jedem die Hand. Sie hatte einen kräftigen Händedruck, nur als der Baron als letzter vor ihr stand, war ihr Händedruck schlaff und ohne Kraft. Ihr Blick glitt an dem seinen vorbei, aber als sich die Tür hinter ihm geschlossen hatte, atmete sie tief auf.

Später, als sie ihren Rundgang durch den weiten Bräuhof gemacht hatte, blieb sie noch eine Weile unter dem Torbogen stehen, von wo aus man bei Tag weit über den See ins Moor hinübersehen konnte.

Um dieses Moor gab es unzählige Geschichten, von verhexten Baumstümpfen, von irrlichternden Seelen oder von Maria im Moor, die in den Rauhreifnächten in einem himmelblauen Mantel über die weite Fläche hinschweben sollte. Das Volk lebte von diesen geheimnisvollen Geschichten; der Ruf eines Nachtvogels von dort drüben hatte eine ganz andere Deutung, als wenn der gleiche Vogel im Schloßgarten rief.

Das Moor wußte von all dem nichts, was man ihm zuschrieb. In schweigender Schönheit lag es auf der anderen Seite des Sees und wußte um vieles, das den Menschen nie offenbar wurde.

Nur das Moor allein wußte zum Beispiel auch um die Liebe der jungen Konstanze Beerlich zu dem Freiherrn Ulrich von Schorer. Es hatte um die flammengleichen Stunden der beiden gewußt und um die Enttäuschung, die daraus für Konstanze entstanden war.

Das aber lag schon dreißig Jahre zurück.

So also zog es sich dahin, wenn einen die Not mit schwerer Hand berührt hatte. Es zog sich leicht dahin, aber was da unter den knarrenden Rädern der Bagagewagen mitzog, war nicht leicht, sondern schwer und traurig wie die Herzen der Menschen, die diesen Zug ins Moor mitmachten.

Einmal, vor zweihundert Jahren, hatten ihre Ahnen diesen Zug nach Südosten getan, mit zukunftsfreudigen Herzen. Eine Kaiserin hatte sie in das Banat gerufen, hatte ihnen Land geboten, eine Insel inmitten fremder Völker. Und sie hatten eine Mustersiedlung da unten aufgebaut, das Land urbar gemacht und sich in ihrem Volkstum rein erhalten über die Jahrhunderte hinweg.

Jetzt zogen die Enkel und Urenkel zurück. Der Krieg war verloren. Sie wurden des Landes verwiesen, mußten aufbrechen und wandern. In die alte Heimat zurück, die sie nicht haben wollte, und die ihnen nichts zu bieten hatte als ein weites, unkultiviertes Moor. Und doch wanderten sie unbeirrbar im Glauben an eine bessere Zukunft.

Es waren im ganzen zehn Wagen, hochbeladen und mit Zeltplanen verschnürt. Die Pferde waren mager und langhaarig. Sie hatten viele Monate in Regen und Wind, in Schnee und Kälte verbringen müssen.

Im ersten Gespann, das von zwei Goldfüchsen gezogen wurde, saß ein großer, hagerer Mann mit gefurchten Zügen. Melchior Graf, der Sippenvater, durch dessen Hände alles ging, und dessen Mund für alle sprach, wenn es zu sprechen galt. Manchmal richtete er sich vom Sitzbock auf und sah über die Plane hinweg zu den anderen Gespannen zurück. Sie folgten jedes in einem Abstand von drei Metern. Für all diese Menschen, die da hinter ihm herzogen, hatte er die Verantwortung. Er hatte sich ihnen nicht aufgedrängt, sie hatten ihn einstimmig zu ihrem Führer gewählt. Das Schicksal hatte ihn in diese Rolle hineingeschoben, und weil Melchior Graf in seinem bald sechzigjährigen Leben nie Halbheiten gekannt hatte, war er auch von der Aufgabe, diesen ihm vertrauenden Menschen eine neue Heimat zu schaffen, tief durchdrungen.

Neben ihm saß seine zwanzigjährige Tochter Jutta. Sie hatte die Zügel lässig in der Hand und sah mit schmalgeklemmten Augen in das Schneetreiben, das gerade wieder einmal eingesetzt hatte. Sie war groß und schlank. Das kastanienbraune Haar fiel ihr in Lokken bis zu den Schultern nieder. Manchmal huschte es wie ein scheues Blühen über ihr schönes Gesicht, dem kein Leid und keine Entbehrung einen harten Zug hatten einmeißeln können. Jutta Graf hatte das schwere Schicksal der Vertreibung als etwas Unabänderliches hingenommen, und in ihrem Herzen war ein starker Glaube an die Zukunft.

Hinter den beiden, schon von der Plane verdeckt, saß ihre um zwei Jahre jüngere Schwester Roswitha mit dem dreijährigen Adrian, dem Enkel des Melchior Graf, ein Sohn des Gottfried Graf, der am Kubanbrückenkopf geblieben war. Seine Mutter war aus Gram darüber im vergangenen Jahr gestorben. Adrian war ein aufgewecktes Bürscherl mit einem Kopf voll goldener Ringellokken. Das Schwere, das schon in sein junges Leben gekommen war, begriff er noch nicht, hatte er doch diesen herrlichen Großvater und Jutta, die ihm die Mutter ersetzte. Für ihn war es so schön, dieses Wandern über die fremden Landstraßen. Immer gab es etwas Neues zu sehen, einen Vogel, der über den Weg flog, blinkende Sternlichter am späten Abendhimmel, das Wiegen der Baumwipfel im herbstlichen Wind, das scheue Aufblühen der Natur in diesen ersten Frühlingstagen. Seine Welt war gerundet und voll stiller Heiterkeit. Mit zärtlicher Liebe hing er auch an seiner Tante Roswitha. Er schmiegte sich in den kalten Nächten eng an sie, und sie schenkte ihm Wärme von ihrem Körper.

Ach ja, Roswitha war wohl selber oft noch ein Kind, das sich von wunderlichen Träumen bewegen ließ. Im Gegensatz zu ihrer Schwester Jutta war sie hellblond und sehr zierlich. Zu ihrem Leidwesen hatte sie einen kleinen Gehfehler, die Folge einer Hüftgelenkentzündung. Sie hinkte mit dem linken Bein, ihr Fuß berührte nur mit den Zehen den Boden und sie kippte beim Gehen immer ein wenig nach links. In Gegenwart Fremder fühlte sie sich daher unsicher und bemühte sich dann, das Schreiten eines gesunden Menschen vorzutäuschen.

Sie litt unter der Austreibung viel schwerer, als sie es sich anmerken ließ, und bei allem geduldigen Hoffen auf eine bessere Zukunft verging sie doch in namenloser Sehnsucht nach der verlorenen Heimat zwischen Donau und Theiß.

Mit hängenden Köpfen zogen die Pferde dahin. Der hochbepackte Wagen rumpelte heftig auf der Straße mit den vielen Schlaglöchern. Um einen besseren Halt finden zu können, hatte Roswitha den einen Arm um das mächtige Kruzifix geschlungen, das zwischen Möbeln eingekeilt war. Dieses fast mannsgroße Kruzifix war ein Familienerbstück der Grafsippe. Der Urgroßvater des Melchior Graf hatte es geschnitzt, und es war, so lange die Siedler zurückdenken konnten, immer an der weißen Hofwand des Bauerngutes im Banat gehangen. Es war aus Lindenholz, und die Sonne vieler Sommer hatte das Antlitz des Herrn braungebrannt.

Unter der Plane hervor kam jetzt Adrians silberhelle Stimme.

„Werden auch wirklich die Glocken läuten, Roswitha, wenn wir im Moor einziehen?"

„Sie werden läuten", antwortete Roswitha ein wenig verlegen. Sie bereute es längst, daß sie dem Knaben dieses Märchen von den Glocken im Moor erzählt hatte. Und sie flehte inbrünstig, daß ein Wunder geschehe, denn es gab wohl keine schlimmere Sünde, als kindliches Vertrauen zu mißbrauchen. So fügte sie einschränkend hinzu: „Wenn sie vielleicht auch heute nicht läuten, aber einmal werden sie doch läuten."

Jutta stupste ihren Vater leicht an.

„Sie träumt zuviel, unsere Roswitha. Ist es noch weit?"

Melchior Graf zog seine Uhr, die er an einer geflochtenen Kette aus Frauenhaar trug, aus dem dunklen Haar seiner verstorbenen Frau.

„Eine kleine Stunde noch", antwortete er.

„Wie wird es sein, Vater, wie wird das Moor uns aufnehmen?"

„Das Moor wird uns so aufnehmen, wie wir ihm begegnen. Vielleicht erwartet sich mancher von unseren Leuten ein gelobtes Land, ein Paradies. Doch das Moor ist kein Paradies, es ist aber auch keine Hölle. Es wird alle unsere Kraft erfordern. Es wird uns vielleicht gar nicht so willfährig sein und sich wehren. Aber es wird alles gut werden. Wir dürfen nur den Glauben daran nicht verlieren. Gott schließt keine Tür, ohne nicht eine andere zu öffnen."

Ein Jungwald nahm sie jetzt auf. Vom letzten Schneegestöber

waren die Zweige der Tannen noch wie mit Zucker übersät. Es sah fast weihnachtlich aus.

Melchior Graf hatte sich nicht getäuscht. Nach einer knappen Stunde lichtete sich der Wald. Junge Birken zeigten ihr erstes, helles Grün. Weithin dehnte sich das Moor. Man konnte es mit einem Blick gar nicht aussehen. Fern im Westen begrenzte es ein feiner Nebel. Links dehnte es sich bis zum aufsteigenden Bergwald hin. In blauen Abendschatten erhoben sich fast drohend die Wände des Rafengebirges. Kerzengerade, wie ein warnend erhobener Finger, stach die Florianspitze aus all den Kuppen und Zacken empor.

Rechter Hand aber weitete sich der See. Friedlich lag drüben am anderen Ufer das Städtchen Rafenstein, schon halb von der Dämmerung verschlungen. Nur der Kamin der Lammbrauerei und die Türme der Sankt-Bonifaz-Kirche waren noch von einem letzten Licht beglänzt. Ein einsames Boot schwamm auf dem See, und von irgendwoher hörte man den Pfiff einer Lokomotive.

Die Gespanne bogen jetzt scharf nach links ein, wo hinter älteren Birken, fast versteckt, sechs langgestreckte Baracken lagen.

Gespann um Gespann zog jetzt in das große Geviert vor den Baracken. Die Menschen waren abgestiegen und versammelten sich um Melchior Graf. Das Kinn vorgestreckt, stand er hochaufgerichtet da. Seine Finger griffen wieder nach der Uhrkette. Das tat er immer, wenn ihn etwas stark bewegte.

Kein Ruf des Staunens wurde laut. Wie ein Schweigebann hatte es sich über alle gelegt. Nur einmal schrie das Neugeborene der Familie Kronberger auf. Langsam wandte Melchior Graf das Gesicht und sah die Menschen um sich herum an, einen nach dem anderen. Er wußte nicht, ob die Freude, nun wieder eine Heimat zu haben, sie so stumm machte oder ob sie enttäuscht waren.

In diesem Augenblick geschah etwas. In Rafenstein drüben fingen die Glocken zu läuten an. Mit klingendem Halleluja kamen die Klänge über den See herüber und verloren sich in der unendlichen Weite des Moores.

Roswithas Gesicht wurde ganz hell vor Ergriffenheit. Sie neigte sich tief zu Adrian nieder und drückte ihn an sich.

„Nun grüßen dich die Glocken, du kleiner Bub . . .“

Und alle in dieser Flüchtlingsschar, die noch kindlichen Herzens waren, wollten glauben, daß ihnen zu Ehren die Glocken geläutet würden. Wie aber hätte der Mesner von Rafenstein wissen sollen, daß das „Zigeunerpack“ bereits angekommen war. Er läutete die Glocken, weil es Abend war.

Melchior Graf brach das Schweigen. Er deutete auf die Barakken. Sie waren nicht gerade einladend, aber es war ein Dach über dem Kopf. In den letzten Kriegsjahren waren hier ausländische Arbeitskräfte untergebracht. Sie hatten Granatenhülsen gedreht und im Moor arbeiten müssen.

„Nun wollen wir mit Gott anfangen“, sagte Melchior Graf, verteilte die Familien auf die Baracken und bestimmte die letzte für das Vieh. Es war bloß für die erste Nacht, morgen sollte alles seine endgültige Ordnung erhalten.

Als sie das dürftige Mobiliar in die Hütten schleppten, begann es wieder leicht zu schneien. Roswitha und Jutta trugen den Herrgott aus Lindenholz in die erste Baracke und stellten ihn im Gang nieder. Auch er sollte erst morgen seinen endgültigen Platz erhalten.

Eine Stunde später saßen alle Männer um den einzigen großen Tisch, auf dem in einem Flaschenhals eine Kerze brannte, die die Tischrunde gerade auszuleuchten vermochte. Im Hintergrund hantierte Jutta am Ofen, Roswitha und Adrian saßen auf der schmalen Bettkante und hielten sich umschlungen, denn es war noch kalt in der Baracke I, die als Wohnstätte für die Familie Graf gewählt worden war.

Die Köpfe der Männer lagen schwer in den rauhen Flächen der aufgestützten Hände. Sie starrten wie gebannt auf die ausgebreitete Planskizze nieder, auf der Melchior Grafs ausgestreckter Zeigefinger die Linien nachfuhr.

„Hier werden wir anfangen“, sagte er und schob die Stirn mit dem eisgrauen Haar darüber, das hochgebürstet war zum Stiftenkopf, in Falten.

Einer fluchte, es war der Röder, der meinte, daß es wohl ein verdammt schweres Anfangen sein werde.

„Jeder Anfang ist schwer“, belehrte ihn Melchior Graf. „Aber wir wollen ja nicht mit einem Fluch anfangen, sondern im Namen des Herrn. Oder ist jemand anderer Meinung?"

Die Frage erhielt nur schweigende Antwort, indem die Köpfe um den Tisch herum zustimmend nickten. Das Kerzenlicht machte dieses zustimmende Nicken noch nachdrücklicher. Melchior Graf merkte wohl, daß die Männer hier enttäuscht waren. Aber er sagte nichts, sagte auch davon nichts, daß gerade er am schwersten enttäuscht war. In ihm loderte ein grimmiger Zorn, ohne daß er es sich anmerken ließ.

Langsam faltete er die Karte zusammen. Es hatte wohl wenig Sinn, in den Abend hinein noch große Beschlüsse zu fassen. Morgen wollte man dann gemeinsam das Moor ausgehen. Erst wenn sie einmal alles gesehen hatten, konnten sie urteilen, ob es sich lohne, hier ein neues Leben zu beginnen. Es waren ja nicht alle so durchdrungen wie Melchior Graf, in dem es wie eine Flamme loderte. In ihm hatte sich das Siedlerblut am stärksten erhalten. In ihm war alle Kraft angesammelt, die die anderen mitreißen sollte.

Erst als die Männer gegangen waren, ließ Melchior Graf sich schwer auf die Bank niederfallen, stützte den Kopf in die Fäuste und starrte vor sich hin. Dann sprang er wieder auf, durchmaß mit weiten Schritten den Raum und mußte sich bei dem Querbalken jedesmal bücken, um nicht anzustoßen. Dann platzte er plötzlich heraus:

„So eine Gemeinheit! Aber denen werde ich es zeigen."

Jutta zog den Topf mit Milch von der Herdplatte. Dann wandte sie das Gesicht über die Schulter. „Was hast du, Vater?"

„Was ich habe?" Er lachte grimmig auf. „Als ich vor drei Wochen hier war, habe ich es noch anders gesehen. Da war noch elektrisches Licht in den Baracken. Da waren noch Öfen vorhanden und Bettstellen. In der Zwischenzeit ist hier geplündert worden, was nicht niet- und nagelfest war. Wäre der Ofen hier nicht aus Kacheln, hätten sie den wohl auch noch abgetragen. Aber so war es nicht ausgemacht. Ich werde morgen in dieses Nest hinübergehen und ihnen meinen Standpunkt klarlegen."

„Ja, morgen, Vater", beschwichtigte ihn Jutta. „Jetzt aber kommt, Roswitha, Adrian — kommt, wir wollen essen."

Es gab Milch und trockenes Brot. Aber es schmeckte vorzüglich.

Der Ofen begann den Raum zu erwärmen. Die Kerzen brannten mit steiler, ruhiger Flamme. Und draußen sang der Wind sein Lied, strich um die braunen Barackenwände und sang sich selbst ein, mit einem Heimatlied, während die meisten Siedler sich schon auf den blanken Bretterboden zum Schlaf ausgestreckt hatten.

Am nächsten Morgen sah sich alles ein wenig anders an. Der Wind hatte in der Nacht die Wolken vertrieben. Ein glasklarer Himmel spannte sich über dem Moor, aus dem sich die Bodennebel hoben und langsam in Nichts zerflatterten. Es roch nach Feuchtigkeit und Moder, aber der Anblick der jungen Birken war schon frühlingshaft, und der Ruf der Kiebitze klang vertraut aus den verborgenen Nestern.

Das Moor, gestern noch in grenzenloser Einsamkeit eingefangen, war auf einmal voller Leben. Kinder tummelten sich vor den Baracken und fanden es herrlich, daß inmitten des Gevierts ein helles Feuer brannte, über dem die Mütter die Morgensuppe kochten. Aus der Baracke VI kam das wohlige Brummen des Viehs. Die Pferde standen im Freien und wurden gestriegelt. Am Pumpbrunnen stand ein Bursche und pumpte ununterbrochen, es wurde viel Wasser gebraucht in dieser Morgenstunde für Menschen und Vieh. Manchmal hob er den Kopf und sah zur Baracke I hinüber. Endlich sahen seine Augen, was sie erwarteten. Jutta war mit einem Eimer herausgetreten und kam zum Brunnen. Er pumpte ihr den Eimer voll, dann sah er sie mit leuchtenden Augen an.

„Danke", sagte Jutta und wollte wieder gehen.

Da griff er blitzschnell nach ihrem Arm. „Jutta, ich muß mit dir reden."

Ganz ruhig sah sie ihn an. „Ich habe doch jetzt keine Zeit, Rochus."

„Aber am Abend, Jutta. Wenn es dunkel geworden ist, warte ich dort drüben bei den drei Birken auf dich. Wir haben seit acht Tagen kaum mehr ein vernünftiges Wort miteinander reden können."

Ihre Brauen steilten sich ein wenig empor. „Wirst du denn heute abend vernünftig reden können?"

Sein Griff um ihren Arm wurde fester, sein Blick zwingender.

„Jutta, du weißt ganz genau — ich bin nur deinetwegen mitgekommen."

„Ja, aber ich habe dich nicht überredet dazu."

In diesem Augenblick trat Melchior Graf, feiertäglich gekleidet, aus seiner Baracke. Jutta machte sich rasch los und ging zurück.

„Gehst du jetzt, Vater?"

Melchior griff an seine Brusttasche, ob er die Papiere dabei habe.

„Ja, ich gehe jetzt nach Rafenstein hinüber. Der Prophet will nicht zum Berg kommen, also geht der Berg zum Propheten." Ein dünnes Lächeln zuckte dabei um seinen Mund und seine Hand griff nach der Uhrkette.

„Wann wirst du zurück sein, Vater?"

„Ich weiß nicht. Über den See kann ich in Ermangelung eines Bootes nicht fahren. Also muß ich herumgehen. Es ist ein weiter Weg. Bis zum Abend bin ich auf alle Fälle wieder zurück."

Es war nicht nur ein weiter, sondern auch ein dornenvoller Weg, den Melchior Graf zu gehen hatte. Zwei Stunden Fußmarsch waren es um den See herum, was sich mit einem Kahn in zwanzig Minuten hätte machen lassen. Es schlug die zehnte Vormittagsstunde, als Melchior Graf sich auf dem Eisengitter vor dem Rathaus den Schmutz von den Schuhen abstreifte. In der Kanzlei zu ebener Erde erfuhr er, daß der Herr Bürgermeister mit einigen Herren im Sitzungssaal bei einer wichtigen Besprechung sei, wegen der „Zigeuner", die gestern abend ins Moor gezogen seien.

Melchior Graf merkte, daß er rot anlief vor Zorn. Für Zigeuner wurden sie also gehalten. Sein Kinn schob sich trotzig vor, und seine Finger suchten aufgeregt die Uhrkette. Das beruhigte ihn wieder.

Um zum Sitzungssaal zu gelangen, mußte er durch ein kleines Vorzimmer, in dem ein junges Mädchen mit einem Dornröschengesicht saß. Sie hatte offenbar nicht recht viel zu tun, weil sie gerade ihre Fingernägel polierte. Unwillig hob sie die langen Wimpern und fragte schläfrig, was man wünsche. Jawohl, sie fragte nicht, was der Herr wünsche, sondern „Was wünscht man?"

Der Riese aus dem Banat räusperte sich. „Ich wünsche den Herrn Bürgermeister zu sprechen."

„Ausgeschlossen. Kommen Sie morgen wieder."

„Und wenn der Herr Bürgermeister morgen wieder eine Sitzung hat?"

„Dann kommen Sie eben übermorgen. Oder nein, übermorgen ist Samstag, da haben wir geschlossen. Also am Montag."

Da wurde Melchior Graf ganz ruhig und schenkte dem Mädchen ein ganz gütiges, väterliches Lächeln. „Sie unschuldsvoller Engel von Rafenstein. Als ob ich meine Zeit gestohlen hätte und so lange warten könnte. Ich weiß, worüber da drinnen beraten wird. Und solchen Sitzungen pflege ich sehr gerne beizuwohnen."

Das Dornröschengesicht wollte diesem ungeschlachten Bauernmenschen den Eintritt ins Allerheiligste verwehren. Er aber schob sie sanft zur Seite und betrat den Sitzungssaal.

Um den runden Tisch saßen auf mooszarten Plüschsesseln der Herr Bürgermeister Stephan, der Regierungsrat Bogner, der Obersekretär Rambold vom Landratsamt und der Schrotthändler Rabitz, der sich als Stadtrat keine Gelegenheit auskommen ließ, wo er ein Geschäft witterte.

Das gutgepolsterte Gesicht des Herrn Bürgermeisters rötete sich vor Zorn. Das ungebetene Eindringen des Fremden war aufreizend, die Voraussetzung zu einem herrlichen Zornausbruch war gegeben, und schon hob sich seine Hand gebieterisch ausgestreckt zur Tür.

„Hinaus!" wollte er schreien, aber da kam ihm der Regierungsrat zuvor, der plötzlich aufstand und Melchior Graf mit einem gewinnenden Lächeln die Hand hinstreckte.

„Aber das trifft sich ja ausgezeichnet. Grüß Sie Gott! Wir verhandelten gerade über Sie."

„Ja, ich weiß, über die Zigeuner vom Moor."

Wieder lief das Gesicht des Bürgermeisters rot an. Diesmal nicht aus Zorn, sondern aus Beschämung, weil er nicht ganz unschuldig daran war, daß man die Siedler als Zigeuner bezeichnete. Aber dann übermannte ihn gleich wieder der Unwille, daß dieser Melchior Graf nicht völlig klein zu sein schien vor Ehrfurcht und vor der Macht, die er, der Herr Kaufmann Rudolf Stephan, als Bürgermeister zu verkörpern hatte. Da es aber nun doch so schien, daß man sich mit seiner Anwesenheit abfinden mußte, war es besser, man machte gute Miene zum bösen Spiel. Er überwand sich und zwang sich zu einem etwas höflicheren Ton.

„Ich habe gehört, daß Sie gestern angekommen sind. Da noch einige Unklarheiten zu regeln sind, habe ich diese Sitzung anberaumt. Darf ich nun fragen, was Sie so unvermittelt zu uns führt?"

Melchior Graf hatte seinen Hut in der Hand, die Beine ein wenig gespreizt stand er da, nicht mit der leisesten Regung einer Ehrfurcht im Herzen.

„Darf ich zunächst fragen, ob ich mich niedersetzen darf?"

„Oh, Entschuldigung", sagte Herr Rambold, stand eilfertig auf und holte einen Stuhl herbei.

„Danke", sagte Melchior Graf, legte den Hut neben sich auf den sauber gebohnerten Parkettboden und verschränkte die Hände ineinander.

„Daß sich niemand zur Einweisung eingefunden hat, gestern, deswegen kann ich niemandem einen Vorwurf machen", begann er. „Das war meine Schuld, weil ich ursprünglich noch einen Rasttag einlegen wollte. Dann aber sind wir doch durchgefahren und kamen um einen Tag früher an, als es ausgemacht war." Er fuhr sich mit der Hand über den Stiftenkopf und lächelte flüchtig. „Zwar habe ich ja nicht erwartet, daß man uns gleich mit der Stadtkapelle empfängt. Immerhin haben zufällig die Abendglocken geläutet, als wir ins Moor einzogen. Und das nehme ich als gutes Omen. Sie sagten vorhin, Herr Bürgermeister, daß es noch einige Unklarheiten zu regeln gälte. Ich weiß nicht, welcher Art die wären. Meinerseits ist alles bestens geordnet. Ich habe den Vertrag mit der Regierung unterschrieben und werde mich streng daran halten. Mit der Gemeinde Rafenstein als solcher habe ich eigentlich nichts zu tun."

„Warum kreuzen Sie dann so ungebeten hier auf?", unterbrach ihn der Schrotthändler Rabitz mit seiner krächzenden Stimme. „Woher nehmen Sie eigentlich das Recht, in eine Sitzung einzubrechen?"

Melchior Graf hob seine hellen Augen und schaute den aufgeregten Mann ganz ruhig an. Dann sagte er in die Stille hinein: „Mit dem Recht des Bestohlenen."

„Bitte, mit was?" fragte der Bürgermeister verständnislos. „Sie kamen doch erst gestern abend. Wer sollte Ihnen über Nacht schon etwas gestohlen haben!"

Statt eine direkte Antwort zu geben, sah Melchior Graf den Regierungsrat an.

„Sie wissen, Herr Regierungsrat, als ich vor drei Wochen hier war, hatten Sie und noch einige Herren vom Wasser- und Wirtschaftsamt die Güte, mir zu zeigen, was ich mit meinen Leuten übernehmen sollte. Das Moor und — die Baracken. In jeder Baracke stand damals noch ein eiserner Ofen, waren noch Waschbekken vorhanden und elektrisches Licht. Schauen Sie heute hinüber. Nichts ist mehr da. Die Öfen sind verschwunden, die Lichtleitungen, einfach alles."

„Ist denn das möglich", stammelte der Regierungsrat empört. „Aber ich habe Ihnen doch damals die Schlüssel zu den Baracken übergeben!"

„Die Türen sind aufgebrochen worden."

Schweigen. Der Bürgermeister schaute Herrn Rambold an, und dieser wieder den Bürgermeister. Rabitz kaute an seinem erloschenen Zigarrenstummel herum und meinte dann spöttisch: „Wer sollte denn die schon aufgebrochen haben?"

„Wenn ich das wüßte, säße ich nicht hier, sondern wäre zuerst zur Polizei gegangen. Wie dem auch sei, Herr Bürgermeister, Sie werden die Güte haben und uns helfen. Verstehen Sie mich nicht falsch, ich bin nicht als Bettler hier, sondern appelliere an Ihre Vernunft und an Ihr Herz. In Ihrer Eigenschaft als Bürgermeister werden Sie sicher die nötige Verbindung haben und uns ein paar Öfen zur Verfügung stellen können."

„Sie reden sich leicht. Woher soll ich Öfen nehmen? Sie vergessen, daß wir einen Krieg hinter uns haben. Warum müssen Sie auch ausgerechnet hierherkommen? Sie sagten ja selbst, daß Sie mit der Gemeinde Rafenstein nichts zu tun hätten. Nun kommen Sie daher und stellen Bedingungen."

„Ich stelle keine Bedingungen, ich habe nur um etwas ersucht, und es tut mir leid, Herr Bürgermeister, wenn ich die Ursache sein sollte, daß Sie sich so erregen."

„Es ist nur Ihr anmaßendes Benehmen, Herr Graf, das mich erregt, und sonst gar nichts."

Melchior Graf schluckte und schaute auf seine Hände nieder. Er begriff nicht, daß man ihn nicht verstehen wollte. War er denn wirklich so ein schwieriger Mensch? Freilich, es war ihm nicht gegeben, die Worte so zu setzen, daß sie Andersdenkenden wie Schalmeienmusik in den Ohren klangen. Seine Art war ehrlich und offen, und mit dieser offenen Ehrlichkeit war er noch überall durchgekommen. Warum wollte man ihm ausgerechnet hier eine Wand aufbauen? Er fingerte wieder nach der Uhrkette, wie um Kraft zu sammeln. Dann traf sein Blick den Bürgermeister.

„Warum ich ausgerechnet hierher komme, fragten Sie vorhin. Es ist nicht meine Schuld, Herr Bürgermeister." Er hob die Hand und deutete auf den matten, viereckigen Fleck an der Tapetenwand. „Fragen Sie lieber den Herrn, der dort wahrscheinlich in einem Exnerdruck bis fünf Minuten vor Schluß gehangen haben mag. Er hat den Krieg vom Zaun gebrochen und — verloren. Nicht ich."

Der Schrotthändler Rabitz nahm seinen Zigarrenstummel aus dem Mundwinkel und krähte: „Das ist eine Frechheit."

„Wieso Frechheit? Es ist die Wahrheit. Sie hört sich zwar nicht immer gut an, aber sie ist ehrlich. Glauben Sie vielleicht, daß wir freiwillig das alles auf uns genommen haben? Nein, meine Herrn, wir wurden ausgewiesen, weil wir Deutsche waren. Und nicht die schlechtesten. Es ist nur ein unerschlossenes Moor, das wir eintauschen gegen fruchtbare, schwarze Ackererde und herrliche Höfe."

„Ja, ja, ist schon recht", beschwichtigte jetzt der Bürgermeister. „Aber kommen wir zur Sache. Was wollen Sie?"

„Das habe ich Ihnen schon gesagt. Sie sollen mir helfen, daß wir für das Beginnen da drüben einigermaßen geordnete Verhältnisse bekommen. Und Sie sollen begreifen lernen, Herr Bürgermeister, daß Sie es nicht mit Zigeunern zu tun haben, sondern mit Menschen, die sich mit Gottes Hilfe und eigener Kraft wieder in die Höhe arbeiten wollen. Haben Sie nur ein oder zwei Jahre Geduld, dann sieht alles anders aus."

Rabitz strich sich mit gespreizten Fingern über das dünne Haar. Seine Zigarre war jetzt endlich erloschen, er zerdrückte sie im Aschenbecher. Dann sagte er:

„Wegen der Öfen ließe sich vielleicht reden. Ich kann es nicht hundertprozentig sagen, aber vielleicht läßt sich was auftreiben. Wieviel Familien sind es eigentlich?"

„Im ganzen sieben. Ganz genau gesagt: Dreiundzwanzig Erwachsene und siebenundzwanzig Kinder."

„Was?" entsetzte sich der Schrotthändler. „Wie kann man bloß soviel Kinder haben! So was Verrücktes."

Melchior Graf wollte schon eine scharfe Antwort geben, da mischte sich der Regierungsrat ein, indem er eine Liste aus der Aktentasche zog und die Namen der Siedler herunterlas.

„Da wäre also zunächst einmal Ihre Familie, dann die Familie Röder, die Engelmaier, die Röckel, die Brucker, die Wigbert, die Aschenbrenner und die Pantscher. Wie steht es eigentlich mit diesem Rochus Schwab?"

„Rochus Schwab ist alleinstehend", antwortete Melchior Graf.

„Aber er beansprucht doch auch eine Siedlerstelle?"

„Eine Kleinsiedlerstelle. Haben Sie Bedenken dagegen?"

„Nein, wieso? Warum soll aus einem Soldaten nicht ein Siedler werden können? Außerdem ist hier ein Schreiben mit Ihrer Unterschrift, in dem Sie den Antrag des Rochus Schwab befürworten und mit Ihrem Wort für ihn bürgen."

Melchior Graf nickte und dachte in diesem Augenblick, vielleicht war es nicht gut, daß ich es getan habe. Aber da er sein Wort gegeben hatte, wollte er es auch halten.

„Und die Kinder?" fragte nun Herr Rambold vom Landratsamt. „Die Kinder sollten dann wahrscheinlich nach Rafenstein zur Schule gehen?"

„Das wird sich kaum vermeiden lassen, wenigstens bis wir eine eigene Schule haben werden", meinte Melchior Graf.

„Vielleicht auch noch eine Kirche?", witzelte der Rabitz.

„Soweit ich unterrichtet bin, stand schon einmal eine Kapelle da drüben", antwortete der Siedler. Dann richtete er sich ein wenig auf. Seine Augen sahen die Gesichter um sich herum an. Er spürte förmlich, wie sie ihm mißtrauten, wie gering sie ihn schätzten und hernach, wenn er gegangen war, spöttisch über ihn lächeln würden. Der Regierungsrat nicht, aber die anderen alle. So würde die ganze Stadt denken, alle würden lachen und spotten über die Wölfe da drüben, die sich einbildeten, das tote Moor zum Leben erwecken zu können. Eine dunkle Traurigkeit umklammerte sein Herz und verschleierte seinen Blick. Aber das dauerte nur ein paar Sekunden. Die Finger mit der Haarkette spielen lassend, sagte er mit der Unerschütterlichkeit seiner Überzeugung:

„Sie halten mich vielleicht für größenwahnsinnig, ich sehe es Ihren Gesichtern an. Vielleicht müssen Sie so denken, denn ich sitze heute noch vor Ihnen mit leeren Händen. Aber diese Hände haben immer nach der Tat verlangt, von Jugend an schon. Und sie haben viel vollbracht, und sie werden auch hier wieder viel vollbringen. Wenn es auch nur ein armes Moor ist, in das ich gekommen bin, wir werden schon etwas daraus machen, etwas, das sich sehen lassen kann. Auch wenn man uns Prügel zwischen die Füße werfen würde. So, das habe ich sagen müssen."

Er bückte sich nach seinem Hut und ging zur Tür.

Das Dornröschengesicht im Vorzimmer sah ihn mit einer Bewunderung an. Wahrscheinlich hatte sie gehorcht, und wußte nun, daß dieser hünenhafte Mann der Führer der „Zigeuner" war, über die in den letzten Wochen soviel Abfälliges in den Zimmern des Bürgermeisteramtes gesprochen worden war. Sie hatte sich wochenlang irgendwelche Bilder vorgegaukelt von Zigeunern mit langen, schwarzen Haaren, düsteren Augen und Lagerfeuern im nächtlichen Moor. Wenn sie auch keine große Menschenkenntnis hatte, soviel erkannte sie jetzt, dieser Mann war jedenfalls kein Zigeuner mit seiner ehrfurchtgebietenden Gestalt. Und vielleicht war es die Ehrfurcht selber, die das Mädchen Olga aufspringen ließ, um dem Moorriesen die Tür zu öffnen.

So schlagartig hatte Olga sich geändert. Vor einer guten Stunde war sie noch so unfreundlich gewesen, daß Melchior Graf sie bei sich einen „frechen Besen" nannte. Jetzt war sie die Freundlichkeit selber und hatte ein liebes Grübchenlächeln in den Wangen. Von

Melchior Graf wurde diese Wandlung wohltuend empfunden, so daß er nahe daran war, das dunkle Lockenköpfchen zu streicheln. Aber seine Hand verirrte sich nur wieder an die Haarkette. Dabei sah er sie sinnend an und lächelte:

„Behüt dich Gott, Kindl. Sollten im Moor einmal Äpfel wachsen, sollst du den ersten haben."

Es war ganz leicht hingesprochen, vielleicht nur deshalb, weil Melchior Graf diesem Kind etwas Freundliches sagen wollte. Olga aber nahm sich vor, sich dies besonders gut zu merken und nannte Melchior Graf von dieser Stunde an den Moorkönig.

Dann setzte sie sich wieder an ihre Schreibmaschine. Diesmal brauchte sie nicht mehr an der Tür zu horchen, denn die Herren sprachen so laut, daß sie jedes Wort hören konnte. Und es war nichts Gutes, was sie hinter dem Siedler hersagten. Nur der Regierungsrat Bogner verteidigte ihn mit Nachdruck. Die anderen aber ließen keinen guten Faden an ihm. Rabitz nannte ihn einen anmaßenden Narren, dessen Hochmut man erst brechen müsse, bevor man an Hilfe dächte. Diese Hilfe sollte sich aber nur auf das Allernotwendigste erstrecken. Der Bürgermeister pflichtete ihm bei, warf nur zwischendurch einmal die Frage auf, wer die Öfen und alles andere genommen haben könnte.

„Das wissen die Götter", antwortete Rabitz, erbot sich aber, in diesem Fall wenigstens sein Möglichstes zu versuchen, damit die da drüben nicht frieren müßten. Wenn ihn nicht alles täusche, habe er selber noch ein paar alte Kanonenöfen, die vielleicht passen könnten.

„Aha, so eine Art Rückversicherung", lachte der Regierungsrat.

„Rückversicherung? Wie soll ich das verstehen?" krächzte Rabitz.

„Nun, es werden ja doch einmal auch wieder andere Zeiten kommen, und dann rechnen Sie sicher damit, daß Ihnen die Siedler auch was abkaufen."

„Ob die mir was abkaufen oder nicht, das ist mir so egal, als ob es am Sonntag regnet oder nicht. Und wenn ich die Öfen wirklich so abgebe, so tue ich es, weil ich unserm Herrn Bürgermeister damit einen Gefallen tun möchte, und weil ja dieser Stiftenkopf an das Herz appelliert hat. Es soll mir niemand nachsagen können, daß ich kein Herz hätte."

Jetzt wurden Stühle drinnen gerückt. Der Bürgermeister verabschiedete die Herren. Schritte näherten sich der Tür, und Olga begann auf der Schreibmaschine zu klappern.

Melchior Graf ging langsam durch das Städtchen. Die Schaufenster hatten zwar nichts Großartiges zu zeigen, immerhin kam es ihm nach dieser langen Wanderung von Südosten herauf so vor, als ginge er durch ein Paradies. Seine Absatzeisen klapperten auf dem Pflaster, und zuweilen blieb jemand stehen und sah dem großgewachsenen Menschen verwundert nach. Mit seinem schwarzen, niederen und recht weitrandigen Hut, dem schwarzen Knoten um das weiße Hemd, dem weiten, ein wenig gravitätischen Schritt, taxierte ihn der Straßenwärter Gabriel Hauser gleich gar als den Abgesandten eines fremden Glaubens, und zog mit einer scheuen Ehrfurcht seine graue Schildmütze mit dem Stadtwappen, so daß der Siedler unwillkürlich stehenblieb und ein Gespräch mit dem freundlichen Mann anfing.

Wo man hier eine Kleinigkeit essen könne, fragte er, und der Straßenwärter deutete gegen die „Lammbrauerei" hin.

„Da essen S' gut und billig."

„Danke schön." Melchior Graf sah durch die Lücke eines Gäßchens auf den See hinaus. „Ist hier jemand, der einen über den See rudert? Oder kann man vielleicht einen Kahn mieten?"

Der Straßenwärter Hauser wunderte sich über diese sonderbare Frage. Wer hatte hier schon einen Kahn? Die „Lammbrauerei", der Baron, dann waren noch im Schuppen der Forstmeisterei ein paar kleine Boote, aber sonst war nicht viel zu wollen. Wer wollte auch schon über den See.

„Dann werde ich mir wohl selbst ein Boot bauen müssen", meinte Melchior Graf. „Ich bin nämlich seit gestern da drüben im Moor ansässig."

Verdutzt schielte Gabriel Hauser unter seiner Schirmmütze zu dem Riesen auf. „Was? Ja — aber es hat doch geheißen . . ."

„Zigeuner kommen. Ich weiß schon", lächelte der Mann vom

Moor und ging dann langsam weiter, dem „Lammbräu“ zu. Weil aber auf dem Weg dorthin plötzlich die schlanken Türme von Sankt Bonifaz aufwuchsen, stieg er die breiten Steintreppen hinauf und betrat die Kirche. Wie lange war er schon in keiner Kirche mehr gewesen? Seit sie ihn vertrieben hatten. Nicht, daß sich sein Verhältnis zu Gott geändert hätte. Das erste Zürnen in ihm hatte sich längst gelegt, und er hatte auf der langen Wanderschaft begreifen gelernt, daß Gott mit der gleichen Gerechtigkeit wie die Liebe und Barmherzigkeit auch das Schwere zu vergeben hat, damit der Mensch sich prüfe.

Melchior Graf betete mit aller Inbrunst um ein glückliches Beginnen im Moor und wurde allmählich von glücklicher Ruhe erfüllt.

Mit Rochus Schwab hatte es eine eigene Bewandtnis. Obwohl sein Name deutsch klang, hatte er doch slawisches Blut in den Adern, weil sein Vater, Franz Schwab, eine Bosniakin geheiratet hatte. Beide kamen während der letzten Kriegswirren um, ohne daß Rochus es gleich erfuhr, denn er stand in den Bergen bei den Partisanen.

Als die Vertreibung der Deutschen begann, tauchte er unvermittelt auf, eine silberne Tapferkeitsmedaille an der Brust. Gegen die Austreibung konnte auch er nichts unternehmen, das war beschlossenes Gesetz, das wie ein Gewitter mit Blutregen über die annähernd fünfhunderttausend Deutschstämmigen kam, die da unten gelebt hatten. Immerhin konnte Rochus manches zur Erleichterung tun. Er wurde gebraucht, und er zog mit den Flüchtlingen fort, zunächst ins Ungewisse. Ja, es war oftmals so, daß er es war, der alles leitete, weil er mit seinen Sprachkenntnissen manche Gefahr umschiffen konnte, ehe man die österreichische Grenze erreichte.

Von da ab hatte dann Melchior Graf die Führung übernommen und hatte sich damit einverstanden erklärt, daß auch Rochus mit ins Moor kam, obwohl er starke Bedenken hatte, denn Rochus war ein wilder Bursche mit dem heißen Blut seiner Mutter. Nur eine konnte ihn zähmen, Jutta Graf. Ihr gehorchte er aufs Wort.

Das änderte aber nichts daran, daß er im ganzen Treck der „Partisan“ genannt wurde, zwar nicht im bösen Sinn, aber auch mit keinem heldenhaften Beigeschmack. Melchior Graf betrachtete oft mit zusammengezogenen Brauen das leichtfertige Gebaren des Burschen, zumal dann, wenn Jutta seine verwegenen Abenteuer auch noch in Schutz nahm. Rochus war im Organisieren und Improvisieren ein wahrer Meister, wenn er dabei auch nicht immer mit ehrlichen Mitteln arbeitete. Rochus war der Meinung, für ihn gäbe es keine Gesetze, und er könne so wild und frei leben, wie er es in den Bergen bei den Partisanen getan hatte. Solange sie auf der Flucht waren, konnte man ein Auge zudrücken, wenn Rochus plötzlich mit einem Kalb auftauchte, das er irgendwo auf der Weide gestohlen hatte. Wenn es kein Kalb war, waren es ein Reh oder ein paar Gänse. Es gab immer etwas zu essen, weiß der Teufel, wo Rochus es herbrachte. Erst als man über die Grenze gekommen war, hatte Melchior Graf ihn scharf ins Gebet nehmen müssen und ihm erklärt, daß es jetzt Schluß sein müsse mit seinen nächtlichen Raubzügen, weil nun nach den gesetzlosen Tagen wieder eine Zeit der Ordnung anbreche. Bei dieser Gelegenheit hatte er noch hinzugefügt:

„Und was die Jutta betrifft, so mach dir keine zu großen Hoffnungen, Rochus. Es täte mir leid, wenn du nur ihretwegen mitgezogen wärst. Immerhin, du hast Zeit und du kannst dich bewähren."

Das war auch Melchior Grafs große Sorge, als Jutta an diesem Abend nach dem Essen nochmals ihre Schuhe anzog und einen Wollschal um die Schultern schlang. Er hob das Gesicht von den Papieren, über denen er saß.

„Wohin noch, Jutta?"

„Ich muß noch ein wenig hinaus, Vater."

Sie sagte es so klar, daß es sich anhörte wie: ich muß das noch tun und will darüber nicht reden. Melchior Graf wußte es auch so, und seine Brauen bewegten sich nachdenklich.

„Meine Meinung kennst du ja. Ich habe große Sorge um dich, Jutta."

Sie schüttelte den Kopf und sah ihn ruhig an. „Das solltest du aber nicht, Vater. Die Gefahr ist vorbei, und ich kenne meinen Weg."

„Ich weiß nicht, Jutta, ob es nicht doch besser gewesen wäre, du hättest ihn nicht aufgefordert, mitzukommen. Paß auf, wir werden noch Scherereien mit ihm haben."

„Ich habe ihn nicht aufgefordert, mitzukommen. Es war das Mitleid — er war so verlassen und allein, als er aus den Bergen zurückkam. Du weißt es doch."

„Ja, ich weiß. Aber auch Mitleid hat seine Grenzen. Laß es nicht zu einem Gefühl auswachsen, über das du dann keine Kontrolle mehr hast."

Jutta legte den Kopf zurück. „Ich glaube, Vater, daß ich zu sehr deine Tochter bin, um mich in etwas zu verlieren, aus dem es dann keinen Ausweg mehr gäbe. Rochus selber hat den Ausweg gefunden. Genügt dir das, Vater?"

„Ich weiß nicht, wie du das meinst, Jutta."

„Rochus selber hat etwas getan, das es mir leicht macht, zu erkennen, daß er für mich nicht der richtige Gefährte ist. Begreifst du es jetzt, Vater?"

„Ja, Kind. Und — es ist mir ein großer Stein vom Herzen."

Das Kerzenlicht flackerte im Luftzug der Tür, als Jutta hinaustrat. Dann beugte sich Melchior Graf wieder über die Planskizze des Moores.

Der Abendstern leuchtete von allen Sternen am schönsten und stand wie eine Lampe Gottes über den Baracken. Ein leiser Wind war aufgestanden. Die Nacht lag wie ein Bahrtuch über dem weiten Moor, nur drüben am anderen Ufer blinkten freundlich die Lichter des Städtchens Rafenstein.

Jutta ging den Weg zu den drei Birken mit einer Sicherheit, als wäre sie ihn schon tausendmal gegangen. Aber es war keine Erwartung in ihr, nicht die leiseste Erregung einer Liebenden, eher eine eisige Abwehr und ein kleiner Zorn über sich selber, daß sie so gehorsam den Weg zu den drei Birken ging, weil Rochus es am Morgen verlangt hatte. Aber es war ganz gut so, heute wollte sie Klarheit schaffen, heute wollte sie ihm sagen, daß es nie einen Weg von ihm zu ihr geben könnte.

Sie sah ihn nicht, aber sie hörte seinen leisen, beglückten Ruf, und die Falte über ihrer Nasenwurzel wurde noch tiefer.

Im nächsten Augenblick fühlte sie sich von zwei Armen umfaßt. Sie konnte sein Gesicht nicht recht sehen, aber sie spürte den

Atem seines Mundes und glaubte sein leises Lachen als Triumph deuten zu müssen. Sie machte sich mit einem Ruck von ihm los.

„Laß das, Rochus."

Verblüfft trat er einen Schritt zurück. „Was ist denn, Jutta? Warum bist du dann überhaupt gekommen?"

Jutta spürte, wie eine heiße Röte ihr über die Stirn jagte. Aber sie fand nicht gleich eine Antwort, schaute an ihm vorbei über die Birkenkronen hinauf zu den Bergen, über denen sie die schmale Sichel des Mondes hängen sah. Dann wandte sie den Kopf wieder. Ihre Augen hatten sich jetzt an die Dunkelheit gewöhnt, sie sah sein Gesicht ganz deutlich vor sich. Es war ein hartgeschnittenes Gesicht mit vorstehenden Backenknochen und tiefliegenden, dunklen Augen, die wie bei einem Raubtier blitzten.

„Du sollst dir nicht so viel einbilden", sagte sie dann auf einmal mit einer Härte, die ihm fremd an ihr war.

„Ich bilde mir doch nichts ein", meinte er.

„Doch, du fragtest vorhin, warum ich dann überhaupt gekommen sei. Ich glaube, du siehst alles anders als ich. Es ist durchaus nicht so, daß du nur den Finger krumm zu machen brauchst, damit ich komme. Ich bin nicht in deiner Gewalt, Rochus."

„Was soll das heißen?" fragte er, und sie hörte ihn zornig mit den Zähnen knirschen.

„Das soll heißen, daß ich mich nicht in Nebensächlichkeiten verlieren will. Es wartet viel Größeres auf uns."

„Gibt es denn Größeres als die Liebe?"

„Ja", sagte sie mit einer unmißverständlichen Abweisung. „Es gibt wirklich viel Größeres als deine angebliche Liebe, an die ich nicht mehr glauben kann. Das Moor ruft, und wir müssen erst Wurzeln fassen."

Mit einem schnellen Griff hatte er ihre Hände umklammert. „Aber du liebst mich doch, Jutta?"

„Wann hätte ich dir das gestanden?"

„Gestanden, gestanden", stammelte er verwirrt. „Du hast mich doch geküßt. Du tust ja gerade, als ob du alles vergessen hättest."

„Nein, ich habe nichts vergessen. Es stimmt, Rochus, ich habe dich einmal geküßt. Heute weiß ich kaum mehr, wie es dazu kam.

Wir waren alle so verlassen, so furchtbar allein und einsam, nachdem man uns alles genommen hatte. Und es war so viel Sehnsucht in mir nach ein wenig Wärme, nach ein wenig Verstehen in all dem Haß ringsum. Da kamst du aus den Bergen herunter. Immer stand dein stilles Lächeln wie eine Quelle der Kraft über allem Zermürbenden. Deine Sprachkenntnisse und deine Verbindung zu jenen Kreisen, die die Austreibung beschlossen hatten, haben uns manche Erleichterung verschafft. Ich habe geglaubt, daß deine Hilfe aus ehrlichem Herzen käme, ohne jeden Hintergedanken, oder weil doch noch so viel deutsche Gesinnung in dir sei, daß du es tun mußtest. Aber das war alles Berechnung, Rochus. Du tatest nichts umsonst, du wolltest mich — ich sollte für alles bezahlen. Und ich hätte es auch getan, denn ich war es ja, die sich für dich eingesetzt und dem Vater so lange zugeredet hat, bis er einwilligte, daß du mit hierher kommen konntest."

„Aha", zischte er. „Und jetzt sind wir da, und die Sache ist erledigt. So stellst du dir das also vor. Der Mohr hat seine Schuldigkeit getan, jetzt kann er gehen."

„Nein, du brauchst nicht zu gehen, wenn du nicht willst. Du sollst bloß das tun, was wir jetzt alle tun müssen, eine neue Heimat schaffen."

„Es ging am Anfang nicht darum allein", antwortete er. „Du hast mich glauben lassen, daß ich hoffen dürfte — ich müßte nur Geduld haben, hast du immer gesagt."

„Du hast aber keine Geduld gehabt, Rochus. Du weißt auch nicht, was Treue ist."

„Jetzt wird es Tag", begehrte er auf. „Ich hätte keine Geduld gehabt? Hab ich mich nicht immer zurückgehalten, bloß weil du haben wolltest, daß die anderen nichts merkten?"

„Ja, du hast dich zurückgehalten, und dafür bin ich dir dankbar. Sollten es denn alle wissen, daß ich einmal in einer schwachen Stunde gemeint habe, du wärst der Mensch, dem man vertrauen kann?"

Irgendwo weinte ein Nachtvogel in den Wind. Die Töne zogen über das Moor wie eine Klage. In Rochus' Gesicht kam ein gespannter Ausdruck, sein Oberkörper beugte sich vor, als wecke der Eulenruf die Erinnerung an die Zeit, wo die Partisanen sich mit diesem Ruf von einer Berghöhe zur anderen verständigten, daß Gefahr drohte, oder wenn sie herausbrechen sollten aus ihren Schlupfwinkeln zu gnadenlosem Überfall.

Und auf einmal begriff Rochus, daß Gefahr für ihn war. Jutta wollte ihm aus den Händen gleiten. Jetzt verstand er auch, warum sie ihm in letzter Zeit aus dem Weg gegangen war. Kein Lächeln hatte ihn mehr verstohlen gegrüßt, kein Blick, der ihm verborgene Liebe verraten hätte. Wie Schuppen fiel es ihm plötzlich von den Augen und in einer jähzornigen Aufwallung schrie er sie an:

„Jetzt, weil du im Trockenen sitzt, möchtest du die Überlegene spielen. Aber ich lasse nicht mit mir spielen! Nimm dich in acht, Jutta, ich kann recht unangenehm werden!"

„Ja, das weiß ich", sagte sie ruhig. Sie zog das Schultertuch enger um den Hals und lehnte sich an den Stamm der mittleren der drei Birken. „Aber ich habe keine Angst vor dir und kein Vertrauen zu dir, denn ich habe auch dein anderes Gesicht gesehen, deine Schwäche und deinen friedlosen Hunger nach niederen Freuden. Schau mich nur nicht so entgeistert an, ich weiß mehr, als du denkst. Mir hast du Treue gelobt, und versprochen, Geduld zu haben, und dann hast du zu einer anderen gefunden, wenn es auch nur für eine Nacht war. Aber ich habe es gewußt. Ich habe dich in der grauen Morgenfrühe herausschleichen sehen aus dem Haus der anderen, in jenem Dorf kurz hinter der Grenze, als wir drei Tage Rast einlegen mußten."

Geduckt stand er vor ihr und wußte keine Antwort. Er wußte auch, daß Leugnen gar keinen Sinn hatte, denn Jutta behauptete nichts, was sie nicht genau wußte.

„Du hast mir also nachspioniert?"

„Nein, es war Zufall. Aber vielleicht verstehst du nun, daß ich mir zu gut bin für einen Menschen, der mir Ehrlichkeit heuchelt und sich wo anders schmutzig macht."

„Wenn du das so genau weißt, warum hast du mich dann damals nicht gleich gestellt?"

„Es ist ganz gleich, wann man etwas sagt. Für mich war nur wichtig, es gesehen zu haben, sonst wäre ich vielleicht mit dir blindlings in mein Unglück hineingerannt. Aber du wirst dir doch klar sein, daß ich meine Folgerungen daraus gezogen habe, wenn es auch ein wenig weh getan hat, denn du warst der erste Mann, dem ich gut gewesen bin."

In der Baracke klirrte die Kette eines Rindes, und einmal schlug ein Pferd polternd an die Bohlen.

Gereizt durch Juttas unheimliche Ruhe, lachte er boshaft auf. „Gut, du hast mich von einer anderen kommen sehen. Aber daran bist ja du schuld. Immer dein Madonnengeschau, immer dein Gerede vom Geduldhaben. Ich bin doch ein Mensch mit Fleisch und Blut, und vom ewigen Zuwarten ist noch keiner selig geworden."

„Kann sein, ich weiß das nicht. Und es interessiert mich auch nicht mehr. In der Stunde, in der du mich verraten hast — es wird ja nicht das einzige Mal gewesen sein —, da ist alles in mir erloschen. Ich weiß gar nicht mehr, daß du es gewesen bist, den ich einmal geküßt habe. So, Rochus — das hat nun einmal gesagt werden müssen. Jetzt fühl ich mich frei und leicht."

Sie stieß sich vom Stamm der Birke ab und machte ein paar Schritte in die Dunkelheit. Da vertrat er ihr den Weg und umklammerte sie.

„Jutta, das darfst du mir nicht antun. Was soll denn aus mir werden? Ich hab dich doch gern."

„Ja, auf deine Art eben", antwortete sie und machte sich mit einem Ruck von ihm los. „Das habe ich dir sogar einmal geglaubt, Rochus. Jetzt aber bin ich dir dankbar, daß du selber mich von diesem Irrglauben befreit hast. Du fragst mich, was aus dir werden soll? Was aus uns allen werden soll. Menschen, die wieder Wurzeln schlagen in einem fremden Grund, so verläßlich und so tief, bis nichts mehr fremd ist und wir das Land in unser Herz schließen können als eine neue Heimat. Gute Nacht, Rochus."

Sie ging jetzt schnell von ihm weg und wunderte sich, daß er ihr nicht nachstürzte. Die Nacht war von den vielen Sternen und von der Mondsichel doch so erhellt, daß er ihre Gestalt eine ganze Weile sehen konnte, bis sie von den Schatten verschlungen wurde. Er stand lange, als habe ihn ein Schlag gestreift, denn das alles war so unerwartet auf ihn hereingebrochen wie ein Unwetter.

Vorne schlug eine Tür zu. Über den See her hörte man ein paar Glockenschläge. Rochus zählte die Schläge nicht. Aber spät konnte es noch nicht sein, und er wußte nicht, was er mit der angebrochenen Nacht noch beginnen sollte. Übers Moor hatte er wandern wollen mit Jutta, Hand in Hand. Aber nun hatte sie ihm sein Wünschen zerschlagen. Und es war doch Frühling, wenn auch noch ein ganz schüchterner Frühling. Aber man spürte ihn überall, und er warf sich rebellisch ins Blut.

Sie sollte nur nicht denken, daß er sich so leicht abschütteln ließ. Dann hätte er gleich unten bleiben können in der Batschka.

Wie hart, wie unnahbar sie vor ihm gestanden war. Aber noch war es nicht aller Tage Abend, und sie brauchte sich nicht einzubilden, daß sie ihn in dieses Moor hat locken dürfen, ohne daß er vorher im Paradies gewesen war.

Regierungsrat Adalbert Bogner kam am nächsten Morgen ins Moor mit seinen Vollmachten, die er ausschüttete wie ein Füllhorn. Er war ein hochaufgeschossener Mensch, mit einer Brille ohne Einfassung, durch die er jeden erst abwägend betrachtete, bevor er das Wort an ihn richtete. Er sah aus wie ein Bürokrat und war doch alles andere, denn er war voller Schwung und Energie, und es war offensichtlich, daß er sein Herz für die Siedler aufgetan hatte.

Er war mit einem klapprigen Wehrmachtswagen gekommen, den er bei den Baracken abstellte. Dann saß er in der Stube bei Melchior Graf über die Planskizzen gebeugt. Sein von Nikotin gefärbter Zeigefinger fuhr die Striche entlang. Aber er schwieg sich aus. Endlich nahm er seine Brille ab, putzte sie umständlich und legte den Kopf zur Seite wie ein Vogel, wenn er schlafen will.

„Dann wollen wir also von Süden her ansetzen“, sagte er. „Von Süden nach Norden die ersten fünfhundert Meter. Dort soll dann der erste Entwässerungsgraben gezogen werden.“

Melchior Graf nickte. „So habe ich mir's auch gedacht. Zuerst aber noch eine Frage. Laut Vertrag sind wir verpflichtet, Hand und Gespanndienste zu leisten und zwar für Entgelt.“

Bogner nickte. „Selbstverständlich. Auch werden Werkzeuge gestellt, soweit sie nicht vorhanden sind.“

„In unserem Besitz sind nur drei Spaten und ein paar Schaufeln. Wir brauchen noch Grabscheite, und das Allernotwendigste wäre jetzt Geld. Wir sind pleite, Herr Regierungsrat, und — vielleicht wäre es möglich, einen Vorschuß —"

„Werde ich sofort veranlassen. Allerdings, vor übermorgen wird das Geld nicht da sein. Man könnte es versuchen, aber ich glaube kaum, daß uns die Rafensteiner inzwischen aushelfen."

„Ja, ich weiß, dort würde man uns lieber gehen als kommen sehen."

„Das wird sich ändern! Sie wissen ja, aller Anfang ist schwer, und für die Menschen da drüben ist das nun einmal etwas wie ein Einbruch in ihre Reservate."

„Ich habe nicht erwartet, daß man uns mit offenen Armen aufnimmt. Aber vom Bürgermeister hätte ich mir wenigstens etwas mehr Entgegenkommen erhofft. Es macht aber nichts, wir werden uns schon durchbeißen."

Bogner lachte, und dieses Lachen machte ihn zu einem ganz anderen Menschen. Es war, als fiele aller Aktenstaub von ihm ab. Seine schmale Hand faßte nach dem Rockaufschlag des Melchior Graf, daß er ihn ganz nahe an sich heranziehen konnte für das, was er nun etwas leiser zu sagen hatte, obwohl ja der kleine Bub, der in seiner Ecke mit ein paar Steinen spielte, es doch nicht unter seinen blonden Schneckerlkopf bringen könnte.

„Ich kann Ihnen aber auch versichern, daß nicht alle Ihre Gegner sind. Die Lammbräuin zum Beispiel ist eine rühmliche Ausnahme. Ich habe sie heute daraufhin angesprochen, und sie hat sich ohne weiteres bereit erklärt, ihren Kahn zur Verfügung zu stellen. Es ist bloß alles noch ein bißchen verschwommen jetzt. Wenn man erst sieht, daß hier etwas Großes im Werden ist, wird man sich nicht mehr so stur anstellen. Hauptsache ist, daß begonnen wird."

Und es wurde begonnen. Am Nachmittag kam ein Lastwagen und brachte die ersten Dränageröhren und Werkzeug. Regierungsrat Bogner tat feierlich den ersten Stich ins Moor, dann übergab er den Spaten Jutta Graf. Sie stand hochaufgerichtet, die Ärmel ihrer Bluse zurückgestülpt. Um sie herum alle anderen, Männer und Frauen, Mädchen und Buben, den Spaten in der Hand, den Blick auf Melchior Graf gerichtet, der nun seine Stimme erhob:

„Herrgott im Himmel, schenk uns die Kraft, auf daß uns dieses Moor untertan werde, daß wir es urbar machen für alle Früchte, die uns nähren sollen. Segne, o Herr, unser Werk —“

Mit finsterem Gesicht stand Rochus Schwab etwas abseits. Er sah unverwandt auf Jutta und konnte nicht verstehen, warum ihr Gesicht so wundersam leuchtete, wo doch nur Mühsal und Plage alle hier erwartete. Dann warf Melchior Graf die erste Schaufel voll dunklen Moores heraus.

Als es Abend werden wollte, sah man bereits sechzehn schmale Gräben, achtzig Zentimeter tief, in nördlicher Richtung laufen. Daneben lagen die roten Dräns, die die Kinder wie eine Schnur aneinandergereiht hatten.

Das Abendrot brannte in wilder Schönheit über dem Moor. Aber es kündete noch keinen Feierabend. Nur die Frauen gingen heim, alle anderen blieben draußen bis zur tiefen Dämmerung.

Am folgenden Tag ratterte wieder ein Lastwagen vor die Baracken. Das war der Wagen des Schrotthändlers Rabitz, der sechs eiserne Kanonenöfen und die dazugehörenden Rohre ablud. Rabitz selber war nicht dabei, und Melchior Graf stand zu weit draußen im Moor, als daß es sich gelohnt hätte heimzugehen. So nahm Roswitha, die vormittags immer daheim blieb, um die Mahlzeit zu kochen, die Rechnung entgegen, die Herr Rabitz mitgegeben hatte. Sechs Öfen à 90 Mark, sechsundzwanzig Meter Rohre à 1,50 Mark. Und zwölf Mark Transportkosten. Machte insgesamt 591 Mark.

Herr Rabitz bat auf der Rechnung um baldige Begleichung und gewährte sogar drei Prozent Rabatt, wenn es innerhalb vierzehn Tagen geschehe.

Die Öfen waren jetzt eine große Erleichterung, denn nun konnte jede Familie für sich kochen. Öfen und Rohre waren neu gestrichen und paßten überall merkwürdig genau, gerade als ob sie vor kurzem noch am gleichen Platz gestanden wären. Jeder Nagel, der eingeschlagen werden mußte, paßte in das alte Loch. Melchior Graf besah sich das alles ganz genau, sagte aber nichts. Nur um seinen Mund zuckte es ein wenig, als er die Rechnung las. Dann steckte er sie schweigend in seine Brieftasche.

Am selben Tag schickte die Lammbräuin durch einen Bräuknecht auch den Kahn, eine geräumige Zille, in der leicht zwanzig Personen Platz finden konnten. In früheren Zeiten hatten sie Bier damit über den See gerudert oder Streu heimgeholt. Jetzt lag er schon lange unbenützt im großen Schuppen neben dem Sudhaus. Aber er war noch gut erhalten, nur die Schrift an der Bootswand war verwaschen und nicht mehr gut leserlich. „Emma" hieß das Boot, das Frau Konstanze herüberschickte mit dem Auftrag, wenn es recht unmanierliche Leute wären, dann solle der Bräuknecht es wieder zurückbringen.

Roswitha empfing den Mann vom Bräuhaus, und als er sie in ihrer zarten, hellen Schönheit vor der Baracke sitzen sah, ein blondlockiges Büberl neben sich, da wußte der Bräuknecht sofort, daß er das Boot dalassen würde. Roswitha konnte ihm zwar nichts bieten als einen scharfgebrannten Slibowitz, aber sie gab das wenige mit einer so liebenswürdigen Geste, daß der Mann sich wünschte, er wäre erst zwanzig und nicht schon fünfundsechzig. Was er erfahren wollte, erzählte ihm Roswitha bereitwillig, und er folgte ihrer deutenden Hand ins Moor hinaus, auf dem es aussah, als sei eine große Schar von Wühlmäusen an der Arbeit.

Da hatten sie also jetzt ein Boot geliehen bekommen. Die erste, versöhnende Geste von jenseits des Sees, der erste Lichtstrahl aus einer dunklen Wand des Mißtrauens und der Feindseligkeit. Von Bogner wußte Melchior Graf, daß Baron von Schorer sich kategorisch geweigert hatte, eins seiner drei Boote herzuleihen. Bogner mit seiner randlosen Nickelbrille war wie ein Engel in der Finsternis. Er erzählte der Lammbräuin von der Weigerung des Schloßherrn, worauf Frau Konstanze sofort ein brennendes Bedürfnis empfand, eine andere Gesinnung zu demonstrieren, zum Ärger des Herrn Barons und aller, die den Moormenschen feindlich gesinnt waren.

Ja, sie hatten stumme Feinde, obwohl sie bisher noch mit niemandem in Berührung gekommen waren. Und darum wog jeder Mensch, der die Hand, wenn auch nur aus Mitleid, bot, ein doppeltes Lot. Mitleid war es ja wohl, was die Lammbräuin bewog, aber bei so schwerem Beginn durfte man über eine mitleidige Handreichung nicht erröten.

Geholfen hatte zwar auch Herr Rabitz, indem er die Öfen

schickte. Aber das sah nicht nach gutem Willen aus, sondern mehr nach einer räuberischen Erpressung. Er schob mit der einen Hand die frischüberstrichenen Öfen hin und hielt die andere auf, um 591 Mark zu kassieren, obwohl es nicht einmal die Transportkosten ausmachen durfte, weil die Öfen gestohlen waren.

Jutta machte die erste Fahrt über den See, und „Emma" erwies sich als tüchtiges Boot. Nur etwas schwer zu handhaben für eine Frau. Aber es war doch ein herrliches Gefühl, als Jutta an diesem Morgen nach Rafenstein hinüberruderte.

Das Wasser hatte einen grünlichen Schimmer, und jedesmal, wenn sie die schweren Ruder hob, um sie wieder neu einzusetzen, rannen die Tropfen von den Schaufeln wie flüssiges Gold.

In einer langen Beratung waren sie gestern übereingekommen, daß in Zukunft Jutta alles übernehmen sollte, was es in Rafenstein zu erledigen gab auf den Ämtern und bei den Behörden, weil der Vater ja im Moor sein mußte. Seine Anwesenheit bei den Dränagearbeiten war so notwendig, wie man im Augenblick Saatkartoffeln brauchte und Heu für das Vieh. Beides hoffte man im Lagerhaus zu bekommen. Bogner hatte das wenigstens in die Wege leiten wollen.

Es war noch sehr früh am Tag. Vom Kirchturm läutete die Wandlungsglocke, und als Jutta mit starken Armen den Kahn ans Ufer zog, erhoben sich aus dem Schilf ein Dutzend Wildenten und rauschten mit flatterndem Flügelschlag in die dahinterliegende Bucht, in der der Bootsschuppen des Schloßherrn lag.

Ruhig stand Jutta noch eine Weile am Ufer. Ihre Brust atmete noch heftig und schnell von der Anstrengung. Ihr Blick aber ging über den See hinüber zum Moor, das aus der schläfrigen Ruhe der letzten Jahre aufgeschreckt war.

Wie in einer Vision sah Jutta plötzlich da drüben ein reifes Kornfeld in silberner Schönheit und daneben ein weites Weizenfeld in goldener Fruchtbarkeit. Auf saftigen Wiesen weideten buntscheckige Kühe, und zwischen aller Fruchtbarkeit erhoben sich breitdahingelagerte Höfe mit weißen Mauern und roten Schindeldächern.

Seufzend strich sie sich ein paar lockere Härchen hinters Ohr und dachte, daß bis dahin noch ein weiter Weg sein würde, und daß dieser Weg sich auswachsen würde zu einer Straße der Mühsal und mancher Bitterkeiten.

Die Kirche war jetzt aus, und die Uhr schlug die achte Morgenstunde, als Jutta über den Marktplatz ging und immer noch nicht wußte, wo sie zuerst vorsprechen sollte. Sie merkte, wie fremd sie wirkte in der siebenbürgischen Tracht, die sie für diesen Gang angezogen hatte. Die Leute sahen ihr mit offenem Mund nach, was an sich nicht viel sagen wollte, denn in dieser Zeit gab es so viel Fremdes, dem man nachzustarren hatte. Aber der Metzgermeister Hammerschmied hielt mitten in seiner Arbeit inne und rannte ans Schaufenster.

„Wer ist denn das?"

Die einzige Kundin des Ladens, die beleibte Frau Obersekretär Sieglinde Rambold, hob das lustige Doppelkinn und schaute auch zum Fenster hinaus.

„Wo haben's denn die ausgelassen?"

„Keine Ahnung, hab sie noch nie gesehen. So was Bildsauberes wachst bei uns in Rafenstein nicht. Schaun S' nur grad hin, wie die geht."

„Ja, wie ein Storch", antwortete Frau Rambold spitz.

„Eher wie eine Antilope", schwärmte der Metzgermeister und hatte ganz verträumte Augen. „Was haben S' jetzt gesagt? Ein Pfund Kalbsbeiner?"

„Ja, für meinen Mann, weil er es an der Galle hat und anderes Fleisch nicht essen darf. Und was die Antilope betrifft, ich glaube, daß Sie noch nie in Ihrem Leben eine gesehen haben, höchstens im Tierpark. Aber so seid ihr Männer alle. Wenn ihr was Fremdes seht, bekommt ihr hungrige Augen. Gott sei Dank ist der meine nicht so. Ich tät es ihm auch nicht raten."

Der Herr Obersekretär aber ging gerade ins Amt, und es wäre ihm beinahe seine Aktentasche entfallen, die zwar nichts enthielt als zwei dünne Scheiben Brot mit noch dünnerem Butteraufstrich, als ihm unter dem nördlichen Torbogen das fremde Mädchen mit dem stolzen Schritt begegnete. Zu allem Überfluß blieb sie ausgerechnet vor ihm jetzt stehen und fragte ihn freundlich, wo es zum Lagerhaus gehe.

„Ja, bitte", sagte er und starrte sie an wie ein Wunder. „Zum Lagerhaus, jawohl. Gleich da vorne links liegt das Lagerhaus, neben dem Bahnhof. Zwar" — er lächelte und schluckte ein paarmal — „ich kann mir zwar nicht denken, was die lagern sollten, zumindest, was man dort schon haben könnte ohne Bezugscheine. Aber die gibt es unter Umständen im Landratsamt, Zimmer vier im Erdgeschoß, bei Herrn Oberinspektor Rambold."

„Danke vielmals", sagte Jutta. „Aber ich will es zunächst einmal so versuchen."

Herr Rambold starrte ihr nach und spitzte den Mund, als ob er pfeifen wolle. So was sollte einem der Arzt einmal verschreiben, dachte er. Das wäre besser als alle Tabletten und die Suppe aus Kalbsknochen für meine Galle, von der meine Frau behauptet, daß sie gesund sei, weil sie selber Rindfleischsuppe nicht mochte.

Jutta brauchte für das, was sie haben wollte, keine Bezugscheine, und Herr Rambold zog in seinem Amtszimmer umsonst seinen Scheitel gerade und richtete seine Krawatte. Das schöne Mädchen kam nicht zu ihm ins Büro, Jutta brauchte keine Bezugscheine, weil der Verwalter vom Lagerhaus bereits von höherer Stelle angewiesen worden war, den Moorsiedlern jede mögliche Hilfe zu gewähren.

Das Mädchen brauchte dringend Saatkartoffeln und Weizenkleie. Sie erzählte dem Lagerhausverwalter, daß im Moor drüben sieben Schweine darauf warteten, fettgefuttert zu werden. Das erste davon müßte dann zu Ostern geschlachtet werden. Was der Herr Lagerhausverwalter dann lieber wolle, ein Stück von der Schulter oder vom Rücken.

Oh, es ging zu wunderbar. Jutta hatte eine liebenswürdige Art zu fordern, was sie brauchte. Es war gar keine Verstellung dabei, sondern nur der Wunsch, allen Menschen gut sein zu wollen. Ihr natürlicher Charme, der offene Blick, ihr gewinnendes Aussehen halfen ihr dabei, ohne daß sie es wußte.

„Und Saatkartoffeln?" fragte der Lagerhausverwalter. „Wieviel sollten es denn sein?"

„Vierzig Zentner vielleicht."

Der Lagerhausverwalter betrachtete angelegentlich seinen Bleistift. „Wächst denn da drüben im Moor überhaupt schon etwas?"

„Zwei Tagwerk sind ja bereits vor uns urbar gemacht worden."

„Ach ja, ich weiß. Vom Arbeitsdienst noch. Aber fürs Tagwerk braucht man ja bloß vierzehn Zentner."

„Sagen wir lieber fünfzehn. Und überdies, es gibt ja da drüben auch über fünfzig hungrige Mäuler."

„Dafür kann ich Ihnen allerdings keine Saatkartoffeln geben. Höchstens andere."

Es ging alles reibungslos im Lagerhaus. Man wollte die Sachen am Nachmittag hinüberbringen. Jutta war voll froher Zuversicht. Es fing ganz gut an, man mußte mit den Leuten nur reden. Es ließ auch der Rektor der Volksschule mit sich reden, bei dem sie anschließend vorsprach wegen der Moorkinder, die doch die Schule noch besuchen mußten. Rektor Baier versprach dafür zu sorgen, daß es keine Diffamierung geben werde. Die Kinder aus der Batschka sollten genauso behandelt werden wie die Einheimischen.

Der Kaufmann Stephan aber war von eisiger Reserviertheit, als Jutta ihm sagte, daß sie vom Moor komme. Es zwang ihm nur ein spöttisches Lächeln auf, als sie ihm versicherte, daß am nächsten Ersten alles auf Heller und Pfennig bezahlt würde, wenn der Herr ihr jetzt auf Vorschuß Lebensmittel geben wolle. Hier ist er nicht mehr Kaufmann, sondern der Bürgermeister Stephan, dessen Pflicht es ist, den Ungerufenen in keiner Weise entgegenzukommen. So ist es ihm wenigstens vom Baron Schorer und von Rabitz eingetrichtert worden, die ihn aus seinem verstaubten Laden emporgehoben haben zu Amt und Würde, und vor denen er nicht als Abtrünniger dastehen durfte.

„Glauben Sie mir denn nicht?" fragte Jutta ein wenig scharf, weil ihr einfiel, daß der Vater ihr aufgetragen hatte, gerade diesen Mann um nichts zu bitten.

„Es tut nichts zur Sache, ob ich Ihnen glaube oder nicht. Am besten wäre es überhaupt gewesen, Sie wären dort geblieben, wo sie waren. Rafenstein hat Sie nicht gerufen."

Juttas Gesicht wurde hart, ihre Augen funkelten.

„Nein, Rafenstein hat uns nicht gerufen, aber das Schicksal.

Lassen Sie es ruhig bleiben, wenn Sie mir nichts geben wollen. Es wird einmal eine andere Zeit kommen. Vielleicht wären Sie dann froh, wenn wir bei Ihnen einkauften. Aber Sie dürfen versichert sein, daß ich dann nicht vergessen habe, was Sie mir heute sagten. Ewig hängt es nicht auf eine Seite, und ich kann nicht glauben, daß so ein freundliches Städtchen dann noch einen Bürgermeister haben wird, der im Kopf nicht viel und als Herz einen Ziegelstein hat."

Das Gesicht des Bürgermeisters lief purpurrot an. Zitternd vor Empörung streckte er die Hand nach der Tür. „Hinaus! Und lassen Sie sich nie wieder sehen."

„Das werde ich mir genau merken. Lassen Sie sich aber vorher noch sagen, daß Sie mir mit Ihrer Grobheit nicht imponieren können. Ich habe keine Angst vor Ihnen, und Sie würden viel besser dorthin passen, woher wir kommen. Hier sind Sie jedenfalls fehl am Platze. Und jetzt — auf Nimmerwiedersehen, Herr Bürgermeister. Wenn Sie von uns etwas wollen, müssen Sie sich schon zu uns ins Moor bemühen."

„Was ist denn los?" hörte man plötzlich eine Frauenstimme. Es war Frau Sophie Stephan, die aus einem Nebenraum gerannt kam.

„Sophie, meine Herztropfen", stöhnte der Bürgermeister und preßte seine linke Hand gegen das Herz, eine Geste, die typisch für ihn war. Mit der Hand am Herzen konnte man ihn oft bei den Sitzungen im Rathaus beobachten, und mit der Hand am Herzen ging er gravitätischen Schrittes über den Marktplatz und runzelte die dichten Brauen, wenn etwas sein Mißfallen erregte. Und jedem, der es hören wollte, versicherte er, daß er sich im Dienste um die Stadt sein Herz noch mehr ruiniere.

Jutta war längst draußen und holte tief Atem, so tief und lange, als müsse sie die ganze Wärme des Sonnenleuchtens, das so verschwenderisch über dem Stadtplatz lag, auf einmal in sich eintrinken.

Ein paar Tauben saßen respektlos auf dem Stadtwappen, das den Brunnen zierte und sechs Mooskolben zeigte. Aus dem hohen Kamin der Lammbrauerei stieg der Rauch kerzengerade in den blauen Frühlingshimmel. Der süßliche Geruch von Hopfen und

Malz lag in der Luft, und als Jutta an der offenen Tür des Gasthofes vorbeiging, umwehte sie ein herrlicher Duft von frischen Würsten und Bratensoße.

Aber sie konnte hier noch nicht eintreten. Sie mußte ihr Glück erst noch in einem anderen Kaufladen versuchen und geriet dabei in den gemütlichen Kramladen der Amalie Hauser.

Es läuteten schon die Glöcklein über der Ladentür so verheißungsvoll, und die Frau, die aus dem anstoßenden Stübchen kam, hatte ein so gutmütiges Gesicht, daß man sofort Vertrauen zu ihr haben mußte.

Jutta hätte erst gar nicht zu erzählen brauchen, daß sie vom Moor komme, die Frau wußte das instinktiv und öffnete ihr Herz. Wenn Jutta sagte, sie würde am nächsten Ersten alles auf Heller und Pfennig bezahlen, so durfte sie dieser Fremden viel eher den ehrlichen Willen gutschreiben als manch anderem in Rafenstein, der das auch schon gesagt hatte und nun wo anders einkaufte, weil Frau Amalie sich erlaubt hatte, nach drei Monaten ganz schüchtern zu mahnen.

Sie gab, was sie abgeben konnte, und schrieb alles in ein Büchlein, das sie ganz neu anlegte. Obwohl sie kein so großes Licht war wie der Herr Bürgermeister Stephan, konnte sie sich doch ausrechnen, daß auch wieder andere Zeiten kommen würden und sie sich jetzt eine gute Kundschaft sicherte, sofern die Menschen es nicht vergaßen.

Weil Jutta durchaus für Ordnung war, schrieb auch sie die einzelnen Posten gewissenhaft auf. Sie verglichen es dann miteinander und lächelten einander zu, als würden sie sich schon seit Jahren kennen.

„Und nun muß ich noch in den Lammbräu“, sagte Jutta. „Man hat uns dort einen Kahn geliehen, und ich muß mich wohl dafür bedanken.“

„Bei der Frau Konstanze! So, so, die hat ihnen ihren Kahn geliehen?“

„Es ist ein Segen für uns. Wir müßten sonst immer den weiten Weg um den ganzen See machen. Aber ich kann nicht gut Frau Konstanze zu ihr sagen. Wie heißt sie sonst?“

„Beerlich. Aber darauf legt sie keinen großen Wert. Seit ihr

Mann tot ist, ist sie einfach die Lammbräuin oder auch Frau Konstanze."

„Danke", sagte Jutta und wollte gehen. Aber nun wollte die Kramerin noch so vieles wissen. Woher sie kämen, und ob sie sich denn im Moor wohlfühlen könnten. Es könne doch kein rechtes Leben sein, ewig in Baracken zu hausen.

„Das ist nur jetzt am Anfang", lachte Jutta und deutete dann das große Wunschbild an, ein wenig zurückhaltend zwar, aber doch so, daß Frau Amalies Phantasie sofort zwischen den großen Bauernhöfen einen netten Kiosk einschob, den sie mit Lebensmitteln beliefern könnte.

In ihrem einfachen Sinn betrachtete Frau Amalie Hauser das Auftauchen der Moormenschen nicht als Zufall, sondern als ein Schicksal, in das man unweigerlich hinein verflochten wurde, wenn man sich nicht stur der Erkenntnis verschließen wollte, daß man ja doch einmal mit diesen Menschen zusammenarbeiten mußte, weil es vom rein Menschlichen her kein Ausweichen geben konnte.

Ganz von selber waren Frau Amalie freilich diese Gedanken nicht zugeflogen. Aber es war ja Olga da, ihre Tochter Olga, die im Vorzimmer des Herrn Bürgermeisters saß und in manches Einblick hatte, was anderen verborgen blieb. Olga, das Mädchen mit dem Dornröschengesicht, das ihr Herz für den Riesen mit dem Stiftenkopf erschlossen hatte und zuweilen an den ersten Apfel dachte, der im Moor wachsen und ihr gehören würde.

Abends sprachen Mutter und Tochter oftmals von den Menschen im Moor, und es war Olgas Verdienst, daß die Mutter ein freundlicheres Bild von den Siedlern vermittelt bekam als andere, die sich erst im Laufe einer langen Zeit von ihren Vorurteilen freimachen konnten.

Daher kam es auch, daß Jutta bei Frau Amalie gleich soviel Bereitwilligkeit geboten bekam und daß sie in ihrem freimütigen Erzählen erst unterbrochen wurde, als vom Kirchturm die Elfuhrglocke läutete.

Sie verabschiedete sich schnell und hatte Bedenken, ob die Stunde jetzt noch geeignet sei, bei der Lammbräuin vorzusprechen. Ein wenig zaghaft schlich sie um die Toreinfahrt der Brauerei und dann wieder zurück zum Eingang in die Wirtschaft, aus dessen dämmerigem Flur jetzt noch aufdringlicher Duft von Bratensoße kam.

Dann trat sie beherzt hinein in den Flur. Sie las an den sauber gescheuerten Türen aus Lärchenholz, was dahinter zu erwarten war. „Gaststube“ stand auf der einen. „Nebenzimmer“ auf der anderen. Dann weiter hinten das „Bräustüberl“, ein „Ratsstüberl“ und eine „Weinklause“. Die Tür zur Küche stand offen, und Jutta sah eine ziemlich korpulente Frau in weißer Schürze am Herd stehen. Ob es vielleicht die Lammbräuin war? Gerade als sie fragen wollte, kam eines der Küchenmädchen mit einer Schüssel dampfender Kartoffeln vorbei. Sie maß die Gestalt in der fremden Tracht mit erstauntem Blick und deutete dann mit dem Kinn über den Flur.

„Da vorne ist die Gaststube. Aber zu essen gibt es erst um zwölf Uhr.“

„Ich will nichts essen“, antwortete Jutta. „Aber vielleicht können Sie mir sagen, wo ich die Lammbräuin treffe.“

Die Köchin drehte sich jetzt um, stemmte die Hände in die feisten Hüften und maß die Besucherin mißtrauisch.

„Wir stellen zur Zeit niemanden ein“, sagte sie. „Und überhaupt heißt es nicht die Lammbräuin, sondern die Frau Beerlich.“

„Ich habe nicht die Absicht, eingestellt zu werden. Bei so viel Unfreundlichkeit dürfte es auch gar kein Vergnügen sein, hier in der Küche neben Ihnen zu arbeiten. Aber im Ernst — ist Frau Beerlich jetzt zu sprechen oder nicht?“

„Hinten, die letzte Tür links“, sagte jetzt das Mädchen und stellte mit einem schadenfrohen Lächeln die Schüssel mit den Kartoffeln auf den Herdrand. Wahrscheinlich freute sie sich, daß es jemanden gab, der sich von der Köchin Berta nicht ins Bockshorn jagen ließ, die man hier im Hause wegen ihres Umfangs den „Schraubendampfer“ nannte.

„Comptoir“ stand über der angewiesenen Tür. Jutta verhielt davor eine Weile mit klopfendem Herzen, dann machte sie den Finger krumm und klopfte an.

Frau Konstanze Beerlich schaute mit mütterlichen Augen zu Jutta auf, die in leiser Verwirrung vor ihr stand und sich nicht setzen wollte, obwohl sie von Frau Konstanze mit einer Handbewegung dazu aufgefordert worden war.

Ja, Jutta war ein wenig verwirrt von der eigentümlichen Schönheit dieser Frau, die, den Oberkörper straff aufgerichtet, hinter dem mächtigen Schreibtisch aus Nußbaumholz saß. Sie hatte eine betagte, weißhaarige Matrone erwartet, in einem Lehnstuhl sitzend, die müden Hände im Schoß gefaltet. Frau Konstanze aber hatte keine müden Hände, die ruhen wollten. Ihre rechte Hand ließ vielmehr den schweren Brieföffner mit dem Bernsteingriff auf der Platte des Schreibtisches vibrieren. Jutta sah die beiden Eheringe am Finger, die ihre Witwenschaft andeuteten. Die andere Hand spielte mit der Goldbrosche an ihrem hochgeschlossenen Spenzer. An dieser Hand glänzte ein schwerer Ring mit einem in Gold gefaßten Onyx.

Zum zweitenmal bot jetzt Frau Konstanze den Sessel ihr gegenüber an.

„Bitte, setzen Sie sich doch, Fräulein —?"

„Graf", sagte Jutta. „Jutta Graf."

Der Hauch eines wunderschönen Lächelns flog um Frau Konstanzes Mund. „Eine junge Gräfin also."

Jutta errötete leicht und erklärte: „Nein, unser Familienname lautet so."

„Ja, ich weiß. Und Sie kommen vom Moor."

„Allerdings", antwortete Jutta und merkte, daß sie allmählich ihre Hemmungen verlor.

„Ich habe Sie nämlich heute morgen beobachtet, wie Sie über den See gerudert sind", erklärte Frau Konstanze.

„Ja, mit Ihrem Boot, liebe Frau. Darum bin ich auch hier, um Ihnen von Herzen zu danken, auch im Namen meines Vaters."

Die Hand mit dem Onyx machte eine abwehrende Geste. „Nicht der Rede wert. Ich brauch es nicht, und ihnen ist geholfen."

„Uns allen ist geholfen. Und wir empfinden es doppelt dankbar, weil man doch sonst so gegen uns ist. Jetzt wenigstens noch. Aber es wird die Zeit kommen, wo man einsieht, daß wir nicht umsonst ins Moor gekommen sind."

„Sie sind sehr zuversichtlich."

„Zuversichtlich und voller Vertrauen zum Schicksal."

„Zur Zukunft, meinen Sie wohl. Oder — Sie haben recht, vielleicht kann man auch Schicksal sagen zu allem, was noch verhüllt vor uns liegt. Die Zeit ist so verworren, daß man sich gar nicht vorstellen kann, wie die Zukunft aussehen wird."

„Die Zeit ist verworren, ja, gnädige Frau. Aber die Menschen noch viel mehr. Doch aller Verworrenheit zum Trotz wird da drüben einmal Brot wachsen."

Frau Konstanze fühlte sich immer mehr zu diesem fremden Mädchen hingezogen. Es war kein Alltagsgeschöpf, und da auch Frau Konstanze kein Alltagsmensch war, spann sich ein stilles Einverständnis an, ein inniges Verstehen von Mensch zu Mensch. In Frau Konstanze erwachte eine warme Zuneigung zu dem Moormädchen, es war, als grüße sie in Jutta etwas sehr Vertrautes, vielleicht das Spiegelbild ihrer eigenen Jugend.

Wenn aber Frau Konstanze jemandem gut war, dann ließ sie die Maske ihrer sonst so kühlen Höflichkeit fallen und strömte Wärme aus, Wärme und mütterliches Verstehen. Sie fand über alle Förmlichkeiten hinweg den Weg zum vertraulichen Du. Manchmal dauerte dies bei ihr sehr lange, bei diesem Mädchen aber fühlte sie, daß man ihm Vertrauen schenken durfte.

„Das hast du gut gesagt, Kind — das vom Brot wachsen. Aber sag nicht gnädige Frau zu mir, das wollen wir anderen überlassen." Sie stand auf und trat an das Fenster. Jutta bewunderte ihre hohe, schlanke Gestalt und sah sich dann in dem Raum um. Er war auf männlich herbe Art eingerichtet. Nur die vielen Kakteen und Hängepflanzen, die in der einen Ecke fast einen kleinen Wintergarten bildeten, verrieten, daß eine Frauenhand ihnen Pflege schenkte.

„Seit ich weiß, daß da drüben Menschen wohnen", nahm Frau Konstanze das Gespräch wieder auf, „sehe ich oft hinüber. Manchmal wünsche ich mir sogar, selbst noch mal etwas aufzubauen. Aber für wen?" Mit einem leichten Seufzer wandte sie sich um, streifte im Vorbeigehen mit leichter Hand über Juttas Schulter und setzte sich wieder. „Du kannst es mir glauben: manchmal stünde ich auch gerne da drüben im Moor, mit dem Spaten in der Hand. So aber sitze ich stundenlang hier und rechne die Auszüge der Brauerei nach." Plötzlich nahm sie den Kopf hoch und änderte abrupt das Gespräch. „Ich habe gehört, daß man da drüben die Öfen gestohlen hat."

„Ja, aber wir haben nun wieder welche."

„Von Herrn Rabitz geliefert, nicht wahr? Ich will nicht indiskret sein, aber kannst du mir sagen, ob er dafür etwas verlangt hat?"

„Natürlich hat er dafür etwas verlangt. Ich glaube, über fünfhundert Mark. Wir können sie im Augenblick leider nicht bezahlen."

„Vorerst nichts bezahlen", antwortete Frau Konstanze mit sonderbarer Schärfe. „Wundere dich über nichts, Kind. Aber ich weiß manchmal mehr, als anderen lieb ist. Nach allem, was ich gehört habe, ist dein Vater ein rechtschaffener Mensch. Ich weiß aber auch, daß manchen eure Ansiedlung ein Dorn im Auge ist. Warst du heute nicht auch schon beim Bürgermeister?"

„Ja, aber ich gehe nie wieder zu ihm."

„Das habe ich erwartet. Es sind aber nicht alle so. Regierungsrat Bogner zum Beispiel meint es gut mit euch."

„Und Sie auch. Das fühle ich. Und Sie haben uns ja auch den Kahn geschickt."

„Ja, das habe ich getan. Aber denke nicht, daß ich es aus Mitleid getan habe. Es hat mich einfach gereizt, etwas zu tun, was andere auch hätten tun können, aber nicht wollten. Und wann immer es nötig ist, du kannst mit mir rechnen. Nun wollen wir sehen, ob man uns etwas zu essen gibt."

Frau Konstanze nahm Jutta mit und sagte in der Küche Bescheid, daß man im Weinstüberl für zwei Personen decken solle.

Der Schraubendampfer vergaß, die Arme in die Hüfte zu stemmen, und fragte bloß: „Mit oder ohne Suppe?"

„Heute ausnahmsweise mit Suppe", antwortete Frau Konstanze und zog die Augenbrauen zu einem spitzen Winkel zusammen, worauf das Küchenmädchen sofort schuldbewußt die Türe zum Gastzimmer schloß, weil Frau Konstanze nicht duldete, daß man von dort aus alles Tun in der Küche verfolgen konnte.

„Wenn die Rabitz-Arbeiter zum Essen kommen, dann schickt doch den einen, den jüngeren, wie heißt er gleich?"

„Anton“, antwortete das Küchenmädchen Sali mit auffallendem Eifer.

„Ja, den mein ich. Schickt ihn zu mir ins Büro.“

Dann führte sie Jutta noch durch das ganze Haus, zeigte ihr auch die Brauerei und was es sonst noch alles zu sehen gab. Als sie sich danach im Weinstüberl zum Essen niedersetzten, war es kurz vor zwölf.

Die Arbeiten im Moor gingen schneller voran, als man gedacht hatte. Die Gräben reihten sich in einer immer ausgedehnteren Fläche aneinander, aber man konnte die Röhren noch nicht einlegen, weil noch kein Abflußgraben vorhanden war. Müßten sie den auch mit Schaufel und Spaten ausgraben, es würde Monate dauern. Monate aber konnte sich Melchior Graf nicht leisten. Oft stand er am späten Abend noch hinter den Baracken und schaute über die flimmernde Weite hin. Er wußte genau, daß mit der Länge der Zeit die Arbeitslust bei den Leuten zerbröckeln würde, wenn man keinen anderen Erfolg sah, als den der gezogenen Gräben, in denen sich das Wasser sammelte, aber nicht ablaufen konnte.

Darum ließ er das Wort „Bagger“ fallen. Er konnte es ruhig tun, weil ihm vom Regierungsrat Bogner einer zugesagt worden war.

Das Wort wirkte Wunder. Die Arbeit ging wieder flott von der Hand, denn schon mit dem Versprechen allein wuchs aus Schweiß und Moor ein herrliches Bild herauf, das alle Mühe hundertfach aufwog. Und mit jedem Tag wuchs auch die Liebe zu dem werdenden Land, und ihre nächtlichen Träume waren erfüllt von all den Wünschen, die sie tagsüber jeder Schaufel voll Moorerde anvertrauten. Die Alten wurden dabei in ihren Wünschen zu Kindern und die Kinder zu Erwachsenen. Bis auf Roswitha. Sie lebte nach wie vor in ihren Träumen und spann sie in die abendlichen Nebel hinein, aus dem ihr die wunderlichsten Gestalten erwuchsen. Nur der kleine Adrian durfte am Rande teilhaben, ihn plapperte sie mit ihren wunderlichen Gedanken in den Schlaf hinein und ließ vor seiner kindlichen Seele ihre Traumgestalten zu wirklicher Größe ausreifen — den jungen Prinzen mit dem Arabergesicht, hinter dem ein himmelblauer Mantel herwehte, wenn er auf seinem Apfelschimmel über das Moor ritt. Oder die gütige Fee, die ums Morgenrot mit langem, goldenem Haar zwischen den Gräben hinschwebte, die Hände dabei zu segnender Gebärde erhoben.

Dann kam der Bagger. War das ein Glücksgefühl und eine Begeisterung unter den Moormenschen! Der Bagger fraß sich in zehn Tagen auf eine Länge von zwei Kilometern durch bis zum Seeufer. Nur ein kleiner Ranken war noch als Schutzwall gegen den Wasserdruck aus den Gräben stehengeblieben. In fliegender Eile wurden die Röhren gelegt, die Gräben aufgefüllt und die schmale Schutzwand durchstoßen. Ungehindert konnte jetzt das Wasser in den Kanal und durch ihn in den See fließen.

Als dies geschehen war, richtete Melchior Graf an einem Sonntagmorgen das große Kreuz auf einer kleinen Erhöhung vor den Baracken auf und zimmerte ein Dach aus Birkenrinden darüber. So schaute der alte Herrgott aus der Batschka über das weite Moor hin und sah alles, was dort im Vertrauen auf ihn geschah. Er sah auch das, was Tageslicht zu scheuen hatte, und mußte es schweigend geschehen lassen, wenn Rochus Schwab in der Dunkelheit aus der Tiefe des Moores kam und ein Reh auf seinen Schultern trug, das sich in der Schlinge gefangen hatte.

Dieses Reh brachte er in die Baracke der Familie Pantscher, wo man sich dann gemeinsam hinter verhängten Fenstern und verschlossener Tür gleich über den Aufbruch machte, während die Pantscherin das Fleisch einbeizte.

Die Pantschers waren die Familie mit den Zwillingsmädchen Edith und Sabine. Hier konnte Rochus die halbe Nacht sitzen und über die Maßnahmen des Sippenvaters Melchior Graf losziehen. Hier fand er willige Ohren. Hier konnte er stänkern und hetzen, weil der Pantscher selber immer etwas auszusetzen und zu nörgeln hatte. Hier bildete sich eine Keimzelle der Opposition gegen Melchior Grafs Anordnungen. Hier verstand man alles besser, und sie hatten es schon vergessen, daß nur Melchior Graf es war, der sie mit seinem unerschütterlichen Glauben aus der dunklen Not der Austreibung wieder zu einem geordneten Leben geführt hatte. Sie konnten zwar gegen das große Ganze nicht an, konnten nicht gegen den Strom schwimmen, weil sie festgehalten waren in dem

Kreis, der alle, die sich dem Moor verschrieben hatten, wie eine Zange umschlossen hielt. Das Moor ließ keinen mehr los, es war schon zu tief vom Schweiße aller getränkt, und wenn sie auch manchmal heimlich stöhnten unter der strengen Ordnung, die Melchior Graf aufgerichtet hatte, so begriffen sie doch, daß sie nicht allein um der Arbeit willen schufteten, sondern für das Leben ihrer Kinder und Kindeskinder.

Zuweilen schnappte Melchior Graf irgendeine gehässige Bemerkung auf, die Rochus Schwab wie einen vergifteten Pfeil aus dem Hinterhalt losließ. Aber das war nicht viel anders, als wenn man einen Reißnagel in eines Elefanten Haut einzudrücken versuchte. Er fand es vorerst gar nicht der Mühe wert, darauf einzugehen. Er behielt aber alles genau im Gedächtnis für eine geeignete Stunde. Vorerst hatte er ganz andere Sorgen. Ostern nahte, und wenn alles noch nach Wunsch ginge, könnten vor den Feiertagen noch zehn Tagwerk mit Kartoffeln angesetzt werden.

Sie versuchten es mit dem Pflug, vor den sie vier Pferde spannten. Es war vergebliche Liebesmüh. Der Boden war noch zu sehr mit Schlingpflanzen und verborgenen Wurzeln durchsetzt, daß der erste Pflug schon nach einigen Metern zerbarst.

Bogner sah dabei zu, streckte seinen langen Hals, putzte seine Brillengläser und lächelte nachsichtig. Sein Oberkörper war inzwischen auch schon ganz braun gebrannt, seine Hände rissig, weil er überall mit anpackte, als bewerbe auch er sich um Neugrund für neunundneunzig Jahre.

Wenn er dann den Hals so streckte, wie ein Straußenvogel, dachte er gewöhnlich über etwas scharf nach. So auch jetzt. Ohne ein Wort zu sagen, nahm er sein Hemd unter den Arm, ging zu den Baracken und wusch sich erst einmal gründlich. Eine Viertelstunde später fuhr er in seinem klapprigen Auto weg. Jetzt war er wieder ganz der Vertreter der Regierung, mit weißem Kragen und Krawatte, der mit erhobener Hand den Moorleuten zuwinkte, bevor er mit seinem Wagen in die Waldschneise einbog.

Er kam an diesem Tag nicht mehr zurück, kam auch am nächsten Tag nicht, aber am dritten kreuzte ein schwerer Traktor mit zwei Pflugscharen und drei Anhängern auf, die vollauf mit Saatkartoffeln beladen waren.

Der Traktorführer kam aus der entfernten Moorkulturanstalt, überbrachte Grüße von Regierungsrat Bogner und begann sogleich sein Werk. Tief bohrten sich die Pflugscharen in den Boden und rissen ihn um. Manchmal brüllte der Motor des Traktors fast tierisch auf, wenn die Scharen schweres Wurzelwerk zu fassen bekamen. Dann stand sein gleichmäßiges Geknatter wieder über dem weiten Moor, hinter dem der sanft aufsteigende Bergwald schon zu vollem Fühlingsglänzen angesetzt hatte.

Am Gründonnerstag legten sie die ersten Kartoffeln. Und am Karsamstag lagen an die zehn Tagwerk Neugrund schwarz und ruhig mit ihrer kostbaren Saat darunter da.

Am Ostersonntag stand Melchior Graf schon auf, als die Sterne noch über dem Moor funkelten. Es drängte ihn, das zu schauen, was gestern vollbracht worden war. Die Hände hinter dem Rükken schritt er langsam am großen Graben entlang, umging das ganze, weite Feld und rechnete aus, wie die Ernte sein könnte, der sie in diesen Tagen die Saat geschenkt hatten. Im Geiste sah er schon, wie die ersten grünen Triebe herausspitzten, nach etwa fünf Wochen, und wie dann das ganze, weite Feld zu blühen anfangen würde, weiß und rosarot. Ach ja, es war ein unendliches Gefühl der Dankbarkeit in seiner Brust.

Der Tag begann zu dämmern. Die Schritte des einsamen Wanderers gingen lautlos über das Land. Manchmal blieb er stehen und griff sinnend nach seiner Uhrkette. Sein Gesicht war in den harten Wochen so dunkelbraun geworden wie gebeiztes Birnbaumholz. Dadurch schien es, als schimmere die graue Haarbürste über seiner Stirn noch heller.

Hinter der Rafenergruppe machte sich ein heller Schein bemerkbar, der schnell um sich griff. Der erste Sonnenstrahl fiel aufs Moor. Die frischgepflügte Erde begann zu dampfen. Es stieg wie ein leichter Nebel auf und umwehte die Birkengruppen. Auch der See begann zu dampfen. Im Städtchen drüben aber war noch alles ruhig.

Ach, was hatten die müden Städter in ihren Betten für eine Ahnung von dem wundersamen Erwachen eines Frühlingsmorgens! Wenn die Vögel anfingen zu musizieren und die Frösche wach wurden, wie es um jeden Baum und Strauch lebendig wurde, wie es in den Lüften rauschte und das Leben aus der Erde drängte, indessen die letzten Sterne erloschen, weil die Sonne den Himmel über den Bergspitzen schon in ein zitterndes Gelb verwandelte.

Der Tag war vollends erwacht, als Melchior Graf zu den Barakken zurückkehrte. Von zartem Morgenrot umflossen, stand der Herrgott aus der Batschka auf seinem kleinen Hügel.

Mittlerweile war es auch im Stall lebendig geworden. Melchior Graf trat ein. In der Stallarbeit wechselten sich die Frauen der Siedlung ab. Diese Woche traf es die Kronbergerin und die Röder Anna.

„Frohe Ostern", wünschte Melchior Graf mit lauter Stimme, stieg über einen Mistkarren hinweg und musterte die Kühe. Sie hatten sich von der langen Wanderschaft erholt, und in den nächsten Tagen gab ein Kalb den ersten Zuwachs in der Siedlung.

Während er sich mit den beiden Frauen unterhielt, war ihm, als wäre etwas draußen vor dem kleinen Fenster vorbeigehuscht. Mit ein paar Schritten war er draußen und sah gerade noch den Rochus um die Ecke biegen.

Wo kam denn der schon her? Mit einem unbehaglichen Gefühl betrat Melchior Graf die Kammer, die an die Stallbaracke anstieß. Rochus Schwab kauerte gebückt vor seiner Bettstelle und richtete sich erschrocken auf, als er die Tür gehen hörte. Dann kam ein unsicheres Glitzern in seine Augen.

„Ach so, du bist es", sagte er leichthin.

Melchior Graf warf einen Blick auf das Bett. „Mir will scheinen, da hat heute nacht keiner geschlafen. Wo kommst denn du heute schon her?"

„Geht das jemanden was an?"

„Nein, soweit nicht. Aber jetzt kann ich mir denken, warum du tagsüber oft so müd bist und so übernächtig. Es geht mich ja nichts an, was du in deiner freien Zeit treibst. Bloß wenn es etwas Unrechtes sein sollte, Rochus, dann müßt ich ein ernsthaftes Wörtl mit dir reden."

Dem Burschen trieb es eine rote Hitzewelle über die Stirne hin. „Was soll ich denn Unrechtes treiben?"

„Das weiß ich nicht, ich warne dich bloß." Mit einer raschen

Bewegung hatte sich Melchior Graf gebückt und zog unter dem Bett einen plump gearbeiteten Stutzen hervor.

„Ach, so ist das? Jetzt kenne ich mich aus.“ Einen Schritt vor Rochus hintretend, packte er ihn scharf mit seinem Blick. „Du, das laß bleiben. Durch dich will ich die Siedlung nicht in Verruf bringen lassen. Merk dir das.“

„Da könnte was dabei sein, wegen so einem lausigen Rehbock! Ich bin schon nicht so blöd, mich erwischen zu lassen!“

„Das erstemal erwischen sie dich vielleicht nicht, vielleicht auch das zehnte Mal noch nicht. Dann wirst du eben leichtsinnig, und beim elften Mal schnappen sie dich. Dann heißt es aber nicht, der Rochus Schwab hat gewildert, sondern es heißt, von der Siedlung einer. Und damit sind wir alle miteinander gemeint. Damit du aber gar nicht in Versuchung kommst —“

Ehe ihn Rochus daran hindern konnte, schlug Melchior Graf das Gewehr krachend gegen den Türbalken, daß der Schaft berstend zersplitterte.

Einen Augenblick war Rochus verblüfft und stand mit aschfahlem Gesicht da. Dann sprang er wie ein gereiztes Raubtier dem Siedlungsvater an den Hals.

Sie rangen miteinander und es gehörte die ganze Kraft des schweren Mannes dazu, die würgenden Fäuste des Jüngeren abzuwehren. Endlich bekam er ihn mit einem raschen Untergriff zu fassen und schleuderte ihn krachend zu Boden.

„So!“ Tief schnaufend betrachtete er die abgerissene Uhrkette. Das ärgerte ihn am meisten. „Laß es dir ja nicht einfallen, mich noch mal anzurühren. Ich schlag dich so, daß du ins Spital mußt. Und im übrigen — ich lege keinen Wert darauf, daß du bleibst. Ich jage dich nicht fort, aber wenn du gehst, halte ich dich nicht. Die Arbeit freut dich sowieso nicht recht.“

Fluchend erhob sich Rochus und hielt sich die linke Seite, mit der er gegen den Bettpfosten geflogen war.

„Jetzt“, schrie er, „jetzt, wo ihr mich nicht mehr braucht, jetzt könnt ich geh'n!“

„Kein Mensch jagt dich fort, ich habe bloß gesagt, daß ich dich nicht halte, wenn du gehst. Dreh die Dinge nicht um, und bleibe bei der Wahrheit.“

„Ich kenn mich schon aus! Ich bin dir ja schon lange ein Dorn im Auge! Aber da steckt bloß deine Jutta dahinter."

Melchior Graf ordnete seinen aufgerissenen Hemdkragen. Um seinen Mund zuckte ein verächtliches Lächeln.

„So dumm kannst auch bloß du daherreden. Glaubst du, wenn die Jutta ernsthaft in dich verliebt wäre, daß ich dann dagegen was machen könnte? Du hast dir zuviel eingebildet, das ist alles."

„Was weißt du denn, wie sie mich geküßt hat!"

Melchior Graf wollte an seiner Uhrkette zupfen, aber das ging nicht gut, weil sie abgerissen war.

„So? Das weiß ich nicht. Kann auch sein, daß du lügst. Wenn es aber die Wahrheit ist, dann muß es schon deine Schuld sein, weil meine Jutta das, was sie wirklich einmal mit ihrem Herzen umschlossen hat, auch festhält. Im übrigen, es wird dir nicht so nah gehen, du steckst ja recht fleißig bei den Pantscherischen. Ob es die Sabine ist oder die Edith, das weiß ich nicht. Ich kenne die zwei nie recht auseinander. Geht mich auch nichts an. Ich sage es dir bloß, damit du weißt, daß ich nicht blind im Moor umher renne."

Er bückte sich nach dem Büchsenlauf, steckte ihn unter seine Joppe und warf ihn später in den See hinaus.

Danach betrat er seine Baracke. Jutta war bereits wach und stand am Herd, um die Morgensuppe zu kochen. Roswitha und der kleine Adrian schliefen noch. Melchior Graf erwähnte das Vorgefallene mit keinem Wort, setzte sich an den Tisch und betrachtete wehmütig seine abgerissene Uhrkette.

„Hast du einen Faden zur Hand, Jutta? Da ist mir jetzt die Uhrkette abgerissen."

„Wie ist denn das möglich?"

„Ich weiß nicht, ich muß wo hängengeblieben sein."

Jutta kam mit Nadel und starkem Zwirnfaden. Als sie sich näherbeugte, sah sie am Hals des Vaters eine blutunterlaufene Stelle. Sie richtete sich auf.

„Vater, du verbirgst etwas vor mir. Woher kommt das da, an deinem Hals?"

Melchior Graf strich sich mit flacher Hand über seinen Stiftenkopf. Unsicher sah er an seiner Tochter vorbei, aber dann wußte er, daß er ihr nichts vormachen konnte.

„Mit dem Rochus bin ich gerade zusammengerumpelt."

„Um Gottes willen!"

„Nur keine Angst. Der kann mir noch nichts tun. Höchstens, wenn ich noch zwanzig Jahre älter bin. Aber bis dahin, denk ich, wird der nicht mehr in der Siedlung sein."

Jutta bemühte sich, die Uhrkette zusammenzunähen, und es gelang ihr überraschenderweise sehr gut. Ohne aufzublicken, fragte sie dann nach einer langen Pause: „Um was ist es denn gegangen? Vielleicht gar um mich?"

Melchior Graf war direkt froh, den wirklichen Grund nicht sagen zu müssen und nickte: „Ja, um dich. Er prahlt damit, daß du ihn geküßt hättest. Ich will dich gar nicht fragen, ob das wahr ist, aber — ein Wort hat halt das andere gegeben."

„Ja, Vater, es ist wahr. Es gab einmal eine Zeit, da habe ich gemeint, ich könnte ihm gut sein. Aber dann sind mir die Augen aufgegangen darüber, welch ein minderwertiger Charakter er ist. Dann war die Sache für mich vergessen. Ich bitte dich nur um eines, Vater, laß du dich nicht mit ihm ein. Wenn er etwas über mich sagt, was nicht wahr ist, dann wehre ich mich schon selber. Oder traust du mir das nicht zu?"

„Doch, Jutta. Und ich bin stolz, weil du so bist. Aber jetzt wird es Zeit, daß auch die andern zwei aufstehen."

Er trat zu den beiden übereinandergestellten Bettstellen und betrachtete still die aneinandergeschmiegten Kindergesichter im oberen Bettgestell. Adrian hatte seine Löckchen in Roswithas Blondhaar geschmiegt, Roswitha hatte ihren Arm um den Nacken des Buben geschlungen. So lagen sie noch tief schlafend, während durch die kleinen Fenster bereits hell die Morgensonne floß.

Roswitha kam nur schwer aus ihrem Traum hoch. Adrian dagegen war sofort hellwach und schlang die Ärmchen um den Hals des Großvaters. So trug er ihn durch die Sonnenstrahlen, die in die Stube fielen, bis Jutta ihn abnahm und dem kleinen Kerl mit Seife und Waschlappen zu Leibe rückte.

Über den See herüber hörte man jetzt dumpf und schwer die Osterglocken läuten. Die Töne kamen jubelnd über das weite

Moor und verloren sich im Echo in den traumstillen Bergwäldern.

Zum erstenmal rückte heute die ganze Siedlung geschlossen aus, um in Rafenstein dem österlichen Hochamt beizuwohnen. Nur Rochus blieb zurück, weil er anderen Glaubens war, nämlich, von der Mutter her, Mohammedaner.

„Emma“ mußte den Weg über den See zweimal machen, weil sie die Menschen nicht alle auf einmal fassen konnte. Dann zogen sie in geschlossenem Zuge zur Kirche. Voraus schritt barhäuptig Melchior Graf und neben ihm Jutta. Gleich hinter ihnen folgten Roswitha und Adrian, dann kamen die anderen in langem Zug, der für die Rafensteiner ein Ereignis war, denn alle, vom Großvater bis zum Enkel, trugen die siebenbürgische Tracht, Männer und Frauen. Es war ein farbenfrohes, aber doch fremdes Bild für Rafenstein. Überall hinter den Fenstern sah man neugierige Gesichter, auf der Straße blieben die Menschen stehen und besannen sich erst darauf, daß diese Fremden ihnen etwa den angestammten Platz in der Kirche streitig machen könnten, als es schon läutete. Da liefen sie dem Zug voraus und hatten es auf einmal furchtbar eilig, in die Kirche zu kommen.

Natürlich wußte Melchior Graf, daß es für ihn und seine Leute keinen Bankplatz in der Kirche geben würde. Darum standen sie im Mittelschiff, und obwohl das gar nicht ausgemacht war, standen sie streng ausgerichtet, die Männer auf der rechten, die Frauen auf der linken Seite, die Kinder in der Mitte. Es war auch das nicht vorher abgesprochen worden, und darum wirkte es so bestechend schön, als sie alle wie auf ein Kommando das Knie bis auf das Steinpflaster hinunter demütig beugten vor dem Herrn, der vor nahezu zweitausend Jahren aus dem Grabe aufgestanden war nach seinem bitteren Opfertod.

Hernach standen sie wie angewurzelt, die Hände über der Brust gefaltet, den Blick geradeaus gerichtet, und bekreuzten sich, als der Pfarrer mit seinen Ministranten von der Sakristei heraus zum Altar schritt.

Da erst wandte der Baron von Schorer im ersten Kirchenstuhl

vorne sein Gesicht über die Schulter und furchte die Stirn bei diesem farbenfrohen Bild, das sich da im Kirchenschiff aufgetan hatte, denn es fielen ihm die dreißig Fasanen ein, die er im Moor eingesetzt hatte, und die nun, seit die Siedler da waren, weiter in den Bergwald hinaufgezogen waren, wo die Jagd nicht mehr ihm, sondern dem Staat gehörte. Melchior Graf begegnete seinem Blick, ohne mit der Wimper zu zucken. Aber unwillkürlich spürte er, daß dieser Mann sein Feind war.

In diesem Augenblick geschah etwas, das unter den Einheimischen mehr als Verwunderung erregte. Frau Konstanze, die Lammbräuin, stand von ihrem Kirchenstuhl auf, trat heraus, faßte Jutta Graf an der Hand und wies ihr den Platz im Kirchenstuhl neben sich an.

Mit finsterem Blick verfolgte Baron Schorer diese provozierende Geste und begriff sofort, daß dies sicher nur seinetwegen geschehen war, weil die Lammbräuin keine Gelegenheit vorübergehen ließ, ihn zu ärgern. Wenn er den Blick nur ein wenig schräg hinüberrichtete, sah er sie. So sah er sie seit vielen Jahren, herrisch und schön, heute besonders schön in der schweren Festtagstracht mit dem goldbestickten Bänderhut. Es war gerade so, als könnte dieses Gesicht nie alt werden, als wäre es über die vielen Jahre gleich geblieben. Nicht einmal die inhaltslose Ehe mit dem verstorbenen Lammbräu hatte diesem Gesicht irgendwelche Falten eingegraben. Die Haut war glatt wie eh und je, und über den Augen stand winzig klein das Muttermal auf der weißen Stirne wie das Kastenzeichen einer indischen Fürstin.

Dann lief der feierliche Gottesdienst in hergebrachter Weise ab. Die Rafensteiner hatten sich daran gewöhnt, daß das Kirchenschiff mit den Fremden gefüllt war und wurden erst wieder aufmerksam, als die Moormenschen zum Schluß beim gemeinsamen „Großer Gott, wir loben dich" ihre Stimmen erhoben. Sie übertönten den Gesang der anderen, ohne daß sie besonders laut gesungen hätten. Aber ihre Stimmen waren von einer wunderbaren Innigkeit getragen. Man mußte unwillkürlich hinhorchen. Und weil man, wenn man horchen will, nicht zugleich auch singen kann, verstummte einer nach dem anderen. Die zweite Strophe stimmten schließlich nur mehr die Moormenschen an, und da war es, als sängen wirklich Cherubim und Seraphinen. Die jubelnden Kinderstimmen klangen wie Geigengesang in den Sopran der Mädchen hinein. Juttas herrliche Altstimme klang wie ein Cello dazwischen. Hell und strahlend aber stand der Tenor des Röder Andreas über allen.

Dann diese herrlichen Baßstimmen der Moorbauern. Es war, als stiege der Gesang zuerst ganz leise aus der Tiefe des Moores auf und würde dann von einem Wind erfaßt, in Blüten hineinregnen.

Sogar am Chor oben schwiegen sie jetzt. Nur die Orgel untermalte noch ganz leise. Noch nie hatte man in der Pfarrkirche zu Rafenstein einen solchen Gesang gehört. Es war gerade so, als käme es den Menschen aus dem Moor drüben wirklich nur darauf an, Gott zu loben und zu preisen, daß er das Beginnen ihres Werkes bereits so sichtbar gesegnet hatte.

Es zwang den Pfarrherrn wie mit Gewalt, sich umzudrehen, schon vor dem Schlußsegen, um auf die Menschen im Kirchenschiff zu schauen, die es gar nicht zu merken schienen, daß sie alle in den Bann ihrer Stimmen geschlagen hatten.

Als der letzte Ton verklungen war, herrschte für eine Minute andachtsvolle Stille, obwohl es manchen in den Händen zuckte, Beifall zu klatschen. Dann hob Pfarrer Bruckschneider die Hand:

„Benedicat vos omnipotens Deus — Pater, et Filius, et Spiritus Sanctus . . ."

Nach der Kirche standen die Einheimischen noch eine Weile an den Gräbern, während sich die vom Moor langsam über den Marktplatz zum See begaben. Frau Konstanze aber hatte Jutta nicht mehr losgelassen, und während sie über die breite Steintreppe hinunterstiegen, sagte sie:

„So, und nun will ich endlich auch einmal deinen Vater kennenlernen."

Sie lernte aber nicht nur den Melchior Graf kennen, sondern auch Roswitha und den kleinen Adrian. Gemeinsam gingen sie auf das Lammbräu zu. Die Sonne stand mit verschwenderischer Schönheit über dem Städtchen.

In diesem Augenblick tauchte der Forstmeister Breitsamer auf. Er kam der Gruppe nach. Melchior Graf kannte ihn bereits und bot ihm: „Fröhliche Ostern".

„Das gleiche allerseits." Er gab allen die Hand, auch der Lammbräuin, und man hatte bei diesem Mann sofort die Empfindung, daß sein Wunsch für „fröhliche Ostern" aus dem Herzen kam. Dann wandte er sich wieder dem Siedler zu.

„Hätten Sie einen Augenblick Zeit? Ich hätte gerne etwas mit Ihnen besprochen."

„Ich entführe Ihre Familie inzwischen ins Lammbräu", scherzte Frau Konstanze. „Sie werden mir ja den Moorkönig nicht gleich für den ganzen Tag unterschlagen wollen, Herr Forstmeister?"

„Nein, nein, wir werden das schnell erledigt haben."

Im Flur begegnete ihnen die Frau Forstmeisterin, eine hohe, stattliche Gestalt mit einem jungen Gesicht und schneeweißen Haaren. Sie sprach nie über ihr frühweißes Haar, aber jeder Mensch im Städtchen wußte, daß der Schnee mit dem Leid zu ihr gekommen war, seit sie von ihrem einzigen Sohn Robert nichts mehr wußte.

Vermißt, hatte es geheißen, obwohl Augenzeugen gesehen haben wollten, daß man ihn gefangennahm. Im Gegensatz zu ihrem Mann glaubte sie unbeirrt an die Wiederkehr des Sohnes und wurde über diesem Glauben fast ein wenig wunderlich.

Im Flur, der voller Jagdtrophäen hing, nahm sie ihrem Mann den Galarock ab und half ihm in eine bequeme Hausjacke. Dann stieß der Forstmeister die Tür zu einem kleinen Stübchen auf, das sein Büro war. Auch hier eine Menge Reh- und Hirschgeweihe. Aber der Gewehrschrank gähnte vor Leere. Die Amerikaner hatten ihm die schönen Jagdgewehre fortgenommen, und Forstmeister Breitsamer versah seinen Dienst in den Wäldern mit nichts anderem als einem derben Knotenstock.

Er bot seinem Gast Platz an, setzte sich ihm gegenüber und strich sich mit der flachen Hand über den vollständig kahlen Schädel.

„Also, mein lieber Graf, machen wir's kurz. Ich bitte Sie, nicht annehmen zu wollen, daß ich etwas gegen Sie oder die Siedler überhaupt hätte. Weiß ich doch, daß Sie nur ein schweres Schicksal ins Moor da drüben verschlagen hat. Ich bin Ihnen auch gerne behilflich, soweit es in meinen Kräften steht. Gerade gestern bekam ich ein Schreiben von meiner vorgesetzten Dienststelle, daß ich Ihnen Brennholz im Forst anweisen darf. Das freut mich für Sie, und ich denke, daß wir überhaupt auf gutem Fuß zusammenleben könnten, wenn —"

Der Forstmeister griff nach seiner Pfeife und zündete sie an. Dann wischte er ein paar Tabakfasern vom Schreibtisch. Die dichten, schwarzen Brauenbüschel waren auf einmal eng zusammengezogen. Dann hob er ruckartig den schmalen Kopf.

„Unter Ihren Leuten wildert irgendeiner."

Melchior Graf blieb ganz ruhig und sah den Rauchwölkchen nach, die aus der Pfeife seines Gegenübers aufstiegen. „Haben Sie Beweise dafür?"

„Ja und nein. Ich habe Schlingen gefunden, und ein paarmal ist auch schon ein Schuß gefallen. Die Spuren führen ins Moor. Es muß jemand von den Ihren sein."

„Und was soll ich dabei tun, Herr Forstmeister?"

„Nichts weiter als Verständnis zu haben für die Maßnahmen, die ich ergreifen muß, wenn ich den Kerl auf frischer Tat erwische."

„Ich werde Ihre Maßnahmen voll und ganz billigen."

Der Forstmeister atmete auf. „Ich habe nichts anderes von Ihnen erwartet. Es ist doch so, daß Sie gewissermaßen die Verantwortung tragen für alles, was im Moor geschieht."

Melchior Graf nickte. „Ja, die Bürde ist mir einmal auferlegt worden, und ich werde sie tragen, bis das Werk vollendet ist." Er stand auf und zog seine Weste herunter. „Weiß Gott, es ist keine leichte Bürde. Aber ist in meinem Leben schon einmal etwas leicht gewesen? Und nun möchte ich Ihnen gleich reinen Wein einschenken, Herr Forstmeister, damit Sie sehen, daß ich kein Unrecht decke. Heute früh habe ich einem meiner Leute ein Gewehr zerschlagen und den Lauf in den See geworfen. Ich möchte den Namen nicht gerne nennen, außer, Sie bestehen darauf."

„Es genügt mir, zu wissen, daß Sie auf meiner Seite stehen, also auf der Seite des Rechts. Das ist viel wert in einer Zeit, in der die

Rechtsbegriffe so verworren sind. Ich danke Ihnen für Ihre Aufrichtigkeit."

„Das beruht auf Gegenseitigkeit, Herr Forstmeister. Es wäre mein größter Wunsch, mich mit allen Menschen in Rafenstein zu verstehen. Leider stoße ich gerade bei den städtischen Behörden auf großen Widerstand."

„Ich weiß, ich weiß. Aber lassen Sie sich dadurch nicht entmutigen. Es gibt, soviel ich weiß, jetzt immerhin schon eine ganze Anzahl von Menschen, die ihre anfängliche Meinung geändert haben. Es blieb nicht verborgen, was da drüben bereits geleistet worden ist. Glauben Sie mir, das nötigt den Leuten doch Respekt ab. Man nennt Sie — wissen Sie es schon? — man nennt Sie den Moorkönig."

Melchior Graf nickte und griff nach seiner Uhrkette. „Ich habe mir aber den Namen wahrhaftig nicht zugelegt."

„Das weiß ich, so etwas kann man sich nicht selber schenken, es muß erworben werden. Irgendeiner sagt so ein Wort vielleicht einmal im Spott, dann verwandelt es sich zu Verehrung, und schon läßt sich so ein Name nicht mehr totschweigen. Ja, ja, mein Lieber, das Wort Moorkönig hat seine Gültigkeit, und Sie müssen die Würde schon tragen, auch wenn ein Moorland keine Krone zu vergeben hat."

„Die Armen tragen keine Krone", erwiderte Melchior Graf und trat hinaus in den sonnenbeschienenen Garten. Der Forstmeister gab ihm das Geleit bis zum Gartentürchen.

„Ich habe gehört, daß Sie da drunten in der Batschka einmal ziemlich vermögend gewesen sind. Einen großen Bauernhof und eine Zuckerfabrik. Stimmt das?"

Melchior Graf schaute über den Dachfirst hin, über dem ein paar Tauben kreisten. Dann nickte er.

„Es stimmt, aber man soll Verlorenem nicht ewig nachtrauern. Wenn man verlieren muß, was man mühsam erschaffen hat in vielen, vielen Jahren, dann wird das Herz schwer, das Haar weiß, es zeichnet Runen ins Gesicht. Aber das alles darf den Blick nicht verschließen vor der Zukunft. Sie haben meinen kleinen Enkel gesehen? Für den lohnt es sich, daß ich mit meinen grauen Haaren noch mal anfange und die Hände nicht müßig in den Schoß lege, darauf wartend, daß der Staat schon für uns sorgen werde. Er soll uns helfen, aufzubauen, dann müssen wir wieder allein marschieren und die Augen offen halten, daß die Enkel Wurzeln fassen. Ich werde Knecht sein da drüben im Moor, bis mir die Augen zufallen. Adrian aber, der Blondschopf, wird einmal Herr sein. So — und nun leben Sie wohl, Forstmeister. Und ich werde mein Möglichstes tun, daß wenigstens Sie keine Scherereien mit uns haben."

Sie reichten sich die Hände mit festem Druck, zwei Männer, die einander achteten und deren Wort Gültigkeit hatte.

Bei der Lammwirtin war es um vieles leichter für Melchior Graf. Eigenhändig servierte Frau Konstanze der Grafenfamilie Weißwürste und dunkles Bauernbrot. Dazu tranken sie Bockbier, wie es um diese Zeit in ganz kleinen Mengen und nur für den Hausgebrauch der Lammbräuin selbst hergestellt werden konnte.

Sie saßen im Weinstübchen ganz unter sich, während in der Gaststube vorne die Bürger des Städtchens und die Bauern der umliegenden Einöden ihren sonntäglichen Frühschoppen hielten.

Als Melchior Graf bezahlen wollte, lehnte es die Lammwirtin entschieden ab.

„Sie müssen es sich schon gefallen lassen, meine Gäste gewesen zu sein!"

„Ja — aber das geht doch nicht."

„Doch, das geht ohne weiteres. Und wenn Sie meinen, nicht in meiner Schuld sein zu können, so werde ich einmal hinüberkommen und mich von Ihnen bewirten lassen."

„Ja, bitte kommen Sie", bat Jutta, und Roswitha lächelte ihr seliges Lächeln. Aber das mochte diesmal von dem ungewohnten schweren Bier kommen.

Restlose Freundschaft aber hatte Frau Konstanze mit dem kleinen Adrian geschlossen. Merkwürdigerweise hat der Knabe zu ihr sofort Zutrauen gefaßt, obwohl er sonst Fremden gegenüber anfangs immer scheu war. Von ihr hatte er sich das blonde Schneckerlhaar kraulen und sich auf den Schoß nehmen lassen. Auch jetzt, als sie zusammen zum See hinuntergingen, ließ sich Adrian von Frau Konstanze führen. Er ging zwischen dieser schönen Frau und dem Großvater, während die beiden Mädchen etwas voraus gingen. Roswitha bemühte sich wieder, möglichst gerade zu gehen, obwohl es Frau Konstanze längst bemerkt hatte, daß sie einen kürzeren Fuß hatte.

Als der Abstand weit genug war, wechselte Frau Konstanze abrupt das heitere Thema und fragte:

„Haben Sie eigentlich dem Rabitz die Öfen schon bezahlt?"

Verwundert schaute Melchior Graf in ihre Augen. Weiß denn diese Frau überhaupt alles? Er schüttelte den Kopf. „Ich habe sie noch nicht bezahlt, weil ich meine —"

„Daß die Öfen gestohlen sind", unterbrach ihn Frau Konstanze. „Und das stimmt auch. Rabitz selber hat sie nämlich gestohlen."

Melchior Graf tat kaum überrascht, obwohl etwas wie Triumph sein Herz bewegte. „Wissen Sie das genau?"

„Ich würde es sonst nicht behaupten. Ich habe einen von seinen Arbeitern in meinen Betrieb übernommen, nachdem er mit Rabitz Streit gehabt hat. Aus ihm habe ich alles herausgeholt, was ich wissen wollte. Lassen Sie es ruhig darauf ankommen, Moorkönig."

Da war es wieder, dieses Wort, und es schien tatsächlich so zu sein, daß es bereits zum geflügelten Wort geworden war.

„Wir der Zeuge aber dann, wenn es ernst wird, nicht umfallen?"

„Darüber brauchen Sie sich keine Gedanken zu machen. Was ich in die Hand nehme, tue ich ganz."

Am Seeufer wartete der junge Wigbert mit dem Kahn. Die Grafensippe stieg ein, und mit langsamen Ruderschlägen trieb der Junge das Boot aus der Bucht in das offene Wasser hinaus. Frau Konstanze blieb am Ufer stehen und hob die Hand schirmend vor die Augen, weil die Sonne sie blendete. Als das Boot schon weit über die Mitte des Sees gekommen war, hob sie die Hand und winkte.

Am Nachmittag dieses Ostersonntags rief Melchior Graf alle seine Leute zusammen. Die Sonne schien warm auf den großen Hofplatz vor den Baracken, die Kinder konnten schon auf dem warmen Boden sitzen, die Erwachsenen standen in lockeren Gruppen herum, die Männer in weißen Hemdärmeln, die Frauen ohne Kopftücher. Rochus Schwab saß auf einem Leiterwagen und kitzelte mit einem kleinen Birkenzweig die Pantscher Sabine im Nakken, die vor ihm auf der Deichsel saß und die schlanken Beine wippte. Manchmal lachte sie hell auf und hielt seine Hand fest. Dann beugte Rochus sich tief zu ihr nieder, flüsterte heiße Worte in ihr Ohr und sah doch über ihren hellen Scheitel hinweg unter gesenkten Brauen zu Jutta hinüber, die auf den Stufen der Barakke saß und den kleinen Adrian auf dem Schoß hatte. Sie bot, ohne es zu wissen, ein Bild schöner Mütterlichkeit, wie man es manchmal auf alten Bildern sieht. Die Sonne lag auf ihrem Scheitel und floß über ihre nackten Arme hin, die von der Frühlingssonne und vom Wind des Moores schon so braungebrannt waren, daß sie sich wie gebeizt von den kurzen, weißen Puffärmeln abhoben.

Jetzt trat Melchior Graf über die Schwelle. Auch er war in Hemdärmeln. Einen Augenblick verharrte er auf der Schwelle und sah mit leuchtendem Blick auf die Tochter und den Enkel nieder. Seine Hand spielte mit der Uhrkette. Dann wurde sein Mund für Sekunden hart und schmal, so, als ob ihn eine schmerzliche Erinnerung angeweht hätte.

Jetzt hob er den Kopf und schaute über die Menschen hin. Zu Weihnachten hatte er sie zum letztenmal zusammengerufen. Da waren sie noch weit entfernt gewesen von diesem Moor, waren bald dahin getrieben und dorthin geschoben worden, wie Treibholz im Strom. Wie ganz anders sah es jetzt aus. Die Gesichter waren nicht mehr so von Gram verzerrt, die Nacken nicht mehr so hoffnungslos gebeugt.

Melchior Graf ging die ganze Hofbreite durch, bis er im Schatten der drei Birken stand, schräg gegenüber dem Feldkreuz auf dem Hügel. Der Herrgott aus der Batschka trug an diesem Tag den ersten Blumengruß, leuchtend gelbe Schlüsselblumen, von Kinderhand gepflückt und zwischen die angenagelten Füße gesteckt.

Der Siedlervater begann damit, daß er seine Leute erinnerte an die schwere zurückliegende Zeit, und wie nun doch mit Gottes Hilfe alles zu einem zukunftsfreudigen Bild emporwachse.

„Da brauchst du gar nicht so spöttisch zu grinsen, Rochus", unterbrach er sich, und seine Augen maßen den Burschen mit scharfem Blick. Dann sprach er ganz ruhig weiter: „Allmählich legt sich auch der Widerstand, den sie uns in Rafenstein am Anfang in den Weg legten. Wenn wir auch noch Gegner haben — vielleicht werden die wenigen immer unsere Gegner bleiben —, so merkt man doch, wie das Eis langsam brechen will. Und wißt ihr, warum? Weil man einfach die Augen nicht mehr verschließen kann vor dem, was hier aus dem Moor herauswächst. Sie fangen an, Respekt vor uns zu bekommen. Nur an uns liegt es jetzt, das Vertrauen, das man zögernd uns entgegenbringt, zu einem festen Fundament auszubauen. Nicht die alteingesessenen Rafensteiner müssen sich nach uns richten, sondern wir müssen uns bemühen, ihre Mentalität verstehen zu lernen, und müssen versuchen, uns ihrer Lebensweise anzupassen, ohne daß wir unsere alten ererbten Güter darüber vergessen. Das ist das eine, warum ich euch heute zusammengerufen habe. Vergeßt nicht, daß alle Augen auf uns gerichtet sind. Jeder Fehler, den wir machen, wiegt doppelt schwer. Und wenn einer unter uns ist, der die Ordnung sprengt, dann bleibt das nicht auf dem allein liegen, sondern wir alle werden damit belastet. Ich jedenfalls werde unbeirrt den Weg gehen, den wir eingeschlagen haben. Wenn einer unter euch ist, der mich ablösen will in der Führung, bitte, jetzt ist es noch Zeit, daß ich zurücktrete."

Ein vielstimmiges Gemurmel unterbrach seine Rede.

„Was fällt dir denn ein", schrie der Röder dazwischen. „Wir finden keinen besseren."

„Das darfst du nicht sagen, Röder. Mir kann morgen vielleicht etwas zustoßen, und dann muß einer von euch an meine Stelle treten. Solange ich aber das Heft in der Hand habe, kann ich nicht dulden, daß einer Seitensprünge macht oder meinte, er könne sich Lumpenstückl leisten, die letzten Endes als Schande auf uns alle zurückfallen."

Hier reckte Rochus Schwab seinen Hals. Das spöttische Lächeln in seinem Gesicht erlosch, und seine Augen begannen zu funkeln.

„Jetzt übertreibst aber ein bißl, Melchior", meinte der Engelmaier gutmütig. „Wer sollte denn von uns schon eine Lumperei begehen. Ein paar Stangen im Wald, ja, die hat schließlich jeder einmal umgehackt, weil wir ja was zum Einheizen gebraucht haben."

„Ich rede nicht von den Stangen, obwohl auch das unterbleiben kann, weil mir der Forstmeister heute versprochen hat, daß uns Brennholz zugewiesen werden wird. Ich meine jetzt, daß einer unter uns ist, der gewildert hat. Ich will keinen Namen nennen, ich will bloß warnen."

Rochus rutschte vom Leiterwagen herunter und machte ein paar Schritte gegen den Hofplatz hin. Die Sabine wollte ihn am Arm fassen und zurückhalten. Aber er stieß sie derb von sich und trat aufreizend gegen Melchior Graf hin.

„Warum sagst denn nicht, daß ich es war? Ich fürchte mich nicht, und auf deine Warnung pfeife ich!"

Melchior Graf zog hart die Brauenbüschel zusammen. „Schrei mich nicht so an, du Rotzlöffel, sonst dusch ich dir eine, daß dir Hören und Sehen vergeht."

Probier's nur, wenn du meinst. Mußt nicht glauben, daß du was Besseres bist als wir anderen. Aber freilich, es bringt ja keiner fertig, sich so zum Herrn aufzuspielen wie du. Kuschen sollen wir uns alle und tanzen, wie du pfeifst." Wild sah Rochus um sich und suchte die Gesichter der Männer. „Herrgott, seid ihr Schlappschwänze! Keiner getraut sich, dem hochmütigen Kerl die Meinung einmal anständig zu sagen. Wo wärst du denn hingekommen, wenn ich dir nicht geholfen hätte? Jetzt, wo du mich nicht mehr brauchst, jetzt läßt du die Katz aus dem Sack und gibst dich als das, was du immer schon warst. Ein Leuteschinder, ein herrischer Schädel, der keinen anderen Willen dulden will als den seinen!"

Melchior Graf war grau geworden im Gesicht. Gott allein sah in sein Herz und wußte, wie ehrlich er es mit allen meinte. Nie dachte er an sich, immer nur an die Gemeinschaft. Niemand wußte, daß er oft den letzten Ranken Brot gegeben und mit den Seinen lieber gehungert hatte. Und nun stand einer frech vor ihm und bezichtigte ihn der Herrschsucht und schimpfte ihn einen Despoten. Sein Blick wanderte hinüber zum Feldkreuz, und er kam sich in diesem Augenblick vor wie Christus am Kreuz, der auch

Schimpf und Schande über sich ergehen lassen mußte, ohne sich dagegen wehren zu können. Der große Dulder hat alles schweigend über sich ergehen lassen, weil er die Kraft hatte, auch seine Feinde zu lieben.

Melchior Graf spürte in diesem Augenblick, daß diese Kraft ihm mangelte. Er fühlte das Zittern eines grimmigen Zorns bis in die letzte Pore hinein, und seine Hände schlossen sich zu Fäusten. Jetzt oder nie, dachte er, denn er wußte, daß solche Szenen mit dem störrischen Bosniaken immer wiederkehren würden. Rochus würde immer weiterhetzen und den Frieden im Moor gefährden. Plötzlich stand Jutta neben ihm, den kleinen Adrian an der Hand. Aus ihren Augen las er die bange Frage: „Läßt du diesen Schimpf auf dir sitzen, Vater?"

Da wurde er auf einmal ganz ruhig. Jetzt hatte er plötzlich die Kraft, dem Aufsässigen so nahe entgegenzutreten, daß er ihm auf eine Ellenbogenlänge gegenüberstand. Mit einem Mal war es sonderbar still über dem weiten Hofplatz. Kaum, daß man jemanden atmen hörte. Nur einmal weinte leise ein Kind auf, verstummte aber gleich wieder. Und in diese Stille hinein fielen ruhig und klar die Worte des Melchior Graf:

„Wenn ich dir jetzt diese Frechheit hingehen lasse, glaubst du vielleicht, ich hätte Angst vor dir, und du wirst weiterhetzen gegen mich, bis alles mühsam Begonnene zerbröckelt und nichts wie Mißtrauen und Feindschaft unter uns herrscht. Darum stoße ich dich aus unserer Gemeinschaft aus. Wenn ich dir in einer Stunde noch hier begegne, nehme ich die Peitsche und jage dich unbarmherzig ins Moor hinaus, bis dorthin, wo es noch nicht drainiert und tückisch ist. Und ich werde keine Hand rühren, wenn es dich ergreift, das Moor, und unerbittlich hinunterzieht auf seinen Grund. So — nun weißt du, wie du daran bist."

Sprungbereit, wie ein Raubtier, stand Rochus da. In seinen Augen sah man nur mehr das Weiße. Melchior Graf schob ihn mit dem Ellbogen zur Seite und ging auf seine Baracke zu. Er sah nicht mehr, wie Rochus hinter ihm zum Sprung ansetzte, um ihm seine Fäuste um die Gurgel zu schlagen. Er sah auch nicht, wie der Röder und der Engelmaier ihn packten und zurückschleuderten. Es fehlte nicht viel, und Rochus Schwab wäre von den Siedlern gelyncht worden. Nur der Pantscher und die Seinen hielten sich zurück und schafften für Rochus eine Gasse, daß er in ihre Barakke entweichen konnte.

Jutta Graf sah, wie Rochus nach etwa einer Viertelstunde die Baracke der Pantschers durch die Hintertür verließ. Sabine begleitete ihn. Ihr helles Kleid leuchtete noch eine Weile zwischen den Bäumen des Jungwaldes. Dann waren beide verschwunden. Sabine kam erst nach einer Stunde allein zurück.

Als wollte der Himmel ein Gleichnis andeuten, schoben sich die Wolken, die eine Weile vor der Sonne gestanden hatten, gegen die Berge hin, und der Himmel lachte wieder in seinem reinsten Blau über dem Moor. Auf dem See glitten langsam ein paar große Boote, vollbesetzt mit Menschen, dahin. Andere waren schon etwas mutiger und kamen zu Fuß direkt ins Moor herüber. Die Neugierde hatte sie herübergetrieben, sie wollten sehen, was die Siedler geschaffen hatten. Sie schlichen scheu um die Baracken herum und bestaunten den tiefen Graben, aus dem sich das dem Moor abgezapfte Wasser in den See ergoß. Und sie waren dankbar, als der Hüne mit dem schimmelgrauen Stiftenkopf sich bereitwilligst anbot, zu zeigen, was es zu zeigen gab. Es war nicht viel, aber wenn man seit vielen Jahren hier nur Tümpel und wucherndes Unkraut gesehen hatte, wirkte selbst die weite, dunkle Fläche schon imponierend, weil sie schon ein Acker war, in dem in warmer Geborgenheit die erste Saat keimte.

Unter den vielen Besuchern — mittlerweile hatten auch die Boote angelegt, so daß es ein großer Menschenhaufen war, der hinter dem Moorkönig herzog und seiner dunklen Stimme lauschte — befand sich auch das Mädchen Olga vom Bürgermeisteramt. Sie hatte sich schön herausgeputzt und trug als einzige einen Sonnenschirm. Melchior Graf kannte sie nicht mehr, er erinnerte sich ihrer erst wieder, als sie beim Kreuz neben ihm stand und ihn an den Apfel erinnerte, den er ihr versprochen hatte.

In die meergrauen Augen des Alten kam ein frohes Leuchten.

„Wir zwei stellen die biblische Geschichte auf den Kopf, wenn ich dir einen Apfel gebe, zudem ich auch gar nicht Adam heiße.“

„Ja, ich weiß, daß Sie Melchior heißen. Übrigens heiße ich auch nicht Eva. Und was den Apfel betrifft, so sagten Sie einmal, daß ich den ersten haben soll, der im Moor wächst."

„Habe ich gesagt, jawohl, und ich werde auch mein Wort halten, auch wenn du es warst, die mir den großspurigen Namen Moorkönig angehängt hat."

„Aber Sie sind es doch", lachte Olga, drehte dabei ihren Schirm und schenkte ihm einen Blick, der doch von Eva gewesen sein könnte, wenn das Mädchen aus dem Bürgermeisteramt nicht bis ins Innerste erfüllt gewesen wäre von Verehrung für den großen, alten Mann, für den sie durchaus bereit war, die Schranken des Dienstgeheimnisses zu durchbrechen. Ja, sie ließ ihn, während sie langsam neben ihm her zum See hinuntertrippelte, so manches von den Intrigen wissen, die im Rathaus gegen ihn gesponnen wurden, und nannte dabei neben dem Namen ihres Chefs auch die Namen des Barons von Schorer und des Schrotthändlers Rabitz.

Melchior Graf sagte nicht, daß dies für ihn sehr interessant sei, er schmunzelte nur und nannte sie ein braves Mädchen, die es nie werde bereuen müssen, den Moorleuten ihre Sympathien geschenkt zu haben.

Emma, das Boot der Lammbräuin, lag so einladend am Strand, daß Melchior Graf gar nicht anders konnte, als Olga hinüberzurudern und hernach zum erstenmal nach Rafenstein ins Lammbräu zum Sonntagsbier zu gehen.

Als Sabine den Ausgestoßenen Rochus Schwab allein gelassen hatte, stand er zunächst doch eine Weile ganz verwirrt zwischen den Bäumen des Waldes und wußte auf einmal nicht mehr, wohin er seine Schritte lenken sollte. Der Trotz war in ihm zusammengebrochen. Jetzt begriff er erst, was es bedeutete, ausgestoßen worden zu sein aus einer Gemeinschaft, in der er bisher geborgen war. Er suchte aber die Schuld nicht bei sich, sondern beim Siedlungsvater, und ein schmerzhaftes Gefühl der Rache wollte fast seine Brust sprengen.

Plötzlich hörte er hinter sich schleichende Schritte, und als er sich umwandte, sah er eine große, stattliche Frau mit schneeweißen Haaren zwischen den Bäumen stehen. Sie trug ein langes, etwas altmodisches, schwarzes Seidenkleid und einen roten Wollschal um den Hals, der zu diesem Kleid gar nicht passen wollte.

Aber das war gar nicht das Absonderliche an ihr. Das Merkwürdige war das verklärte Lächeln, das auf einmal über ihr Gesicht huschte, und das zögernde Heben der Hände, die sie dem Fremdling entgegenstreckte.

„Ach, Robert, ich habe doch gewußt, daß ich dich im Wald finden würde ..." Sie begleitete diese Worte mit einem so eigenartigen Lächeln, daß Rochus dabei fast fror. Aber er erkannte sofort, daß er hier für einen anderen gehalten wurde, und sah an dem Lächeln den leisen Wahn, der die Frau umfangen zu haben schien. Er stand wie ein Pfahl, als sie auf ihn zuschwebte und ihre mageren Hände um sein Gesicht legte.

„Nun komm aber mit", sagte sie. „Komm schnell mit, mein Sohn ..."

Rochus streifte etwas grob die Hände von sich und sagte unwillig: „Ich bin nicht dein Sohn. Sag mir lieber, wo ich unterkommen kann."

Der helle Schein im Gesicht der Forstmeistersfrau erlosch. Sie strich sich über die Augen, und es war, als erwache sie aus einem Traum.

„Nicht mein Sohn? Vielleicht hast du recht. Aber sagen nicht alle verlorenen Söhne, sie haben keine Mutter?" Sie streckte die Hand durch die Baumlücken. „Wo du unterkommen kannst? Gehe hinter den Wald, dann kommst du an einen großen Bauernhof. Beim Lichthammer heißt es. Der Bauer ist mein Bruder. Sag, daß ich dich geschickt habe, die Forstmeisterin. Ich weiß, daß man dort notwendig jemanden braucht."

Dann ließ sie ihn stehen und ging langsam weiter. Um ihren Mund war das müde Lächeln einer Enttäuschten, die jetzt erst begriff, daß man ihre gütigen Hände beiseite geschlagen hatte.

So kam sie in die Lichtung des Moores und sah Adrian auf einem Haufen aus dürren Birkenreisern sitzen. Da öffneten sich ihre Augen weit, ganz weit, und sie grüßte mit diesem weiten Blick das unvergessene Bild aus vergangener Zeit. Ein Kindlein, lockig und hellhaarig wie dieses da, saß einmal im Pflanzgarten des Försterhauses, und es war der Forstmeisterin auf einmal, als sei dieses

Kind nie groß geworden, als sei es nie Soldat gewesen, als sei es einfach aus ihren Armen fort und über den See gelaufen und sitze nun hier auf dem Reisighaufen, mit seligem Lächeln darauf wartend, daß die Mutter es bei der Hand nehme und wieder zurückführe in die Forstmeisterstube.

Sie kniete vor dem Kind nieder, daß sie ihm hineinblicken konnte in die klaren Brunnen seiner Augen. Adrian runzelte die kleine Stirn, weil er nicht verstand, was die fremde Frau ihm zuflüsterte:

„Deine Mutter hat sich aufgemacht, um dich zu suchen, mein Sohn, und ich sehe, daß das Glück über deinem Scheitel liegt. Darfst nie mehr fortgehen, Robertl. Ich will dich an meinem Herzen halten und dir ein Lied singen vom Spinnrad, wenn sich der Flachs zusammendreht . . ."

Adrians Händchen griffen nach dem roten Wollschal, und da meinte die Frau, daß er ihn haben möchte und legte ihn über seine Stirne.

„So rot habe ich deine Stirne manchmal gesehen", sprach sie weiter. „Aber es war nie Blut, sondern das Morgenrot, und ich hätte mir eigentlich denken können, daß du ins Moor gelaufen bist, dem Gesang der Vögel nach, oder deinem Vater, wenn er in die Berge geht."

Ihre Hände griffen jetzt fester zu. Sie umschlang den kleinen Körper und preßte seinen Kopf gegen ihr heftig schlagendes Herz.

Hier erst wurde es Adrian ungemütlich, und er schrie, wie immer, wenn er in eine kleine Not hineingeriet, nach Jutta.

Jutta erschien sofort auf der Schwelle und sah, wie die Frau das Kind immer heftiger an sich preßte und wie Adrian sich immer wilder gegen diese Umarmung wehrte. Mit ein paar Schritten war sie am Reisighaufen.

„Was wollen Sie denn mit dem Buben?"

Die Forstmeisterin erschrak.

„Mein Bub", stammelte sie. „Es ist mein Bub — ich habe ihn nun endlich gefunden!"

Jutta runzelte die Stirn. „Adrian, komm her."

Aber dies ging nicht so leicht. Die Frau wollte das endlich Gefundene nicht mehr loslassen und schrie in hohen, klagenden Tönen, daß es ihr Sohn sei, ihr vermißter Robert. Aber sie habe immer schon geahnt, daß er ins Moor gegangen sei, nur so auf eine Stunde. Sie habe ihr Kind nun endlich gefunden und werde es mitnehmen, weil ihr dieses Recht als Mutter zukomme.

Da erkannte Jutta, daß die Frau irr redete. Mitleid und Angst wollten sie überwältigen, aber sie zwang sich zur Ruhe.

„Liebe Frau, wer sind Sie denn?"

Wie eine Erwachende streckte sich die Frau des Forstmeisters, und schaute jetzt ganz klar in Juttas Gesicht.

„Ich muß mich geirrt haben. Aber mein Sohn sah genauso aus, als er noch ein Kind war. Die blonden Locken, die hellen Augen. Ich bewahre immer noch eine Locke in meinem Gebetbuch auf. Ich kann sie Ihnen einmal zeigen, wenn Sie zu mir kommen wollen." Sie seufzte tief und lächelte schmerzlich hinterher. „Es war so schön, glauben zu dürfen, meinen Sohn wiedergefunden zu haben. Mein Sohn ist nämlich vermißt, aber ich weiß genau, daß sie mit diesem Wort nur ein barmherziges Mäntelchen über das Wörtchen Tod hängen wollen. Dabei begreifen sie gar nicht, daß dies noch viel unbarmherziger ist. Bloß können sie mir nichts vormachen. Ich glaube nämlich nicht an seinen Tod, und eines Tages wird er wiederkommen."

Frau Babette Breitsamer hatte jetzt ganz klar und vernünftig gesprochen. Jutta hatte das Bedürfnis, ihr etwas Gutes zu sagen.

„Ich wünsche Ihnen von Herzen, daß Ihr Glaube eines Tages seine Erfüllung findet."

„Ich danke Ihnen. Wer Sie auch sein mögen — ich danke Ihnen, und ich fühle auch, daß Sie es ehrlich meinen."

„Ich meine immer alles ehrlich, was ich sage. Wenn Sie vielleicht einen Sprung hereinkommen wollen? Viel habe ich zwar nicht zu bieten, aber eine Tasse Kaffee vielleicht —"

„Nein, nein! Ich muß jetzt wieder heim. Willst du mir nicht wenigstens dein Händchen geben, kleiner Engel?"

Die eine Hand fest in den Kittel seiner Tante Jutta gekrallt, streckte Adrian das andere Händchen hin, voll heimlicher Angst, daß die fremde Frau ihn wieder so fest an sich pressen könnte. Aber die Forstmeisterin streichelte nur über seine Locken und ging mit hohen, weiten Schritten auf den Wald zu. Ihr weißes Haar schimmerte merkwürdig im sanften Abendlicht. Ihre Hände wollten den roten Wollschal enger um den Hals ziehen, aber der lag auf dem Reisighaufen wie eine vergessene Schärpe. Und Jutta hatte nicht den Mut, ihr nachzurufen, daß sie den Schal vergessen habe. Wer konnte denn wissen, ob sie beim Zurückkommen nicht wieder hineinstürzte in die Welt ihrer verworrenen Bilder.

Nach den Feiertagen kreuzte plötzlich Bogner wieder auf und brachte für die Siedler viele gute Nachrichten mit. Die Unterstützung der Regierung sollte verdoppelt werden. Ein zweiter Bagger kam nach, eine Planierraupe und Rollgleise. Nur die kleinen Drainagegräben mußten noch mit der Hand gestochen werden. Aber wo die Regierung so großzügige Hilfe bot, stachelte es die Siedler zu doppelter Leistung auf. Jetzt erst merkten sie selber, wieviel Unfrieden Rochus unter sie gebracht hatte mit seinen versteckten Hetzereien. Selbst der Pantscher sagte, es sei gut, daß er fort sei.

Sabine schwieg dazu. Sie allein wußte, wo Rochus sich aufhielt, und nur sie allein wußte es zu deuten, wenn in der Dunkelheit dreimal hintereinander eine Eule rief. Dann stand sie leise auf und trat in die Dunkelheit hinaus, ging am Waldrand entlang, bis zwei herrische Arme sie umfingen.

Wenn man es recht betrachtete, war das Arbeitstempo in diesen Wochen viel schärfer als am Anfang. Das lag vielleicht auch daran, daß die Tage länger geworden waren. Die Menschen bekamen hohle Wangen, wettergebräunt zwar, aber doch hohl durch die Entsagungen. Es gab keine Schonung, nicht einmal für die Kinder. Von der Schule heimgekommen, stand ein dünner Kaffee, aus Rüben gebrannt, und ein Stück Brot bereit, dann mußten auch sie ins Moor. Nur Roswitha blieb zurück bei den Kleinsten, die noch nicht fähig waren, eine Schaufel zu heben oder eine Drainageröhre. Sie war wie eine Henne, die ihre Kücken zu bewachen hatte vor dem Geier, der seine Spirale in den blauen Himmel zog. Sie wußte nicht, daß sehr oft an schönen Nachmittagen eine Frau mit schneeweißen Haaren im nahen Unterholz kauerte und das blondlockige Büblein nicht aus den Augen ließ. Sie brach nicht hervor, sie saß ganz still, die Augen unverwandt auf den Blondgelockten gerichtet, der über den anderen Kindern stand wie ein kleiner Fürst. Sie hatte die Hände im Schoß verschlungen, die Tränen rannen ihr über die mageren Wangen.

Doch sie brach nie heraus aus dem Dickicht, sie war bescheidener als der Geier, der zuweilen herunterstieß in die Schar der jungen Kücken. Aber Adrian stand bereit mit Pfeil und Bogen, oder er verscheuchte ihn mit seiner hellen Stimme. Wenn die Frau im Dickicht diese Stimme vernahm, dann konnte sie wieder lächeln und zog wieder hinüber ins Städtchen, eine arme, gutmütige Närrin, die ihre Zeit lebte, ohne zu sehen, wie schön der Frühling war.

Und wie schön war dieser Frühling! Die Kartoffeln gediehen prächtig. Nur hätte sie man schon jetzt zum Essen brauchen können. Ja, es ging in dieser Zeit armselig her in der Siedlung. Die Großen hungerten wirklich zuweilen, weil ja zuerst an die Kinder gedacht werden mußte. Sie hatten nichts zum „Kompensieren“, wie man so schön sagte, und das Geld war endgültig zu Ende gegangen, und damit war dem Hunger das Tor geöffnet. Olgas Mutter, die Frau von dem gemütlichen Kramladen, wollte zwar aufschreiben, aber Melchior Graf wachte streng darüber, daß niemand aufschreiben ließ. Bogner, dieser Tausendsassa, hatte eine feine Witterung und ließ durchblicken, daß dieses Geld, das kaum noch einen Wert hatte, ohne das man aber doch nichts bekam, bald flöten gehen werde. Ein neues Geld werde kommen. Dann hätte man schon eine Menge Schulden. Nein, lieber den Gürtel enger schnallen. Besonders die Männer schnallten ihn enger, darum waren ihre Gesichter so hohl, und es sah oft zum Erbarmen aus, wenn diese bärtigen Gesichter am Kartoffelacker standen mit Blikken, als möchten sie die Frucht mit ihren Augen herausreißen, die doch noch gar nicht ausgewachsen war.

Jawohl, das Geld ging flöten, das lag in der Luft. Aber niemand wußte den Tag genau. Man erwartete ihn einfach und verhielt sich darnach. Herr Rabitz zum Beispiel schickte keine Mahnung wegen der unbeglichenen Ofenrechnung. Das hatte noch Zeit, er konnte warten. Und was die Siedler betraf, so wurde ihr Herz von dem augenblicklichen Zustand nicht weiter beschwert. Sie hatten jetzt kein Geld und würden vermutlich auch hernach nicht viel haben. Aber gerade in dieser Notzeit klammerten sie sich an ihren Siedlungsvater, dem sie rückhaltlos vertrauten. Er blieb ruhig, weil er als einziger das Ziel zu sehen vermochte. Bogner brachte immer Zeitungen und Zeitschriften mit, und Melchior Graf studierte aus ihnen die verworrenen Dinge, die sich im Lande abspielten.

Und er erkannte genau den Zeitpunkt, als die Not am höchsten gestiegen war. Da schlachtete er aus seinem Bestand ein drei Zentner schweres Schwein und verteilte das Fleisch gerecht. Das war an dem Tag, an dessen Morgen der eine Bagger ziemlich tief auf etwas Metallenes stieß. Dreimal mußte er noch ansetzen, dann zerrten seine Fänge einen unförmigen, braunen Klumpen in die Höhe. Mühelos ließ er sich mit Wasser reinigen, und siehe da, es war eine Glocke, nicht gerade groß, aber wunderbar gegossen mit reichen Verzierungen. Hier mußte also einmal die Kapelle gestanden haben, an die die ältesten Einwohner von Rafenstein sich noch erinnern konnten. Es gingen auch noch eine Menge großer Nagelfluhsteine und Ziegelbrocken her und ein verbogenes Kreuz.

Da in seinem Vertrag nirgends geschrieben stand, daß eventuell in der Tiefe des Moores gefundene Gegenstände abzuliefern seien, ließ Melchior Graf die Glocke in seine Baracke schaffen und breitete eine alte Pferdedecke darüber, weil sie nicht gleich jedermann zu sehen brauchte. Roswitha ließ ihre Phantasie wieder spielen und meinte, daß im Moor vielleicht noch mehr verborgen sein könnte, vielleicht eine Kiste mit Gold oder Silber. Aber das Moor gab nichts mehr frei, so eilfertig sich die Bagger auch durchfraßen und Graben um Graben schufen.

Die Wochen gingen hin. Die Kartoffeln fingen zu blühen an, sie blühten so prächtig, daß man ihr Leuchten bis nach Rafenstein hinüber sah. Ach ja, der Lichter wurden immer mehr. Die Kühe konnten jetzt den ganzen Tag auf der Weide sein. Und obwohl am Rand des Moores nur saures Gras wuchs, sie gaben trotzdem mehr Milch. Bogner konnte jeden Samstag, wenn er in die Stadt zurückfuhr, zwei Flaschen Milch, etwas Butter und Eier mitnehmen.

Die Muttersau beim Andersch warf zwölf Ferkel, und die Kuh vom Kronberger brachte Zwillinge zur Welt. Jawohl, es ging aufwärts, wohin man auch sah. Der Segen Gottes, den Melchior Graf zu Beginn der Arbeit herbeigefleht hatte, ruhte sichtbar auf allem.

So kam der Tag heran, an dem die neue Währung für ein paar Stunden alle gleich machte.

Der Baron von Schorer mußte genauso im Gang des Schulhauses anstehen wie der Schrotthändler Rabitz und der Moorkönig Melchior Graf. Sie erhielten genauso vierzig Mark pro Kopf wie alle, und es war so, daß Melchior Graf an diesem Sonntag wenigstens der reichste Mann war, denn er nahm das Geld für all seine Moorleute in Empfang, und das waren immerhin bei achtundvierzig Köpfen fast zweitausend Mark. In der Nacht vom Samstag zum Sonntag hatte nämlich die Wigbertin gerade noch rechtzeitig einem gesunden Mädl das Leben geschenkt.

In gehobener Stimmung trat Melchior Graf die Rückfahrt mit dem Boot über den See an. Es regnete immer noch in Strömen, böiger Wind peitschte das Wasser zu hohen Wellen. Wie schon sehr lange nicht mehr, war Melchior Graf von einer frohen Heiterkeit erfüllt. Wie doch so eine Handvoll Scheine das Herz fröhlich machen konnten, auch wenn sie nicht alle ihm gehörten. Aber schon das Bewußtsein, daß man dafür jetzt etwas kaufen konnte, schenkte ihm ein großes Gefühl der Zufriedenheit.

Aber die Schatten ließen nicht auf sich warten. Das Vertrauen der Siedler hatte ihn zum unumschränkten Herrn über alles Geld gemacht. Er konnte nach seinem Gutdünken einkaufen und wollte es morgen auch tun. Als er aber zurückkam, erklärte ihm der Pantscher, daß er sein Geld doch lieber selber in die Hand bekäme.

Schmerzlich zogen sich seine Brauen zusammen. Dieses Verlangen war doch ein Zeichen von Mißtrauen. Es tat ihm um so weher, weil der Pantscher sein Schwager war, der seine einzige Schwester geheiratet hatte.

„Es war aber doch ausgemacht, Adam, daß —"

„Ja, es war ausgemacht. Aber wir haben es uns inzwischen anders überlegt."

„Ach so. Anders überlegt! Na gut. Es stehen dir für vier Personen einhundertsechzig Mark zu. Hier sind sie. Mach damit, was du willst. Ich werde mir aber den Tag merken, Schwager, wo du mir dein Mißtrauen gezeigt hast. Hoffentlich bereust du es nicht."

Der Pantscher schob die schmalen Schultern hoch und steckte gierig das Geld ein. „Das laß nur meine Sorge sein", sagte er.

„O ja, recht gerne. Wenn du willst, laß ich gerne alles deine Sorge sein. Du brauchst mich künftig gar nicht mehr um Rat zu fragen. Ich wünsche dir nur, daß du dieses Geld wenigstens nutzbringend anlegst." Melchior Graf sah sich um. „Ist noch jemand hier, der sein Geld will?"

Niemand rührte sich. Dem Pantscher folgten nur mißbilligende Blicke, als er eilig die Baracke des Siedlervaters verließ.

Melchior Graf besprach nochmal eingehend mit den anderen, was er mit dem Geld vorhabe, und sie waren einverstanden.

Am nächsten Tag fuhr er hinüber nach Rafenstein und kaufte im Lagerhaus Roggen und Weizen in so großen Mengen, daß die Siedlung ein Jahr damit reichen würde. Außerdem Zement und Bausteine. Den Rest des Geldes trug er auf die Sparkasse. Es sollte für dringende Notfälle, die jeden treffen konnten, verfügbar sein.

Sie bauten einen kleinen Backofen. Aus der Mühle wurde Mehl geholt und das erste Brot gebacken. Herrgott, wie war das auf einmal schön, den Kindern das Brot nicht mehr nach Maß vorschneiden zu müssen. Der Backofen war weiß gestrichen und hatte eine runde Kuppel. Nur der Pantscher konnte daran nicht teilhaben. Er besorgte sich sein Brot beim Bäcker, und am Sonntag gingen Sabine und Edith in zwei neuen, geblumten Sommerkleidern in die Kirche hinüber. Sie hatten ein Handtäschchen dazu und einen Sonnenschirm. So nutzbringend hatte also die Pantscherin das Kopfgeld angelegt. Merkwürdigerweise waren diese Sachen schon drei Tage nach der Währung im Kaufhaus Stephan ausgestellt, obwohl die Schaufenster vorher gähnend leer gewesen waren.

Mit dem neuen Geld kam auch ein neuer Schwung in das Ganze. Die Siedler konnten Kredit bekommen. Bogner war unermüdlich in der Ausschöpfung neuer Quellen und verhandelte bereits mit einer Ziegelei wegen Ziegel, noch bevor die Flächen ausgemessen waren, wo die einzelnen Höfe stehen sollten. Der Sommer ging durch das Land. Die Erntefelder rings um Rafenstein reiften, und über das Gebirge gingen kurze und scharfe Gewitter nieder. Die Menschen wurden mitgerissen von diesem Schwung. Es gab wieder Arbeit, die sich lohnte, die Läden füllten sich mit Lebensmitteln und Textilien. Wo nur alles auf einmal herkam! Die Menschen waren kaufhungrig, und Stephan, das erste Kaufhaus am Platze, brachte seine alten Ladenhüter reißend los, und er war nach zwei Wochen bereits wieder ein gutsituierter Mann, dem nur etwas zu schaffen machte, nämlich die Siedler da drüben, die ihr Geld lieber zur Kolonialwarenhändlerin Hauser trugen, mit einer einzigen Ausnahme, denn die Pantscherin hatte die Seidenfähnchen für Sabine und Edith doch bei ihm gekauft. Seine Stirn zog sich in schmerzliche Falten, wenn er das bildschöne Moormädchen, das ihm einmal so frech über den Mund gefahren war, an seinem Laden vorbei und zur Hauserin gehen sah. Einmal fragte er sein Büromädchen Olga:

„Kaufen die Siedler eigentlich alles bei deiner Mutter?"

Olga war stolz, es bejahen zu können.

„Hoffentlich bezahlen sie auch."

„Ja, alles bis auf den letzten Pfennig."

„So, so. Na ja, es ist ja leider so, daß die Regierung so einem hergelaufenen Gesindel großmütig Kredit gewährt, und wir alteingesessenen Bürger —"

Einmal in der Woche fuhr Jutta mit „Emma" über den See und kaufte Lebensmittel ein. Sie hätte einen anderen Weg auch gehen können, aber sie wählte mit Vorliebe den Weg am Kaufhaus Stephan vorbei, besonders wenn sie mit dem vollbepackten Korb wieder heimwärts ging. Es waren aber nur die allerdringlichsten Lebensmittel, die sie einkaufte, denn es war nicht so, daß die Regierung die Siedler mit Krediten überschüttet hätte. Sie mußte mit dem Geld genau Haushalt führen, und jeder aus der Siedlung konnte das Buch einsehen. Es war musterhaft geführt, und kein Pfennig wurde unnütz ausgegeben.

Der Schrotthändler Rabitz erkannte um diese Zeit auch, daß da drüben im Moor wirklich ernst gemacht werden sollte mit dem Bau von Höfen, und er legte sich Zement auf Lager. Er wußte, wie der Stephan sich innerlich verzehrte vor Neid, weil die Siedler im kleinen Laden der Hauserin einkauften. So versuchte er, gute Miene zum bösen Spiel zu machen, und unterbreitete dem Moorkönig ein Angebot in Zement, mit hochachtungsvollen Grüßen und als der stets zu Diensten und sehr ergebene W. Rabitz, Schrott und Baumaterialien. Von den Öfen erwähnte er nichts mehr.

Melchior Graf besprach das Angebot nur nebenbei mit Bogner. Der pfiff leise durch die Zähne.

„Aha, merkst du was, mein Lieber? Kommt natürlich nicht in Frage. Der Zement wird direkt von Rohrdorf bezogen. Wir brauchen dazu keinen Zwischenhandel, am wenigsten Herrn Rabitz."

Ja, allmählich bekam man an den Siedlern immer mehr Interesse. Der einzige, der sich noch recht stur zeigte, war Baron von Schorer. Er ging mit einem kalten Hochmut durch das Moor, beachtete die Siedler kaum und suchte nach seinen Fasanen. Sein Stolz konnte es nicht verwinden, daß man ihn aus dem Moor verdrängt hatte. Seit Jahrzehnten war er dort der Herr gewesen. Und nun war da einer, der ihn Schritt für Schritt verdrängte, der sich das Moor untertänig machte, und den das Volk bereits den Moorkönig nannte. Dabei hätte gerade er als Landwirt die ungeheure Leistung erkennen müssen, die bereits vollbracht worden war. Er erkannte es auch, aber er erkannte es nicht an und versuchte überall die Leistungen der Siedler herunterzusetzen. Es wäre ja kein Kunststück, wenn einem die Regierung so unter die Arme greife. Und es sei gefährlich, einen Nimbus um die Moormenschen zu bilden, die im Grunde genommen doch nichts anderes seien als ein hergelaufenes Gesindel, das sich bei einiger Unterordnung und weniger Aufsässigkeit auch da hätte halten können, woher es gekommen war.

Es darf ja nie im Leben etwas reibungslos ablaufen. Wenn Gott seinen Segen zu einem Werk gab, wuchs der Neid der Menschen zu einem Fluch aus. Sie sorgten schon dafür, daß man nicht ungehindert einen geraden Weg gehen konnte, so daß man dann einen beschwerlichen Umweg um die Prügel machen mußte, die heimtückische Hände in diesen Weg warfen.

Wenn dieser Stiftenkopf es wenigstens verstehen würde, sich die

Gunst des Barons zu erringen! Er hätte kommen und ihn fragen müssen: wie macht man dies, wie jenes. Wie würden Sie es tun, und können Sie mir raten, daß ich es so mache? Die anderen Bauern der Umgebung taten es, weniger aus Ehrfurcht, sondern mehr aus einer verborgenen Unterwürfigkeit, die sich über die Jahrhunderte vererbt hatte, als ein Urahne des jetzigen Schorer noch mit der Peitsche über die Felder geritten war und hart zugeschlagen hatte, wenn sich die Nacken nicht weit genug beugten, weil er eben der Herr der Landschaft war.

Ein Herr war Ulrich von Schorer wohl auch, aber zwei verlorene Kriege hatten die Zucht unter den Menschen gelockert, und die sozialen Strömungen hatten neben vielen anderen Neuerungen auch eine gewisse Respektlosigkeit den höher Geborenen gegenüber zur Folge. Und wenn Herr von Schorer in seinen immer glänzenden Reitstiefeln über den Marktplatz ging, so zog vielleicht der Straßenwärter Hauser noch seine Mütze, weniger aus Ehrfurcht, sondern weil ja seine Frau einen kleinen Kramladen hatte, in dem der Baron zuweilen seine schwarzen Zigarren kaufte. Die anderen aber tippten nur mehr lässig an den Hutrand und würden wohl am liebsten gesagt haben: „Servus, Schorer!“

Nein, Melchior Graf fand nicht den Weg zum Schloßgut hinauf, weil er wußte, daß dieser Mann am ärgsten gegen ihn war. Hier trafen zwei Eisenschädel aufeinander. Der Baron konnte in rasende Wut geraten, wenn Frau Konstanze, die Lammbräuin, so unverhohlen ihre Bewunderung dem Moorkönig schenkte. Vielleicht tat sie dies sogar mit der bestimmten Absicht, den Baron zu ärgern.

An einem Sonntag war es wieder einmal so. Am hinteren Tisch beim Kachelofen im Weinstüberl klopften der Baron, der Forstmeister, der Schrotthändler Rabitz und der Bürgermeister Stephan ihren Schafkopf. Frau Konstanze kam herein, verschränkte die Arme über der Brust und lehnte sich gegen die Kacheln des Ofens. Während der Forstmeister die Karten zu einem neuen Spiel ausgab, fragte sie:

„Haben Sie schon gesehen, Herr Baron, wie üppig da drüben die Kartoffeln blühen?“

Der Baron durchschaute ihre Absicht sofort und antwortete:

„Es kommt weniger auf das Blühen an als auf die Frucht.“

„Ja, aber es ist doch nicht zu leugnen, daß der Moorkönig weiß, was er will.“

„Kunststück, wenn ihn die Regierung so unterstützt. Zuschüsse und keine Steuern. Dafür dürfen wir blechen, daß uns die Rippen krachen. Darum kann er leicht hochmütig sein. Aber Hochmut kommt vor dem Fall. Demut kennt der Kerl überhaupt nicht. — Ich spiele.“

Zornig schlug Baron von Schorer den Gras-Ober auf den Tisch, und obwohl er ein gutes Solo in der Hand hatte, verlor er es doch, weil er mit seinen Gedanken nicht dabei war. Warum mußte die Lammbräuin auch immer ein Loblied auf den Stiftenkopf singen!

Tags darauf konnte es die Lammwirtin schon anbringen, als Melchior Graf mit Bogner ins Städtchen herüberkam. Er aber ärgerte sich nicht darüber, er fragte die Lammbräuin nur lachend:

„Weiß der Herr Baron überhaupt, woher Demut kommt? Es heißt: Diene mutig. Und das tue ich mehr als der Herr Baron.“

Es war merkwürdig. Melchior Graf konnte sich über derlei Schwätzereien nicht mehr ärgern. Seit er wußte, wo seine Feinde standen, war es leichter für ihn, den Weg weiterzugehen, den er eingeschlagen hatte. Er war schon so tief mit seinem neuen Leben verflochten, daß ihn solch kleine Gehässigkeiten nicht mehr erreichten. Mit der Regierung hatte er einen Vertrag geschlossen. Nur ihr allein war er verantwortlich und sonst niemandem. Dieser Vertrag erfüllte ihm die Stunden und die Hände. Es war ein Werk, das nichts brauchte als Fleiß, guten Willen und Gehorsam vor der Ordnung. Dann fiel der Friede von allein in das hoffende Herz. Und dieser Friede allein war es schon wert, ins Moor gegangen zu sein. Um des Friedens und um des Enkels willen. Mit ihm ging es schon zu Tal. Aber Adrian war der aufsteigende Ast, ihn mußte er erfüllen mit dem, was er hier noch am Abend seiner Jahre gewann.

Ein Gewitter zog sich über der Landschaft zusammen. Melchior Graf richtete sich im Moorgraben auf und schaute nach Westen hin. Sorge war in seinen Augen. Dieser gelbliche Schein hinter den dunklen Wolken wollte ihm nicht recht gefallen, und er rief seine Warnung über das Moor. Nur die Baggerführer blieben in ihrem schützenden Aufbau sitzen.

Kaum hatten die Leute die Baracken erreicht, hob sich ein kühler Wind auf und trieb schwere Wolken vor sich her. Die ersten Blitze zuckten nieder, der Donner brüllte hinterher, dann war es auf einmal ganz still, bis Minuten später dieses eigentümliche Rauschen zu hören war.

Und dann sah man es, wie das Wasser des Sees aufspritzte, als würden Millionen kleiner Hämmer auf den Wasserspiegel klopfen. Eine weiße Wand baute sich auf und verwehrte den Blick nach Rafenstein hinüber. Es war kein Regen, der hier mit dumpfem Rauschen niederschlug, sondern Hagelkörner in allen Größen.

War es nicht wie ein Wunder? Beinahe haarscharf in der Mitte des Sees zog sich die Grenze des Hagelschlags. Über dem Moor fiel kein einziges Hagelkorn nur leise rauschender, warmer Regen, den die ausgedörrte Erde gierig trank.

Nur etwa drei Minuten dauerte der unheimliche Spuk, aber in diesen drei Minuten war die gesamte Ernte auf fünfzehn Kilometer Breite hin restlos vernichtet, die Kartoffel- und Rübenäcker niedergewalzt, die Obstbäume kahlgeschlagen von Blättern und Frucht.

Nach Stunden erst fiel der letzte Tropfen Regen über dem Moor aus nachziehenden Schleierwolken, hinter denen schon wieder wildschön das Abendrot über den Bergen brannte.

Um diese Stunde verließ Jutta Graf die Baracke und schlenderte langsam neben dem großen Ablaufgraben hin und kam auf ihrer abendlichen Wanderung dem Bergwald immer näher. Sie wollte nicht in den Wald, es war nur ein Gang um das abendliche Moor, wie sie zuweilen einen machte, in einem plötzlich aufspringenden Wunsch nach Einsamkeit und Alleinsein. Die Luft war nach dem Gewitter wunderbar, und aus dem Wald rief ein Kuckuck in die ziehenden Schatten des Abends. Zuweilen mußte sie mit einem kühnen Sprung einem Tümpel ausweichen. Einmal flatterten erschreckt ein paar Rebhühner aus einem Dickicht auf.

Ja, manchmal hatte Jutta Sehnsucht nach Alleinsein. Niemand wußte um diesen Hang zur Einsamkeit. Alle sahen in ihr die starke, eigenwillige Jutta Graf, zu der man mit jeder Sorge kommen konnte, an der man sich aufrichten durfte, und die für jeden Kummer das richtige Wort fand. Und doch war auch in ihr der Wunsch, sich irgendwo anlehnen zu dürfen, oft sehr groß. Sie hatte manchmal solch grenzenloses Verlangen, mit einem Menschen zu sprechen, der sie verstand, und ihm sagen zu dürfen: ich bin auch nur ein armer, kleiner Mensch, dem manches über seine Kräfte geht, und der nie eine Schwäche zeigen darf, weil er stark bleiben muß. Stark für den Vater, dessen Haar immer grauer wurde, stark für die verträumte Schwester und stark für den kleinen Adrian, dem das ganze Leben noch verborgen war.

Jutta lehnte sich an den Stamm einer Birke am Rand eines Tümpels und erschauerte, als unter der leisen Berührung die Tropfen auf ihre Schultern niederfielen. Von hier aus hatte sie einen weiten Rundblick über den See nach Rafenstein hinüber und über die einzelnen Berghöfe auf den Höhen im Umkreis. Auf einem dieser Höfe mußte Rochus untergekommen sein. Sabine hatte so eine Andeutung gemacht und mit einem Unterton von Schadenfreude hinzugefügt, daß es ihm gut gehe.

Mochte es ihm gut gehen. Jutta wünschte ihm weder Gutes noch Schlechtes. Er war ihr gleichgültig geworden. Nur ganz selten noch dachte sie an ihre erste Liebe, der gleich die Enttäuschung gefolgt war.

Immer tiefer sank der Abend, über den Bergen sah man schon den ersten Stern aufflimmern, und drüben in Rafenstein wurden schon die Straßenlampen eingeschaltet. Jutta dachte gerade daran, wieder heimzugehen, um sich schlafen zu legen, als sie plötzlich fühlte, daß sie nicht mehr allein war.

Als sie den Kopf wandte, sah sie aus dem Walde einen grauen Schatten daherkommen. Im ersten Augenblick dachte sie an Rochus, aber dann sah sie, daß der Mann größer war und in seinen Bewegungen unsicher wirkte, wie ein Mensch, dem alles fremd war, und der sich nicht zurechtfinden konnte.

Jetzt blieb er stehen, schaute lange um sich und schüttelte den Kopf. Nein, er kannte sich nicht mehr aus in diesem Moor. Es hatte sich in den langen Jahren seiner Abwesenheit verwandelt, und was da rechts drüben im letzten Abendlicht noch schüchtern leuchtete, war wohl ein blühendes Kartoffelfeld.

Der Mann lachte auf, kurz und hart. Wie sollte plötzlich ein Kartoffelfeld ins Moor kommen? In diesem Augenblick gewahrte er Jutta, die neben der Birke stand und unverwandt zu ihm hinschaute. Sie sah, daß er zusammenzuckte, wie ein Mensch, der viel gejagt worden war, und darum meinte sie, daß sie ihm zurufen müsse.

„Dort drüben geht der Weg weiter“, sagte sie. „Sie kommen dann gleich auf die feste Fahrstraße.“

Aber statt sich nach rechts zu wenden, setzte er über den Tümpel. Dabei verlor er das graue Bündel, das er an einer Schnur über der Achsel trug. Aber er bückte sich sofort wieder danach, als ob es Kostbarkeiten berge.

Der Kuckuck schrie aus dem Wald, in dem schon die Nacht nistete. Der Wind sang leise in den Birkenkronen. Das Moor trank die Schritte des Nahenden. Zwei Schritte vor ihr blieb er stehen. Er trug eine dünne graue Soldatenhose, eine gesteppte Joppe von uniformähnlichem Schnitt und eine braune Kappe, die man unter dem Kinn zusammenknöpfen konnte. Aber die beiden Teile hingen offen und baumelten an seinen schmalen Wangen herunter.

„Hier gab es früher keine feste Straße“, sagte er. Seine Stimme klang rostig, so, als habe er seine Stimmbänder lange nicht mehr gebraucht. „Aber es scheint sich hier vieles verändert zu haben.“

„Wenn Sie das erkennen, nehme ich an, daß Sie aus der Gegend stammen“, antwortete Jutta und sah ihn forschend an, ohne recht klug dabei zu werden, wem sie dieses schmale, ausgemergelte Gesicht zuschreiben sollte, einem verwahrlosten Knaben oder einem vagabundierenden Landstreicher. Aber es war wohl doch so, daß es sich um einen zurückgekehrten Soldaten handelte, der über die Berge gekommen war und in dunkler Nacht heimkommen wollte, damit sein Aussehen niemanden erschrecke. Seine Augen lagen tief in den Höhlen, und seine Hand, die einen derben Knotenstock hielt, zitterte ein wenig.

Am jenseitigen Seeufer zuckten immer mehr Lichter auf. Die Nacht war auf einmal da, und Jutta wurde es ein wenig unheimlich zumute. Der Fremde aber blickte mit weiten, hungrigen Augen zu den Lichtern hinüber. Aber es war schon so dunkel, daß Jutta es nicht mehr sehen konnte, wie ihm das Wasser aus den starren Augen in die scharfen Falten um seine Mundwinkel hineintropfte.

Die Lichter der Heimat, der Kuckucksruf aus dem Wald, der Wind aus den Bergen hatten den Heimgekehrten überwältigt. Auf einmal besann er sich, daß er nicht allein war und wischte sich mit einer fahrigen Bewegung seiner Faust die Tränen vom stoppeligen Kinn.

„Es sieht so aus, als hätten Sie hier auf mich gewartet", sagte er dann. „Aber sie konnten ja nicht wissen, daß ich heute komme. Niemand konnte das wissen. Es sah nämlich viele Jahre so aus, als ob ich überhaupt nicht mehr käme. Und nun bin ich doch da. Und das Moor hat sich verändert. Aber es wird wohl noch so sein, daß trotzdem keine Brücke über den See führt, und daß ich den weiten Weg außen herum werde machen müssen."

„Das müßte nicht unbedingt sein", sagte Jutta. „Sie können sich unser Boot ausleihen."

„Euer Boot?" fragte er verdutzt.

„Eigentlich gehört es gar nicht uns", verbesserte Jutta. „Die Lammbräuin hat es uns geborgt, weil wir sonst auch immer den weiten Umweg nach Rafenstein machen müßten."

„Warum, wo wohnen Sie denn?"

„Hier im Moor. Ein halbes Jahr schon bald."

„In den Baracken vielleicht?"

„Ich sehe, Sie wissen hier Bescheid."

„Kunststück, es wird sich keiner so viel im Moor herumgetrieben haben wie ich."

Er wandte sich ab und begann wieder zu gehen. Jutta folgte ihm in einigem Abstand, bis er abrupt stehenblieb und knurrte:

„Gehen Sie voraus. Hinter mir waren sie lange genug, und es macht einen so unsicher, wenn man immer etwas im Nacken spürt und nicht weiß, ob es schon der Tod ist."

Weil sie aber inzwischen die Straße erreicht hatten, konnten sie auch nebeneinander gehen. Die Frösche quakten hinter ihnen her, und über ihnen blühten Millionen von Sternblumen. Bald aber waren es nicht mehr die Sterne allein, die die Nacht so hell werden ließen, sondern der Mond, der groß und rund wie eine fremde Sonne hinter den Bergen heraufgestiegen war und den See mit seinem Silber berieselte.

Der Mann, der halb wie ein Soldat und halb wie ein Landstreicher aussah, begann jetzt zügiger auszuschreiten. Er roch den See und vielleicht auch schon die Nähe des heimatlichen Herdes. Auf dem festen Boden hinkte er ein wenig, weil seine Füße ihn schmerzten von den neuen Schuhen, die man ihm im Lager an der Grenze gegeben hatte.

„Eine richtige, feste Straße", sagte er in den Takt seiner Schritte hinein.

„Eine zweite führt weiter drüben", antwortete Jutta. „Und im nächsten Jahr werden es noch um drei mehr sein."

Er blieb stehen und sah sie zum erstenmal genauer an.

„Donnerwetter", sagte er dann, aber es war nicht zu erkennen, ob dieses Staunen ihr galt oder den drei Straßen, die es im nächsten Jahr mehr sein sollten. „Und wenn ich zehn Jahre später gekommen wäre, stünde vielleicht schon eine Stadt hier."

„Keine Stadt, aber ganz sicher ein Dorf."

„Und wie wird das Dorf heißen? Moorloch vielleicht?"

„Nein", sagte sie. „So nicht, aber vielleicht Marienmoor."

„Marienmoor", sprach er langsam nach und hob dabei den Kopf weit nach hinten, daß das Licht der Sterne in seine Augen fiel. „Marienmoor haben wir als Kinder auch immer gesagt. Es spukt im Moor, haben sie immer gesagt, und nun kommen Fremde daher und machen aus unserem kleinen Traumland ein Dorf mit Häusern, mit Menschen und vielen Sünden. Oh, entschuldigen Sie, wer Sie auch sein mögen — ich möchte Sie nicht beleidigen. Es trifft mich nur irgendwie, alles so verändert zu finden. Ich nehme aber an, daß wenigstens der See gleich geblieben ist."

„Am Wasser kann man nicht gut was ändern", sagte Jutta.

„Sagen Sie das nicht. Dort, von wo ich herkomme, hat man auch das Wasser verändert. Wir haben Flüsse trockengelegt und Kanäle gezogen, und der sibirische Wind sang uns dabei seine Melodie." Er fuhr sich wie erwachend mit dem Handrücken über die Stirne und lächelte sonderbar. „Jetzt, wo ich das Licht da drüben am anderen Ufer sehe, meine ich, das andere ist schon eine Ewigkeit her. Aber dieses Licht, dieses kleine, vertraute Stubenlicht war es, daß man unverrückt im Herzen tragen mußte, um durch das Dunkel zu kommen. Aber was wissen Sie schon, wie so ein Dunkel aussieht."

„Ja was weiß ich schon", sprach sie mit spröder Bitterkeit nach und dachte dabei an die Vertreibung aus dem Land, das ihnen Heimat gewesen war. „Hier ist nun das Boot, wenn Sie es nehmen wollen."

„Tatsächlich, das Brauereiboot", staunte er. Und mehr für sich selber flüsterte er: „Frau Konstanze ..." Er wandte den Kopf schnell nochmals dem Mädchen zu. „Ob Ferdinand schon daheim ist?"

„Ich kenne keinen Ferdinand. Wir sind noch ziemlich fremd hier."

„Ferdinand und ich waren unzertrennlich. Die Lammbräuin ist seine Tante."

Er bestieg jetzt das Boot und legte Bündel und Knotenstock ab. Bevor er aber die Ruder aufnahm, griff er schnell nach Juttas Hand. Genauso schnell aber ließ er sie auch wieder los, als habe er sich die Finger verbrannt. Aber es war nur das Ungewöhnliche, das ihn so erschreckte, denn er hatte in den langen Jahren vergessen, wie eine Mädchenhand sich anfühlte. Und als sie jetzt in sein Gesicht schaute, entdeckte sie darin etwas Neues. Es war, als habe er sich verwandelt, als hätte die Nähe des heimatlichen Herdes es mit Sehnsucht gefüllt, und als liege die Verzauberung junger Märtyrer um seine schmalen Schläfen.

Er ergriff jetzt die Ruder und trieb das Boot schnell in das Wasser hinaus.

„Morgen bringe ich es zurück", rief er noch, dann verschwammen die Konturen, und es blieb nur mehr ein dunkler Schatten, der übers Wasser trieb.

Das Boot war schon lange ihrem Blick entschwunden, aber Jutta stand noch lange da, bis sie sich dann doch entschloß, zu den Baracken zurückzukehren.

Eine Stunde später saßen sich in Rafenstein der Forstmeister Breitsamer und sein Sohn Robert am kalten Herd gegenüber.

Ja, kalt war der Herd, denn es war keine Hand mehr da, die das Feuer angezündet hätte für den heimgekehrten Sohn. Am Nachmittag dieses Tages, nach dem Hagelschlag, war ein Auto vorgefahren, und Männer in weißen Mänteln hatten die Frau mitgenommen, weil sie begonnen hatte, gefährlich zu werden in ihren Vorstellungen, jeder kleine Bub, der ihr über den Weg lief, könnte ihr vermißter Sohn sein. Zuerst war das noch recht harmlos gewesen, aber als sie dann einmal den Buben vom Seilerbäck einfach von der Straße wegnahm und ihn zwei Tage im Speicher des Forsthauses verborgen hielt, war der Zeitpunkt gekommen, wo unbedingt etwas getan werden mußte. Schweren Herzens hatte Breitsamer schließlich eingewilligt, daß man sie in eine Nervenheilanstalt schaffte.

Sie saßen sich einander gegenüber und rauchten. Im Entlassungslager hatte man Robert ein paar Schachteln dieser süßlichen, amerikanischen Zigaretten gegeben. Der erste Schreck, daß man ausgerechnet am Tage seiner Heimkehr die Mutter in die Heilanstalt gebracht hatte, war etwas abgeklungen. Robert saß steil zurückgelehnt, hatte den Kopf gegen die Vertäfelung aus Lärchenholz gelegt und schleifte den Vater durch das Grauen des Krieges und die Schrecken der sibirischen Gefangenschaft. Hin und wieder nippte er vom Wein, den der Vater ihm aufgetragen hatte. Er war nicht durstig, aber seine Lippen waren rissig. Er netzte sie und dachte dabei mit traurigem Herzen an die Mutter, die diesen Wein aus Hagebutten angesetzt hatte für den Tag seiner Heimkehr. Und nun war sie nicht mehr da.

Robert schwieg jetzt, und man hörte den Nachtwind um das Haus singen.

„Und alles ist umsonst gewesen“, sagte der Forstmeister in die entstandene Stille hinein.

„Ja, es hat sich nicht gelohnt, Vater. Es hat aber auch keinen Sinn zu fragen, warum dieses Leid über die Menschheit kommen mußte. Wir hatten im Lager einen Hochschulprofessor, der sagte einmal: Das Fragen hat die ganze Welt verdorben, seit die Schlange die erste war, die gefragt hat.“

„Das mag schon stimmen, aber man wird sich trotzdem immer wieder fragen.“

„Ganz richtig. Es gibt Dinge in meinem Leben, die mich nie zur Ruhe kommen lassen werden. Das ist genau, wie man sich manchmal ein Menschenantlitz einschreibt fürs ganze Leben, und hundert andere Gesichter vergißt man nach drei Tagen schon. Und bei manchen Fragen ist es besser, man stellt sie erst gar nicht, weil man sonst verrückt werden müßte. Das war da unten in Jugoslawien bei Rogatica. Gewiß, wir waren umzingelt von den Russen, aber wir waren nur mehr zu dritt und hätten uns todsicher noch über die Berge zum Meer durchschlagen können. Bei Mostar stand nämlich noch eine ziemlich intakte Panzerdivision von uns. Da kam er, dieser schwarzäugige Kerl, dem ich schon gleich nicht trauen wollte. Weiß der Teufel, wie er unser gutes Versteck im Walde ausfindig machte. Nach einigem Hin und Her erbot er sich freiwillig, uns auf Schleichwegen nach Mostar zu bringen. Er haßte angeblich die Russen und wollte für seinen Dienst nur meine Uhr. Du weißt doch, die goldene Armbanduhr mit dem großen Sekundenzeiger, die ich von Onkel Bert zur Firmung bekommen habe. Ich sagte ihm, daß er sie bekäme, wenn er uns sicher durch die feindlichen Linien gebracht hätte. Nach Mitternacht setzten wir in einem Boot über die Drina. Dann ging es bergwärts, der Kerl immer voraus, er kannte anscheinend jeden Weg und Steg. Es ging auch alles ganz gut. Plötzlich schrie im Morgengrauen irgendwo ein Käuzchen. Unser Führer antwortete mit dem gleichen Ruf, und ehe wir recht zur Besinnung kamen und an Gegenwehr denken konnten, waren wir von schwerbewaffneten Partisanen umringt. Es war alles bloß das Werk von ein paar Minuten, dann waren wir entwaffnet. Als ich um mich schaute, sah ich unseren Begleiter bei dem Anführer der Partisanen stehen. Er sprach mit ihm in einer fremden Sprache. Dann ging er lächelnd auf mich zu und sagte: ‚Deine Armbanduhr her, du Faschist'."

Wie von der Erinnerung überwältigt, fuhr sich Robert mit zitternder Hand über die Augen. Dann nippte er wieder vom Wein und drehte das Glas zwischen den Fingern.

„Warum ich dir das erzählt habe, Vater? Weil dies die Frage ist, die mich immer verfolgen wird. Warum mußte dieser Mensch, dem wir doch nichts getan hatten und dem wir uns hoffnungsvoll anvertrauten, uns so ins Elend stürzen. Nie werde ich das boshafte

Lächeln vergessen, mit dem er sich meine Uhr überstreifte. Später wurden wir den Russen übergeben, und unsere Leidenszeit begann. Das zynische Lächeln jenes Burschen aber hat mich durch alle Lager und selbst bis in den kargen Schlaf hinein verfolgt."

„Wenn du erst wieder ganz daheim bist, mein Sohn, wirst du auch das Böse langsam vergessen."

„Wenn ich erst wieder ganz daheim bin", sprach Robert nach und zündete sich eine neue Zigarette an. „Du hast recht, Vater, ich bin noch nicht ganz daheim, und es wird wohl noch eine Weile dauern, bis ich mich daran gewöhne, am Morgen nicht mehr zum Appell antreten zu müssen, der doch nie stimmte, weil in der Nacht wieder ein paar Kameraden gestorben waren. — Wie wird es übrigens mit mir sein jetzt? Ich habe gesehen, der Gewehrschrank ist völlig leer. Womit gehst du jetzt eigentlich in den Wald?"

„Mit einem Knotenstock. Aber es ist bereits etwas in Vorbereitung, daß das Forstpersonal wieder Gewehre bekommen soll. Und du wirst wieder deinen Dienst machen wie früher. Aber das hat noch Zeit. Zuerst mußt du dich erholen, und vielleicht können wir die Mutter auch bald wieder heimholen."

„Vielleicht wäre es gut, den behandelnden Arzt wissen zu lassen, daß ich heimgekommen bin."

„Ich werde morgen anrufen."

Robert spielte wieder eine Weile mit dem Weinglas. Dann stellte er plötzlich die Frage, vor der der Forstmeister ein wenig Angst gehabt hatte.

„Und wie geht es Sina?" fragte er.

Der Fortsmeister trank schnell und griff nach einer Zigarette, die offen auf dem Tisch lagen. Dann blickte er den Rauchwölkchen nach.

„Du hättest das bloß sehen sollen, Robert. Es war der bitterste Anblick meines Lebens, als die Sieger die Gewehre aus dem Schrank nahmen und draußen auf dem Steinpflaster in Stücke schlugen. Auch deinen neuen Drilling."

„Ich habe gesehen, wie sie Menschen auf dem Lagerhof zusammenschlugen. Und die es taten, dachten sich nichts dabei, sie übten es aus wie ein Handwerk und hatten kein Herz. Nur eine junge

Ärztin war unter ihnen, die hatte ein Herz. Sie war jung und blond wie Sina. Ich habe dich nach Sina gefragt, Vater."

Der Forstmeister stand auf und zog die Gewichte der Kuckucksuhr hoch. Dann räusperte er sich. „Sina ist nicht mehr in Rafenstein."

„Nicht mehr in Rafenstein? Wo ist sie dann?"

Der Vater sah seinen heimgekehrten Sohn lange an, so als ob er ihn prüfen wolle, ob er ihm diese Enttäuschung zumuten dürfe in der ersten Stunde seiner Heimkehr. Aber es ließ sich ja doch nicht verheimlichen. Morgen konnte es ihm jemand auf der Straße erzählen, und vielleicht auf eine weniger barmherzige Weise.

„Wo sie jetzt ist, weiß ich nicht. Vielleicht schon drüben in Amerika. Man sagte wenigstens, sie wolle ihren Amerikaner heiraten."

Robert runzelte die Brauen, und sein Kinn schob sich hart nach vorne. „Ach so", sagte er dann leise. Dann lachte er verzerrt. „Im Lager schlossen wir einmal eine Wette ab, weil einer sagte, daß die Frauen und Mädchen wohl nicht so lange treu sein könnten, bis wir wiederkämen. Es war natürlich Blödsinn, weil wir ja nichts zu verwetten hatten. Aber ich hätte in meinem unbedingten Glauben an Sina sogar mein armseliges Stück Brot verwettet."

„Du weißt, Robert, daß ich nie ganz begeistert war von Sina Berger. Sina glaubte an Symbole, und als die gestürzt waren, war sie eine der ersten, die mit den Amerikanern Verbrüderung suchte. Ich sage dir das nur, damit du dir Sinas Treuebruch nicht zu sehr zu Herzen nimmst. Sie ist nicht wert, daß du ihr nachtrauerst."

„Nein, nein", wehrte Robert beinahe heftig ab. „Daran zerbreche ich jetzt bestimmt nicht mehr, nachdem ich all das andere durchgestanden habe. Aber sprechen wir nicht mehr davon. Ist eigentlich Ferdinand schon zurück? Wir sind uns zuletzt zufällig in Smolensk noch begegnet, seitdem weiß ich nichts mehr von ihm."

„Ja, Ferdinand ist kurz nach Kriegsende schon heimgekommen. Er studiert zur Zeit in Weihenstephan. Aber wenn er nach Rafenstein kam, hat er uns jedesmal aufgesucht und nach dir gefragt."

„Und Frau Konstanze?"

„Ist immer noch die gleiche. Es ist geradeso, als ob sie nie alt werden könnte, und Ferdinand wird noch sehr lange warten müssen, bis sie das Heft aus der Hand gibt."

„Vorausgesetzt, daß Ferdinand auf die Lammbrauerei überhaupt reflektiert. Früher hatte er wenigstens ganz andere Pläne."

„Ja, ich weiß. Aber auch er hat seine Träume begraben, und sieht ein, daß so ein fettes Erbe noch das Sicherste in unserem unsicher gewordenen Leben ist. Wem anders sollte Frau Konstanze auch einmal den großen Besitz geben als ihm? Schließlich ist er ihr einziger naher Verwandter, und sie hält auch große Stücke auf ihn."

Die Flasche war nun leer, und der Forstmeister fragte: „Soll ich noch eine raufholen?"

„Nein, danke Vater. Ich möchte jetzt schlafen. Tu mir den Gefallen, und laß mich morgen einmal so lange schlafen, bis ich von selber aufwache, und wenn es darüber Abend werden sollte. Gute Nacht, Vater."

„Gute Nacht, Robert. In deinem Stübchen ist alles bereit. Mutter hat ja immer auf dich gewartet."

„Arme Mutter", sagte Robert noch, dann schloß er leise die Tür hinter sich.

Und tatsächlich schlief Robert Breitsamer am anderen Tag bis weit in den Nachmittag hinein. Umständlich nahm er dann ein Bad, rasierte sich und erschrak beinahe vor der Blütenweiße des Hemdes, das er obenauf in der Kommode fand. Seit Jahren hatte er so etwas nicht mehr in der Hand gehabt, und als er es über den ausgemergelten Körper legte, zwang ihm das kalte Leinen eine Ganshaut auf.

In der Küche unten fand er einen Zettel mit Vaters Handschrift, daß er wegen des Hagelschlages dienstlich habe fort müssen. Etwas Eßbares fände er im Ofenrohr, und gegen sechs Uhr käme er zurück, dann gingen sie miteinander ins Lammbräu.

Robert saß dann eingeschüchtert am Stammtisch der Honoratioren und verzehrte mit einer Art Ehrfurcht das Wiener Schnitzel mit den köstlichen Beilagen und dachte dabei an die Fischsuppe im Lager. Er aß ganz langsam und mußte sich erst wieder an Messer und Gabel und ein weißes Tischtuch gewöhnen. Nur langsam dämmerte es ihm, daß er wieder ein Mensch und keine Nummer mehr war. Zum Glück verschonten sie ihn mit neugierigen Fragen, und er konnte aus dem Gespräch entnehmen, daß sie sich ausschließlich über die Moormenschen da drüben unterhielten und über das Wunder des Himmels, der deren Arbeit vor dem gestrigen Hagelschlag bewahrt hatte.

Aber sie verschonten ihn mit ihren Fragen bloß so lange, bis er gegessen hatte. Dann schoß der Schreinermeister Bichler schon los.

„Und jetzt erzähl einmal, wie war es in Sibirien?"

„Ist es wahr, daß es da bis zu vierzig Grad Kälte hat?" wollte der Oberlehrer Rager wissen, und den Seilermeister Hagerer interessierte es, ob in so einem Lager überhaupt keine Weiber wären.

Gequält schaute Robert von einem zum anderen. Lauter gutgenährte Gesichter, die seit dem Währungsumschwung wieder aufgeblüht waren.

Was sollte er ihnen antworten! Die Wahrheit war so grauenvoll, daß sie es wahrscheinlich nicht glauben würden.

In diesem Augenblick erlöste ihn Frau Konstanze, indem sie ihn aufforderte, mit ihr zu kommen, sie habe ihm etwas zu zeigen. Sie hatte ihm gar nichts zu zeigen, denn das kleine Büro, in das sie ihn führte, kannte er schon von früher. Sie drückte ihn auf das grüne Plüschsofa und schob ihm sinnigerweise ein gesticktes Kissen in den Nacken mit dem Spruch: „Mei Ruah will i habn." Dann schenkte sie ihm einen scharfen Schnaps ein.

„Trink ihn nur, Robert, dein Magen muß sich an das fette Essen erst gewöhnen, und da ist so ein Schnaps zur Verdauung besser als die törichten Fragen, mit denen sie dich überfallen. Mir brauchst du nichts erzählen, weil ich weiß, daß man die schweren Dinge am besten vergißt, wenn sie verschwiegen werden. Wenn es dir nichts ausmacht, will lieber ich erzählen, was sich in der langen Zeit alles getan hat."

Und Robert war auf einmal zumute, als habe er jetzt erst heimgefunden. Die Stimme der Frau schüttete so viel Ruhe in sein verstörtes Gemüt. Sie ging mit ein paar Worten über das Schwere hinweg und stattete das wenig Schöne in so schillernden Farben aus, daß es wie in Tulpenfeld aussah, das in der Mittagsonne glänzte. Frau Konstanze nahm als Beispiel die Moorleute her, die buchstäblich mit nichts anderem als einem starken Gottvertrauen angefangen hatten, und deren Werk so sichtbar gedieh.

Bei der Erwähnung der Moorleute fiel Robert das Boot ein, das er nicht zurückgestellt hatte.

„Das hat noch Zeit bis morgen", sagte die Frau, schenkte nun auch sich ein Gläschen ein und trank mit ihm auf seine Heimkehr. „Und daß du alles vergißt, was hinter dir liegt", sagte sie und sah ihn dabei voll Mütterlichkeit an. „Wer hat dir denn das Boot geborgt?"

Robert erzählte nun von der Begegnung im abendlichen Moor und ertappte sich dabei, daß er nicht einmal sagen konnte, wie das Mädchen ausgesehen habe.

„Du brauchst mir das gar nicht beschreiben", lächelte Frau Konstanze. „Es kann sich nur um Jutta gehandelt haben. Sie ist die ältere Tochter des Moorkönigs — ja, ich sehe, du lachst —, aber der Mann verdient diesen Namen schon zu Recht. Wenn du ihn erst kennenlernst, wirst du es bestätigen müssen."

Sie saßen weit über eine Stunde beisammen, und als dann der Forstmeister schüchtern anklopfte und fragte, ob man nun heimgehen wolle, glaubte er festzustellen, daß Robert jetzt viel hellere Augen hatte und um seinen Mund die Falten nicht mehr so bitter waren.

Am nächsten Vormittag brachte er das Boot zurück. Von weitem sah er schon das Menschengewimmel im Moor. Das Geräusch der Bagger hing in der Luft, wenn der Greifer rasselnd in den Moorboden stieß, und dann langsam, wie ein Raubvogel, die schwere Last hob, zur Seite schwenkte und die Fänge öffnete, daß Erde, Moor und Wurzelwerk lautlos niederfielen.

Der Himmel hing tief über dem Land, aber es regnete nicht. Nur ein ruppiger Wind strich vom Westen her und raschelte im Schilf. Und trotzdem war der Blick über die weite Fläche hin wie ein Schauen ins gelobte Land, an den Verwüstungen gemessen, die es drüben in Rafenstein zu sehen gab. Hier spielten noch die Blätter im Wind, und das Kartoffelfeld blühte in üppiger Schönheit.

Auf der Wiese bei den Baracken weideten ein paar Kühe. Sonst war niemand zu sehen. Robert zog das Boot ans Ufer. In diesem Augenblick trat Roswitha unter die Tür und rief nach Adrian. Aus dem nahen Wald kam die Stimme des Buben. Dann sah Roswitha zum See hinüber und entdeckte den Fremden beim Boot. Weil Jutta von ihrer nächtlichen Begegnung nichts erzählt hatte, deutete Roswitha es falsch und rief energischer, als es sonst ihre Art war:

„Was wollen Sie mit dem Boot?"

Sie stand auf der Schwelle, der Wind spielte mit ihrem Blondhaar, die eine Hand hatte sie in die Hüfte gestemmt, die andere hielt den Griff der Tür noch umfaßt. So sah sie den Fremden herankommen und empfand dies wie das Herannahen eines Schicksals.

Nun stand Robert vor ihr. Warum sieht er mich nur so merkwürdig an, dachte Roswitha. Und was er für strenge Augen hat. Seine Brauenbüschel bewegten sich nachdenklich. Dann sagte er:

„Ich habe das Boot zurückgebracht."

Roswitha rührte sich nicht. In ihrem Köpfchen verwirrten sich die Gedanken zu einem lustigen Durcheinander. Die Bilder ihrer geheimen Träume spielten ihr einen Streich, und statt des Prinzen im wehenden blauen Mantel, den sie in ihren Traumstunden zuweilen über das Moor reiten sah, kam ein ganz gewöhnlicher Mensch über den See daher. Es war durchaus nichts Strahlendes an ihm, und sie konnte sich in dieser Minute gar nicht vorstellen, daß in diesem steinernen Gesicht jemals ein Lächeln aufblühen könnte. Er hatte jetzt ihre Augen losgelassen und sah über den Hofraum. Das weiße Hemd stand am Hals ein wenig offen. Seine Joppe hatte Knöpfe aus dem Geweih eines Hirschen, seine Hose war aus Leder und unter den Knien zusammengebunden. Die Strümpfe waren grau und in einem seltsam geschnörkelten Muster gestrickt.

Zwei links, vier rechts, mutmaßte Roswitha, daß dieses Muster sein könnte. Oder waren es nur drei rechte Maschen?

In diesem Augenblick, da sie so angelegentlich seine Strumpfmaschen zählte, wandte er wieder den Kopf und sah sie an.

„Du warst es doch nicht, die mir das Boot lieh?" sagte er.

Roswitha errötete, weil er sie duzte. Ihr Traumgebilde sank wiederum um eine Stufe tiefer. Prinzen duzten nicht gleich einen Menschen.

„Ich weiß nicht, wovon Sie sprechen“, sagte sie.

Zum erstenmal ging der Schein eines verstohlenen Lächelns um seine Mundwinkel.

„Es handelt sich darum, daß ich vorgestern heimgekehrt bin, aus Sibirien. Da stand ein Mädchen im Moor, aber ich glaube, das warst du nicht. Sie lieh mir das Boot, damit ich über den See kommen konnte, ich hätte sonst den weiten Umweg machen müssen. Nun habe ich das Boot zurückgebracht, und vielleicht bist du so nett und sagst, daß ich herzlich danken lasse.“

Das war nun auf einmal sehr viel. Roswitha wußte nun nicht recht, was sie tun sollte. Eigentlich müßte sie ihn hineinbitten und ihm Platz anbieten. Aber es war doch alles so ärmlich drinnen. In ihrer Verlegenheit rief sie wieder nach Adrian. Ganz aus der Tiefe des Waldes antwortete Adrian.

Schließlich setzte sie sich kurz entschlossen auf die erste Stufe und machte mit der Hand eine liebe und doch zwingende Bewegung, daß auch er sich setzen solle. Sie zog den Rock eng und züchtig über die Knie und strich mit der anderen Hand ein paar lockere Härchen aus der Stirn. Als er sich neben sie setzte, lächelte sie leise vor sich hin.

Weil sie nun so niedrig saßen, konnten sie nicht einmal mehr über das Moor hinschauen. Bis hierher drang auch nicht mehr das Geklirr der Bagger. Es war still ringsum.

„Heimgekehrt sind Sie also“, sagte endlich Roswitha. „Sie sind wahrscheinlich aus Rafenstein?“

Ihre Stimme war so sanft wie der Frühlingswind und umwehte schmeichlerisch sein Herz. Ich muß mich doch wohl oder übel vorstellen, dachte er und tat es.

In Roswithas Augen leuchtete es auf. „Vom Forstmeister sind Sie! Ach, wie muß Ihre Mutter sich gefreut haben!“

Sein Mund wurde wieder hart und schmal wie eine Messerschneide. „Meine Mutter — ich traf sie nicht mehr an. Man hat sie am Tag meiner Heimkehr in eine Heilanstalt geschafft.“

Roswitha war nahe daran, nach seiner Hand zu fassen und sie zu streicheln, so sehr wurde sie von Erbarmen überwältigt. Aber die Scheu war größer als der Wunsch, ihm ihr Mitfühlen zu zeigen. So sagte sie bloß: „Sie Armer ...“

Er schüttelte unwillig den Kopf. „Man soll mich nicht bemitleiden. Eines Tages wird die Mutter wiederkommen. Aber darf man wissen, wer du bist?“

Weil er diese Frage mit einem leichten Lächeln tat, verlor Roswitha ihre Hemmungen und sagte artig wie ein Schulkind:

„Ich bin Roswitha Graf, die zweitgeborene Tochter des Siedlervaters Melchior Graf, aufgewachsen in der Batschka, neunzehn Jahre alt und —“

Noch ledig, hatte sie noch sagen wollen. Aber als sie seinen erstaunten Blick sah, verschluckte sie das letztere.

„Was? Neunzehn sind Sie schon? Dann muß ich mich wohl entschuldigen, daß ich Sie geduzt habe. Seien Sie mir aber nicht gram, ich dachte, Sie wären noch ein Kind.“

„Aber das macht doch nichts. Es würde mir leid tun, wenn Sie mich jetzt ganz erwachsen nähmen und Sie zu mir sagten.“

„Also dann gut“, willigte er ein und streckte ihr die Hand hin. „Aber nur, wenn es gegenseitig sein darf. Ich heiße Robert. Robert Breitsamer, mittlerweile siebenundzwanzig Jahre geworden.“

Dann griff er nach ihrer Hand und hielt sie fest. Ja, es war nicht abzuleugnen, daß ihre zarte Schönheit ihn gefangennahm.

Roswitha fühlte etwas Starkes über ihr Herz hinwehen. Es war wie eine wilde Welle, die zuschlug und wieder verebbte. In ihren Augen leuchtete ein wundersamer Schein. Schüchtern streichelte sie mit ihrer Hand über die seine. Es war ihr zumute, als dürfe sie die Hand nie mehr loslassen.

„Kommst du wieder?“ fragte sie.

„Wenn es dir recht ist, gerne.“

„Ob es mir —? Ach, fragt er mich, ob es mir recht ist! Vielleicht wird es einmal so sein, daß du ein wenig Sehnsucht hast, und dann —“

Sie verstummte erschrocken und sah verwirrt vor sich hin. Über den Bergen wurde der Himmel jetzt immer heller. Eine Schar Krähen flog mit heiserem Schrei über das Moor hin und fiel in den Wald ein.

„Und wenn du einmal hinüberkommen solltest nach Rafenstein“, sagte Robert, „dann wäre es recht nett, wenn du im Forsthaus zukehren möchtest.“

„Ja“, meinte sie ausweichend und dachte dabei an ihren verkrüppelten Fuß, „aber zuerst müßtest schon du noch ein paarmal herüberkommen.“ Sie wußte auch, daß sie ihn nicht einmal bis zum Ufer hinunterbegleiten durfte. Er würde ja dann sofort sehen, daß sie mit dem linken Fuß hinkte. Vielleicht würde er nichts sagen, aber er würde dann wahrscheinlich nicht mehr kommen und vielleicht insgeheim über das Mädel lachen, das ihren körperlichen Mangel verbergen wollte und sich über die erste Begegnung hinaus etwas erwartete, von dem sie selber noch nicht wußte, ob es die Liebe sei.

Robert stand auf und sagte, daß er heim müsse, obwohl das nicht stimmte, weil ihn daheim niemand erwartete. Der Vater war dienstlich unterwegs, und er hatte nur um zwölf Uhr im Lammbräu zu sein, weil es sich Frau Konstanze zur Aufgabe gemacht hatte, den Heimgekehrten zunächst einmal für drei Wochen unentgeltlich herauszufuttern. Aber er hatte jetzt keinen Kahn mehr, er mußte um den See gehen.

„Ich danke also noch mal recht schön für das Boot“, sagte er und reichte Roswitha zum Abschied die Hand. Roswitha war auch aufgestanden, aber sie tat keinen Schritt. Sie lehnte am Türpfosten und ließ ihren Blick in dem seinen haften. Weil sie auf der ersten Stufe stand und er unten, war sie gleich groß mit ihm, und sie konnten einander so bequem in die Augen sehen. In diesem Augenblick wußte Robert Breitsamer, daß er wiederkommen werde. Auf einmal stürzte etwas Verwirrendes über ihn herein, ihm war, als habe der Blick der blauen Augen bis in seine Seele hineingefunkt, und als lohne es sich erst von diesem Augenblick an, heimgekommen zu sein.

Er war schon unter den ersten Bäumen verschwunden, als er sich nochmal umdrehte. Roswitha lehnte noch in der gleichen Stellung am Türstock und hob jetzt die Hand, ihm zu winken. Sie wußte nicht, wie rührend diese Geste war, und wie der Mann sich mit Gewalt zwingen mußte, nicht umzukehren, um sie in seine Arme zu schließen.

Als nach etwa einer Stunde die Leute aus dem Moor zurückkamen, fragte Jutta schon beim Eintreten:

„Ist jemand hiergewesen?"

Roswitha war zumute, als würde sie aus einem Traum gerissen. „Nein, wer soll denn hiergewesen sein?"

„Das Boot liegt am Ufer. Das muß doch einer zurückgestellt haben."

Roswitha sah die Schwester mit schmalen Augen an. Jutta war barfuß, eine dunkle Locke hing ihr wild in die Stirne, die rechte Wange war schwarz von Moorerde.

„Dann müßtest ja wohl du das Boot verliehen haben?" sagte Roswitha ein wenig spitz und begriff die kleine Angst nicht ganz, die an ihrem Herzen zu nagen begann. Jutta stand voll so blühender Kraft da und hatte keinen kürzeren Fuß. Wenn Robert sie beim Taglicht sähe?

Jutta begann sich jetzt Gesicht und Hände zu waschen. „Natürlich habe ich es ausgeliehen, an einen Heimkehrer. Ich traf ihn zufällig, wie er am späten Abend übers Moor daherkam."

„Aber davon hast du gar nichts gesagt?"

„Es war doch nicht so wichtig. Hauptsache ist, daß das Boot jetzt wieder da ist. Ich weiß gar nicht einmal, wer der Mensch war. Leg noch einen Teller auf, Bogner kommt auch zum Essen."

Hernach fragte Roswitha sich, warum sie die Begegnung mit Robert Breitsamer verleugnet hatte. Aber nachdem sie es nun einmal getan hatte, konnte sie nicht mehr umkehren. Es wurde auch nichts mehr davon erwähnt. Erst am späten Abend, als sie schon alle im Bett lagen, sagte Roswitha in die Dunkelheit hinein:

„Ich muß unbedingt einen Schuh haben für meinen linken Fuß, einen orthopädischen Schuh."

Jutta, die im Bett oberhalb lag, lachte leise. „Wie fällt dir das auf einmal ein?"

„Daran denke ich schon lange, ich will nicht ewig humpeln. Vater, du mußt doch wissen, ob man sich so einen Schuh in Rafenstein drüben anmessen lassen kann."

„Kann man sicher, Kindl", brummte Melchior Graf schon im Halbschlaf. „Aber du mußt noch ein wenig Geduld haben. Jetzt haben wir kein Geld, aber vielleicht fällt die Kartoffelernte gut aus."

„Krieg ich dann einen?"

„Ja, dann sollst du einen haben. Aber jetzt schlafe."

Gleich darauf hörte man das tiefe Atmen der Schlafenden. Nur Roswitha konnte noch nicht einschlafen. Sie teilte das Bett mit Adrian, lag ganz steil ausgestreckt und starrte in das Dunkel über sich. Sie rechnete angestrengt nach, wie lange es noch bis zur Kartoffelernte sein könnte, und ob sie bis dahin vor Robert ihr Gebrechen verheimlichen konnte. Schließlich fielen auch ihr die Augen zu, aber sie nahm das Bild des Mannes mit in ihrem Traum hinüber.

Robert Breitsamer blieb nicht der einzige Heimkehrer. Eine Woche darauf kehrten der Sohn des Barons von Schorer, der Sägmüller Laturner, der Schmied Ambrosius und noch ein paar Bauernsöhne zurück. Die großen Ferien begannen bereits, die Moorkinder brauchten jetzt nicht mehr den weiten Schulweg um den See zu machen, und Ferdinand Beerlich, der Neffe der Frau Konstanze, kam von Weihenstephan nach Rafenstein, um hier die Ferien zu verleben. Zwar war dies für ihn kein Urlaub im üblichen Sinn, denn Ferdinand griff gleich mit fester Hand ein in das Räderwerk des Brauereibetriebes mit der umfangreichen Landwirtschaft. Er war der einzige männliche Verwandte Frau Konstanzes und sollte einmal Erbe des stattlichen Besitzes werden. Zwar hatte früher Frau Konstanze ihm manchmal gedroht, sie werde alles einmal einem karitativen Zweck vermachen, falls er sich in die von ihr aufgestellte Ordnung nicht füge, denn Ferdinand war in seinen Knaben- und Jünglingsjahren ein wilder, ungebärdiger Bursche gewesen, der gerne mit dem künftigen Reichtum prahlte und hinter den jungen Mädchen her war wie ein Herbstwind, der die Blätter treibt. Erst der Krieg hatte ihn, wie so manchen anderen auch, zu einem ernsten Menschen gemacht, der nur mehr ganz selten einmal über die Stränge schlug. Robert Breitsamer hatte schon immer mit seinem gesetzten Wesen einen günstigen Einfluß auf ihn ausgeübt, und als Ferdinand den schon Totgeglaubten jetzt wiedersah, riß er ihn mit einer so derben Kraft an seine Brust, daß Robert alle Knochen krachten.

Stundenlang saßen sie in den ersten Tagen beisammen. Ihm konnte Robert all das von seiner Gefangenschaft erzählen, was er vor anderen verschwieg. Und wo sich das Grauen so leicht vom Herzen sprach, blieb auch noch ein Spalt offen für das, was Robert Breitsamer seit Tagen bis ins Innerste bewegte. Er war noch nicht wieder ins Moor hinübergekommen, er hatte Hemmungen, genau wie früher auch. Es war immer so gewesen, daß Ferdinand für ihn eine Sache einfädeln mußte. Auch das mit Sina hatte er eingefädelt, und er merkte auch jetzt gleich, wo der Freund hinauswollte.

Robert entwarf dem Freund ein Bild Roswithas in so leuchtenden Farben, daß Ferdinand schon wieder unternehmungslustig den Mund spitzte und fachmännisch seine Fragen stellte.

„Und wie benimmt sie sich beim Küssen?"

Robert starrte ihn fast entsetzt an. „Hab ich doch noch gar nicht!"

„Hab ich mir doch gleich gedacht", lacht Ferdinand. „Also wieder so eine platonische Schwärmerei mit Händchenstreicheln und schmachtendem Blick."

Sie saßen im Sudhaus auf einem großen Bierbanzen. Leise summten die Transmissionen. Ferdinand hielt einen Maßkrug mit dem unverdünnten, hochprozentigen Vollbier in der Hand, nahm einen tiefen Schluck und reichte Robert den Krug hin.

„Da, trink, das bringt dich wieder auf die Füße und riegelt dir das Herz auf. Schwärmt der Kerl von einem blonden Engel und hat ihn noch gar nicht geküßt!"

„Ich kann doch nicht gleich mit der Tür ins Haus fallen", verteidigte sich Robert. „In dieser Hinsicht warst du mir immer schon voraus."

„Vergiß auch nicht, daß ich immer einen anderen Geschmack hatte als du. Und das war ganz gut so, sonst wären wir beide nie so gute Freunde geworden. Aber die Sina, was sagst du dazu? Doch mach dir nichts draus."

„Ich mach mir nichts daraus", versicherte Robert und merkte

genau, daß es ihm nur deshalb so leicht fiel, weil das Mädel vom Moor seine Gedanken so beschäftigte.

„Dann ist's gut, Robert, und was die Blonde da drüben betrifft, wenn es dir recht ist, fahr ich einmal hinüber, schau sie mir an und streich dich ein bißl raus."

„Gerade um das wollte ich dich bitten, Ferdinand. Nur — du sollst nicht übertreiben."

„Ist es übertrieben, wenn ich ihr sage, was für ein hochanständiger Kerl du bist? Ich sage ihr bloß die reine Wahrheit über dich."

„Kannst ihr ja vielleicht noch sagen, daß ich sehr viel an sie denke", schlug Robert vor. „Recht viel mehr brauchst du gar nicht zu sagen. Es reicht schon, wenn du die Einleitung machst, das andere krieg ich dann schon hin."

Ferdinand lachte und klopfte dem Freund derb auf die Schulter.

„Das ist gerade nicht recht schmeichelhaft für mich, aber für dich tu ich es gern. Vielleicht schau ich gleich in den nächsten Tagen einmal hinüber."

„Ginge es nicht morgen schon?" fragte Robert schüchtern.

„Also gut, morgen, dann. Komm, hilf mir jetzt ein wenig, daß wir das Ding noch hinkriegen."

Ferdinand hatte seiner Tante seit Tagen zugesetzt, daß sie ihm einen schon ziemlich ausgedienten Motor aus dem Schlachthaus überließ, der mit seinen 2 PS den schweren „Wolf" und den „Blitz" kaum mehr bewältigen konnte. Aber für den vorgesehenen Zweck tat er es noch leicht. Der Schmied von Rafenstein hatte mit viel Geduld und Hingabe eine Schraube angefertigt und es mit Hilfe Ferdinands fertiggebracht, daß der Motor die Schraube zu rasender Eile antrieb. Beides mußte jetzt nur noch an einem der Ruderboote angebracht werden.

Nach zwei Stunden war es soweit. Ferdinand ließ den Motor anspringen. Das Wasser gurgelte auf im wirbelnden Kreisel der Schraube, dann schoß das Boot in das offene Wasser hinaus, beschrieb in der Mitte des Sees einen eleganten Bogen und zog dann westwärts wieder auf das Städtchen zu. Ein heller Rausch hatte die beiden Freunde erfaßt. Sie saßen sich gegenüber und lachten sich an. Endlich hatte sich ein Traum ihrer Knabenjahre erfüllt.

„Die Frau Tant' ist doch ein prächtiger Kerl", lobte Ferdinand. Er mußte ziemlich laut schreien, daß Robert ihn verstand.

„Sie ist eine herrliche Frau", bestätigte Robert.

Die „Frau Tant" aber stand an einem der Fenster in ihrem großen Wohnzimmer im ersten Stock und dachte: Ach, diese Buben. Sie hob den Feldstecher vor die Augen und sah nun deutlich das Gesicht des Neffen vor sich, dieses von Begeisterung gerötete Gesicht, und ein Gefühl des Stolzes regte sich in ihr, denn eigentlich hatte ja sie ihn großgezogen und hatte ihn tief in ihr Herz geschlossen, wenn sie es auch nicht gerne zeigte.

Im Landratsamt aber saß der Obersekretär Rambold und suchte mit Eifer und dem Spürsinn eines Privatdetektivs in den sauber gebundenen Verordnungsblättern der letzten zehn Jahre, ob er nicht einen Paragraphen finden könnte, wonach das Fahren eines Motorbootes eines Führerscheins bedürfe und steuerpflichtig sei.

Jawohl, es war steuerpflichtig. Er freute sich darüber wie ein Kind und rieb sich vergnügt die Hände. Dieser Ferdinand sollte nur nicht meinen, daß er alles machen könne, was er wollte, und sich an kein Gesetz zu halten brauche, weil er der Neffe der reichen Lammbräuin war. Herr Rambold sah den Studenten Ferdinand lieber gehen als kommen, denn er wurde ihm von seiner Gattin immer als Muster eines jungen Mannes hingestellt, von dem er, der Herr Obersekretär, gut lernen könne, was man einer Dame schuldig sei. Zwar würde er diese flotten Redensarten nie über den Mund bringen, wie sie dieser Student nur so aus dem Ärmel schüttelte.

„Küß die Hand, gnä' Frau", konnte Ferdinand sagen, wenn Frau Sieglinde einmal in der Woche ins Schlachthaus kam, um für ihren Pudel um fünfzig Pfennig Schlächterabfall zu holen. Oder: „Gnädige Frau sehen geradezu blühend aus und werden immer jünger ..."

Nein, so was brachte Herr Rambold nicht fertig. Seine Seele war vom Aktenstaub schon so verdüstert, daß er sich zu nichts mehr aufschwingen konnte, obwohl ihm heimlich das Herz zu schlegeln begann, wenn er die „Moorgräfin" Jutta stolz über den Marktplatz gehen sah.

Es schickte sich gut, daß die Stadt Rafenstein ihre heimgekehrten Söhne für den nächsten Sonntag in den Lammbräusaal zu einer Heimkehrerfeier einlud. Der Herr Bürgermeister Stephan kam selber zu Frau Konstanze, um mit ihr die Einzelheiten zu besprechen. Es sollte jeder, der aus Kriegsgefangenschaft heimgekehrt war, ein komplettes Essen und drei Halbe Bier auf Kosten der Stadt bekommen. Frau Konstanze berechnete dabei einen äußerst niederen Preis und wollte auch die Tische weiß decken und mit Blumen schmücken, ohne dafür etwas zu verlangen. Die gesamte Bevölkerung sollte eingeladen werden. Ferdinand saß dabei, als das alles ausgehandelt wurde, und hörte, daß der Gesangverein Lyra mithelfen solle, die Feier zu verschönen, ferner sollte ein Einakter gespielt werden. Die Musikkapelle von Rafenstein wollte die Pausen ausfüllen und hernach ein wenig zum Tanz aufspielen.

Als das abgesprochen war, stellte Frau Konstanze die Frage: „Und haben Sie auch daran gedacht, Herr Bürgermeister, daß man dazu auch unsere Neubürger vom Moor drüben einladen müßte?"

Herr Stephan schnitt eine Grimasse, als ob er in einen saueren Apfel gebissen hätte. „Muß das sein?"

„Ja, das muß sein, weil es eine Frage des Taktes ist, und zweitens werden auch Sie und alle, die bis heute den Moorleuten noch so feindlich gesinnt sind, sich damit abfinden müssen, daß man mit den Menschen da drüben noch rechnen muß."

„Inwiefern?" wollte der Bürgermeister wissen.

„Man kann doch nicht einfach ableugnen, daß sie da sind, und Sie vergessen anscheinend, daß demnächst wieder die Gemeindewahlen sind und daß Sie auch mit diesen Stimmen rechnen müssen, wenn Sie Bürgermeister bleiben wollen. Es wäre ganz gut, wenn Sie dies Ihrem engeren Kreis einmal vor Augen halten würden, vor allem auch dem Herrn Rabitz."

Nachdenklich rieb sich Herr Stephan das Kinn. „In der Tat, daran habe ich noch gar nicht gedacht."

„Und Herr Rabitz hat daran wahrscheinlich noch viel weniger gedacht, sonst hätte er die Anzeige gegen den Moorkönig unterlassen wegen der unbezahlten Ofenrechnung. Damit schneidet er sich nur ins eigene Fleisch, und es kann ihn sogar noch recht teuer zu stehen kommen."

Herr Stephan rieb sich verlegen die linke Handfläche. Dann holte er tief Atem. „Ihre Sympathie für die Leute da drüben ist mir zwar nicht verständlich —"

„Ist auch gar nicht nötig", unterbrach ihn Frau Konstanze. „Das ist eine reine Privatangelegenheit und geht niemanden etwas an."

„Sicher, sicher. Im übrigen hab ich gehört, der Stiftenkopf hat in seinem Größenwahnsinn die Anzeige ignoriert."

„Auch ganz mit Recht. Warum soll er Öfen bezahlen, die der saubere Herr Rabitz zuerst gestohlen hat, und zwar aus den Baracken?"

„Frau Konstanze! Das ist aber eine gewagte Behauptung!"

„Sie ist leider wahr, und ich scheue mich auch nicht, sie offen auszusprechen, weil ich dafür einen stichhaltigen Zeugen habe, ein Zeuge, der dabei war, als Herr Rabitz die Baracken ausplünderte. Die Öffentlichkeit soll nur erfahren, was für ehrsame Leute wir im Stadtrat sitzen haben. Es sei denn, Herr Rabitz zieht seine Anzeige zurück. Es ist mir eigentlich ganz lieb, Herr Bürgermeister, daß wir darauf zu sprechen gekommen sind. Auf alle Fälle habe ich Ihnen gesagt, daß man nicht vergessen darf, die Moorleute zu der Feier einzuladen. Ob sie kommen, bleibt ja abzuwarten."

„Also gut, wie Sie meinen. Ich fange an, schön langsam einzusehen, daß Sie sogar recht haben, und daß wir schon so manches verkorkst haben."

So geschah es, daß Bürgermeister Stephan an diesem Vormittag noch den Gemeindediener Baumer mit einer gedruckten Einladungskarte ins Moor hinüberschickte, ohne dabei zu vergessen, auch einen Vierfarbenprospekt beizulegen, aus dem ersichtlich war, was es im Kaufhaus Stephan so kurz nach dem Währungsumschwung schon wieder alles zu kaufen gäbe, vom Büstenhalter angefangen bis zum kompletten Abendkleid.

Ferdinand sah gegen Mittag den Gemeindediener mit seinem Fahrrad vom Moor zurückkommen. Für ihn war aber diese Heimkehrerfeier doch ein wunderbarer Anlaß, daß er am Nachmittag hinüberfuhr mit seinem Motorboot, dem er in Erinnerung an eine verflossene Liebe den Namen Felizitas gegeben hatte.

Er legte neben dem alten Brauereiboot „Emma“ an und mußte unwillkürlich lächeln über den Vergleich, der ihm dabei einfiel. Wie eine dicke Mutter neben ihrer strichdünnen Tochter, dachte er.

Hemmungen kannte er nicht, und Robert hatte ihm genau beschrieben, daß es die erste Baracke nach der Anlegestelle sei. Als er anklopfte, horchte er noch ein paar Sekunden dem hellen Klang der Stimme nach, die „herein“ gerufen hatte. Wie eine Engelstimme, dachte er. Nun wollen wir mal sehen, was hinter dieser lieblichen Stimme steckt.

Dann trat er ein und blieb überrascht gleich unter der offenen Tür stehen. Donnerwetter, dachte er, wie kommt Robert auf einmal auf so einen auserlesenen Geschmack. Das Mädel ist tatsächlich so anmutsvoll und licht wie ein Engel.

Roswitha stand in diesem Augenblick auch recht günstig im hellen Fensterlicht. Die Sonne umschmeichelte das Oval ihres Gesichtes und das blonde Haar. Ferdinand starrte sie benommen an, überwand aber sogleich seine Verwirrung, weil er sich besann, weshalb er hier war, und stellte sich vor.

„Ferdinand Beerlich. Ich bin der Neffe von Frau Konstanze.“

Jetzt lächelte Roswitha. „Ach ja, Frau Konstanze. Wir verehren sie alle sehr.“

Ferdinand stach schon wieder der Hafer. „Ich wäre glücklich, wenn nur ein ganz kleiner Teil dieser Verehrung auch auf mich fallen würde. Mit wem habe ich die Ehre? Ich hoffe, daß ich hier richtig bin.“

Roswitha nannte ihren Vor- und Nachnamen, und Ferdinand nickte.

„Dann bin ich schon richtig.“ Und weil er die Hand ausstreckte, und dabei „recht schönen guten Tag“ sagte, konnte Roswitha nicht anders, als ihm entgegenzugehen und auch die Hand zu geben.

Ferdinand zog wie im Schmerz die Stirne ein wenig kraus. Hatte der Engel einen Hinkefuß? Es fiel zwar kaum auf, weil Roswitha sich alle Mühe gab, gerade zu gehen, aber ganz war es ihr doch nicht gelungen.

Sie bat ihn, doch Platz zu nehmen, wischte einen Stuhl ab, obwohl er sauber war. Ferdinand sah sich in dem ärmlichen Raum um, dann setzte er sich umständlich. Genau diese paar Minuten hatte er gebraucht, um sich alles noch mal zurechtzulegen. Er sprach von der Heimkehrerfeier am nächsten Sonntag, und daß er sich erlaube, die Neubürger, insbesondere aber die Familie Graf dazu herzlich einzuladen.

„Danke schön", sagte Roswitha. „Wir haben heute bereits eine Einladung dazu bekommen."

„Tatsächlich?" fragte Ferdinand mit gespieltem Staunen. „Wer war denn da schon wieder so voreilig?"

„Der Gemeindediener war hier." Roswitha ging zum Küchenkasten hin und holte die Einladung.

Ferdinand las sie aufmerksam. Dann hob er die dunklen Wimpern. „Und Sie kommen?"

„Ich glaube, nein. Das heißt, ich möchte schon gerne, aber der Vater sagte am Mittag, daß wir kaum hingehen werden, weil uns die Rafensteiner nicht so gut gesonnen sind."

Ferdinand machte ein enttäuschtes Gesicht. „Aber das ist doch sicher nur ein verschwindend kleiner Teil. Ich jedenfalls gehöre nicht dazu. Und — ich weiß schon noch jemanden, der mit Sehnsucht darauf wartet, daß vor allen Dingen Sie kommen."

Roswitha spürte die Röte schon, bevor sie ihr in die Wangen schoß. „Auf mich?" stammelte sie verwirrt und wollte sich doch nicht anmerken lassen, woran sie dachte. „Wer könnte denn auf mich schon warten?"

Ferdinand legte das rechte Bein über das linke und fingerte nach seinem Zigarettenetui. „Gestatten Sie, daß ich rauche? Oh, Verzeihung, auch eine?"

„Ich habe noch nie geraucht."

„Würde auch gar nicht zu Ihnen passen. Das sagt mein Freund Robert auch."

„Ach so. Ist Robert — ich meine — er sprach nicht von Ihnen."

„Ja, das weiß ich. Er unterschlägt mich gerne. Wäre aber gar nicht nötig, denn wenn er sich für ein Mädchen interessiert, dann ist es für mich tabu, und wenn sie mir noch so gut gefällt. Ja, warum soll ich es leugnen? Sie gefallen mir, und Robert hat wirklich nicht zuviel gesagt."

Roswitha wurde immer verwirrter. Robert hatte also von ihr gesprochen. Also hatte er an sie gedacht. Vielleicht nicht soviel wie sie an ihn, aber jedenfalls hatte er sie nicht vergessen. Sie schaute lange auf ihre Hände nieder, die sie im Schoß verschränkt hielt.

„Hör einmal zu, schönes Mädchen. Ich bin mit Robert schon von Kindheit an befreundet. Ich kenne ihn besser als meine Hosentasche. Ein wunderbarer Kamerad, nur etwas mitgenommen von seinen schweren Erlebnissen. Mißtrauisch zu allen, ja ich glaube, sogar zu sich selber. Er ist ein bißl aus den Fugen geraten, der gute Robert, und man muß ihm helfen, daß er wieder ins richtige Geleise kommt. Wie wär's denn, wenn du mir dabei ein wenig helfen würdest?"

„Ich? Was könnte denn ich dazu tun?"

„Oh, du brauchst am Sonntag nur hinüberzukommen. Entschuldige, wenn ich dich duze, aber Robert hat mir so viel Schönes von dir erzählt, daß ich meine, dich schon seit Jahren zu kennen."

Roswitha war so himmelselig zumute, so daß sie am liebsten durch das Zimmer getanzt wäre. In ihrer grenzenlosen Freude wußte sie gar nicht recht, was sie sagen sollte, darum klang es dann recht naiv, als sie mehr für sich selber feststellte:

„Dabei sind wir nur ganz kurze Zeit draußen auf der Schwelle gesessen."

Ferdinand zerdrückte seine Zigarette in Ermangelung eines Aschenbechers auf seiner Steichholzschachtel. Dann lehnte er sich zurück.

„Wenn der Funke in die Herzen fällt, ist es ganz gleich, wo man sitzt. Bei Robert jedenfalls hat der Funke gezündet, das läßt sich nicht leugnen. Und wenn du nur ein kleines bißchen in das Feuerlein in seinem Herzen blasen würdest, könnte eine helle Flamme daraus werden, eine Flamme, an der sich sein Herz wieder aufwärmt und die Freude zum Leben findet. Ja, ja, kleines Mädchen, du hast eine Mission zu erfüllen."

Ferdinand fand, daß er das gut gesagt hatte, und war zufrieden mit sich. Einen besseren Fürsprecher konnte Robert wohl kaum finden. Er beobachtete Roswitha genau, und es entging ihm nicht, wie sehr seine Worte sie beschäftigten. Aber sie war so rührend in ihrer Unschuld, so allerliebst süß in ihrem scheuen Verhalten, daß er nicht den Mut zum Fragen fand, für Robert war sie wie geschaffen. Was nicht heißen sollte, daß sie ihm nicht gefiel. Er musterte ihre schlanke Gestalt. Um die Hüften herum war sie so schlank wie ein Knabe. Wenn sie nur noch mal aufstehen wollte, denn er brachte den Gedanken nicht los, daß sie hinkte.

In diesem Augenblick begann Roswitha zu sprechen. „Was Sie da sagen, überrascht mich doch sehr, weil ich nicht glauben kann, daß — ich meine, unsere Begegnung war eigentlich so kurz, ein wenig nichtssagend sogar — ich kann kaum einen tieferen Eindruck auf ihn gemacht haben."

„Da täuschst du dich aber gewaltig, mein schönes Kind. Du mußt schon einen sehr tiefen Eindruck auf ihn gemacht haben, sonst hätte er mich nicht eigens herübergeschickt."

Ferdinand wußte sofort, daß er sich jetzt verplappert hatte, aber Roswitha war von der Feststellung, daß sich zum erstenmal ein Mensch für sie interessierte, so erschüttert, daß sie darauf gar nicht geachtet hatte. Sie vergaß auf ihren Hinkefuß und stand auf.

„Ich habe — sagen Sie ihm das bitte — auch sehr viel an ihn gedacht." Sie ging zum Küchenkasten hin und suchte nach etwas. „Und ich kann Ihnen gar nichts anbieten", sagte sie traurig. „Höchstens ein Gläschen Slibowitz. Wir sind eigentlich doch recht arm."

Sie kam zum Tisch zurück und schenkte ihm ein. Als er getrunken hatte, sah er sie lange und fragend an.

„Haben Sie irgendeine Beinverletzung?"

Sie erschrak heftig und wurde rot bis unter die Haarwurzeln. „Haben Sie es bemerkt? Es ist keine Beinverletzung. Ich hatte als Kind eine Hüftgelenkentzündung, und dabei ist das linke Bein etwas kürzer geworden. Aber die Ärzte sagen, man könnte vielleicht durch eine Operation —" Sie konnte auf einmal nicht mehr weitersprechen und fing zu weinen an.

Ferdinand wußte zunächst gar nichts anzufangen mit diesem

schluchzenden Elend. Aber sie kam ihm in diesem Augenblick sehr nahe, denn im Grunde genommen war er doch ein grundgütiger Mensch und verstand sofort, welch seelische Qualen der kleine Körperfehler dem zarten Geschöpf verursachen mußte. Und so suchte er nach Worten, von denen er meinte, daß sie tröstend sein könnten.

„Du dummes Patscherl. Man merkt es doch kaum. Komm, hör zu weinen auf, und freu dich ein bißl auf den Sonntag. Ich werde Robert erzählen, daß du ganz bestimmt kommst. Das darf ich doch, oder?"

Sie wischte die Tränen fort und nickte ihm zu. „Ja, ich werde bestimmt kommen. Aber wenn er mich sehen wird mit meinem Fuß, dann —"

„Da kennst du Robert schlecht", meinte er und stand auf. „Ich werde ihm also viele Grüße ausrichten und ihm sagen, daß er sich schon eine kleine Hoffnung machen darf, oder?"

„Ich weiß nicht, was Sie damit meinen. Ich weiß nur, daß ich viel an ihn denken muß und daß ich ihn gerne wiedersehen möchte."

„Na also, dann ist ja alles in schönster Ordnung." Er stand auf und knöpfte seine Jacke zu.

Roswitha hätte am liebsten gesagt, als er ihr die Hand reichte: „Nimm mich bitte mit."

Er hielt ihre Hand lange fest und lachte dann:

„Jetzt fange ich langsam an, Robert zu begreifen. Du bist nämlich ein ganz wunderlieber Kerl, man könnte ihn beneiden. Ich werde ihm das auch sagen. Und nun — bis zum Sonntag!"

„Bis zum Sonntag", nickte sie glückselig und schaute ihm dann nach, bis er mit seinem Motorboot auf dem See ihrem Blick entschwand.

In Rafenstein wartete Robert bereits auf der Bank im Forsthausgarten auf ihn. Er konnte seine innere Erregung kaum verbergen und ging dem Freund entgegen. In seinen Augen brannte die stumme Frage. Aber als er Ferdinands frohes Lausbubenlächeln sah, fiel ihm ein Stein vom Herzen.

„Und?" fragte er bloß.

„In Ordnung", sagte Ferdinand bloß, ohne stehen zu bleiben. Sie saßen dann nebeneinander auf der Bank, und Robert wurde ein wenig ungeduldig.

„So laß dir doch nicht jedes Wort rausbetteln! War sie daheim, und was hat sie gesagt?"

„Wenn sie nicht daheim gewesen wäre, dann wäre ich wahrscheinlich nicht so lange ausgewesen. Also paß auf. Das Mädchen ist ein wunderbarer Kerl."

„Jawohl, ist sie auch. Ich hab dir ja gesagt, ein Engel."

„Ja, aber ein hupferter Engel."

Robert runzelte die Brauen. „Was soll denn das wieder heißen?"

„Das soll heißen, daß deine Angebetete einen etwas kürzeren Fuß hat und hinkt."

„Tatsächlich? Ich habe das gar nicht bemerkt."

„Sie hat das kleine Übel vor dir zu verbergen gewußt. Das dumme Dingerl schämt sich um etwas, wofür sie nichts kann. Es ist auch, wie gesagt, ganz unbedeutend. Wenn man nicht genau hinschaut, merkt man es gar nicht."

„Dann hast du also ganz genau hingeschaut."

„Du hast mich doch wohl zu dem Zweck hinübergeschickt. Also, wie gesagt, das Mädel ist in Ordnung."

„Und sie kommt am Sonntag?"

„Worauf du dich verlassen kannst. Und ich kann dir sogar verraten, daß sie nicht meinetwegen, sondern ausschließlich deinetwegen kommt. Ich hoffe, daß du das zu würdigen weißt."

Robert saß ganz verdattert da. Dann sagte er: „Mensch, Ferdinand, manchmal bin ich dir neidig um deine draufgängerische Art. Du tust dich viel leichter als ich."

„Sag das nicht. Mir haben sie es immer recht leicht gemacht. Ich hab eine bloß anzulachen brauchen, dann hat es schon gezündet. Bis jetzt ist mir noch keine untergekommen, die es mir schwergemacht hätte. Manchmal denke ich, daß es schön sein müßte, um ein Mädchen richtig kämpfen zu müssen."

„Dir kann doch keine widerstehen."

„Robert, eine Frau zum Beispiel wie die Frau Tant', ist mir eigentlich noch nie begegnet."

„Frau Konstanze ist auch etwas Einmaliges", antwortete Robert.

„Ja, einmalig. Sie steht über allem, sie gibt sich nie eine Blöße, daß man auch nur einen Spalt in ihr Inneres sähe. Manchmal habe ich den Eindruck, als sei sie am Leben vorbeigegangen. Diese Frau hätte Kinder haben müssen, um erfüllt zu sein."

Robert nickte. „Eine bessere Mutter könnte ich mir nicht denken. Aber dann gingst allerdings du leer aus."

Ferdinand war plötzlich ganz ernst. „Es ist schön, Robert, zu wissen, was man einmal alles bekommen soll. Aber dieses Gefühl ist nicht so stark, daß ich der Frau Tant' ein wirkliches Glück mißgönnt hätte. Mein Onkel — ich weiß nicht, er war ein gütiger Mensch, aber ich glaube nicht, daß sie ihn jemals ganz tief geliebt hat."

„Das ist bei einer Frau wie ihr schwer zu sagen. Du sagst ja selber, daß man nicht in sie hineinsieht."

„Ja, und vielleicht ist das gut so, sonst wär sie nicht die Frau Konstanze, zu der alle, die mit ihr zu tun haben, aufschauen. Übrigens — wie geht es eigentlich deiner Mutter?"

„Gestern schrieb der Chefarzt der Anstalt, daß ich in etwa vierzehn Tagen einmal kommen soll. Er verspricht sich eine Schockwirkung, wenn ich unvermittelt vor ihr stehe."

„Das halte ich sogar für wahrscheinlich." Ferdinand stand auf. „Kommst du mit, Robert?"

„Nein, ich möchte auf den Vater warten. Einstweilen vielen Dank, Ferdinand."

„Nicht der Rede wert."

Robert blieb in einer Stimmung zurück, die ihn jauchzen lassen wollte und ihn dennoch nachdenklich machte. Einen kürzeren Fuß hat sie, dachte er, und seine Fantasie steigerte dieses kleine Übel ins Maßlose. Er sah sich mit Roswitha über den Marktplatz gehen. Sie humpelte neben ihm her, und alle Leute, die ihnen begegneten, hatten ein verstecktes Lächeln des Mitleids in ihren Gesichtern.

Aber was gingen ihn die Menschen an! Was sie ihm, mit wenigen Ausnahmen, in diesen paar Tagen gezeigt hatten, war weniger Mitfühlen mit seinem Los als prickelnde Neugier. Sie wußten nicht, wie hilflos er im Augenblick war, wo ihm die Mutter an allen Ecken und Enden fehlte. Nur Frau Konstanze verstand ihn. Und jetzt war in seinem Herzen eine drängende Erwartung, daß Roswitha für seine Hilflosigkeit ein Verstehen haben möchte.

Melchior Graf gab auf die Einladung des Bürgermeisters nicht viel und blickte etwas verwundert auf seine Tochter Roswitha, die einen solch merkwürdigen Eifer für diese Heimkehrerfeier an den Tag legte. Ihn mußte erst Frau Konstanze dazu noch auffordern.

Ja, zwei Tage vor dem Fest erschien Frau Konstanze plötzlich im Moor. Und was bisher niemand fertiggebracht hatte, Melchior Graf legte an diesem Nachmittag für zwei Stunden das Grabscheit zur Seite und zeigte seinem unerwarteten Besuch, was es im Moor bereits an Neuerungen zu sehen gab. Was er nicht zeigte, war seine Freude über ihr Kommen. Nur den Stolz, mit dem er auf alles hinwies, konnte er nicht so verbergen, daß Frau Konstanze es nicht bemerkt hätte. Aber sie verstand ihn vollkommen, sein Stolz war durchaus berechtigt, und wer ehrlich war, der mußte dem Fleiß dieser Moormenschen Bewunderung schenken.

Hernach gingen sie zu den Baracken. Es war ein merkwürdiges Paar, der Mann hemdärmlig, Moorerde im grauen Haar, Gummistiefel an den Füßen — die Frau, hoch und schlank, mit einem leichten Braun auf Stirn und Wangen, das der Sommer ihr schon geschenkt hatte. Sie war um einen halben Kopf kleiner als er, und wenn sie nicht dieses Halbfeiertagsgewand angehabt hätte, so hätte man die beiden durchaus für ein Bauernehepaar halten können, das gerade von der Arbeit auf den Feldern zurückkehrte.

„Roswitha, koch Kaffee", schrie Melchior Graf zum Fenster hinein, bevor er die Gummistiefel abstreifte und in ein Paar Lederpantoffeln schlüpfte, die auf der Schwelle standen. Frau Konstanze hatte eigentlich daheim schon Kaffee getrunken, aber sie wußte, daß sie die Einladung nicht abschlagen durfte.

An diesem Nachmittag erfuhr Frau Konstanze viel, was sie bisher noch nicht gewußt hatte. Er erzählte ihr, daß er schon früh Witwer geworden sei und den einzigen Sohn in Rußland verloren habe. Daß er gerade achtundfünfzig Jahre alt geworden war, erzählte er nicht. Aber Frau Konstanze konnte das aus einer Urkunde lesen, die ihm wegen besonderer Verdienste um die Landwirtschaft verliehen worden war, und die eingerahmt an der Wand hing.

Achtundfünfzig, dachte sie und verweilte eine Weile bei dem eigenen Fünfziger.

Die Tassen, die Roswitha auftrug, waren altmodisch hoch und mit Blumenmustern versehen. Auf einer war sogar noch der deutsche Kaiser mit aufgezwirbeltem Schnurrbart zu sehen. Aber der Kaffee, den Roswitha auftrug, war stark und würzig. Das Schönste aber war die sichtbare Freude, mit der sie bewirtet wurde.

„Vor einigen Wochen hätten wir Sie noch nicht bewirten können", sagte Melchior Graf.

„Ein Zeichen also, daß es aufwärts geht", lächelte Frau Konstanze.

Melchior Graf hob die Augen und sah sein Gegenüber lange an. Und weil sie seinem Blick keine Sekunde auswich, wurde aus diesem Schauen ein Spiel, wie es junge Menschen manchmal betrieben, für das sie aber wohl beide schon zu alt waren.

„Ja, es geht aufwärts", sagte dann Melchior Graf. „Es geht sogar sichtbar aufwärts, und manchmal betrachte ich es wie ein Wunder, nachdem man uns so bettelarm gemacht hat. Man hat uns doch alles genommen, den Besitz, den Ruf, die Ehre, das Recht und alles, was einem sonst erst genommen wird, wenn man ein Verbrechen begangen hat."

Frau Konstanze lachte.

„Sie wissen doch ganz genau, Moorkönig, welch blühenden Unsinn Sie reden. Ein Mensch wie Sie kann gar kein Verbrechen begehen."

„Natürlich nicht", lachte er mit und rührte in seiner Tasse.

„Was hast du eigentlich an deinem Fuß, Roswitha?" fragte die Lammbräuin unvermittelt.

Sie merkte sofort, daß sie diese Frage nicht hätte stellen dürfen, denn Roswitha wurde über und über rot. An ihrer Statt gab der Vater Antwort.

„Als Kind hat sie einmal Hüftgelenkentzündung gehabt und ist falsch behandelt worden. Und das Tschapperl schämt sich deswegen und hat Angst, daß sie keinen Mann kriegt."

„Aber, aber", lachte die Lammbräuin. „So eine unbegründete Angst! Erstens hat es noch Zeit, so jung wie du noch bist, und zweitens merkt man es kaum." Sie trank langsam ihren Kaffee und griff nach einem der dünnen Schnitten Bauernbrot, die Roswitha mit Butter bestrichen hatte. Dabei sah sie sich ein wenig um.

„Hier lebt ihr also, und es wird sicher hier sein, wo oft bis nach Mitternacht das Licht brennt."

„Ja, Vater rechnet und plant oft halbe Nächte lang", sagte Roswitha.

„Ich wußte nicht, daß man das Licht bis nach Rafenstein hinüber sieht."

„Man sieht es, Moorkönig. Man sieht es und — man darf es wohl auch sehen, obwohl es etwas Neues ist, daß im Moor jetzt wieder Licht brennt. Es ist eine meiner Unarten, manchmal bis über Mitternacht hinaus noch wach zu sein, auch wenn ich nicht rechne und plane, dafür aber lese. Jetzt weiß ich, was für ein Licht oft so lange brennt, und daß hier gerechnet wird."

„Ja, jetzt wissen Sie es", antwortete Melchior Graf und strich nachdenklich ein paar Brotkrumen vom Tischtuch.

Die Lammbräuin sah auf ihre Uhr. „Jetzt muß ich aber gehn. Recht herzlichen Dank für die Bewirtung. Wir sehen uns also dann am Sonntag?"

„Ja, am Sonntag", antwortete Roswitha schnell, viel zu schnell.

Draußen im Flur fiel Frau Konstanze der große Packen in der Ecke auf. „Was habt ihr denn hier versteckt?"

Wortlos zog Melchior Graf die Decke weg. Die Glocke kam zum Vorschein.

„Ah? Eine Glocke."

„Sie wurde im Moor gefunden. Vorerst haben wir keinen anderen Platz für sie und keine Verwendung. Aber einmal — im nächsten Jahr vielleicht schon, wird sie über das Moor hinläuten."

„Sie denken an eine Kirche?"

„Zumindest an eine Kapelle."

Draußen im Hofraum lief ihnen Adrian über den Weg, mit zerzaustem Haar und erhitzten Wangen, einen hölzernen, krummen Säbel in der kleinen Faust, einen rotseidenen Umhang um die schmalen Schultern. Er sei „Prinz Eisenherz", sagte er, und habe gerade seine Feinde in die Flucht geschlagen. Der Großvater zog das Taschentuch und putzte dem kriegerischen Enkel zunächst einmal die Nase, bevor Adrian der Lammbräuin die Hand reichte.

„Grüß dich, Tante Bier."

Verblüfft hob Frau Konstanze den Kopf.

„Was hat er gesagt? Tante Bier?" Sie lachte herzhaft. „Tante Bier hat mich noch niemand geheißen. Das muß ich mir merken!"

„Geh jetzt hinein, und laß dir von Roswitha Gesicht und Hände waschen", sagte Melchior Graf. „So dreckig schaut nämlich ein Prinz nicht aus."

„Auch nicht, wenn er gekämpft hat?" wollte Adrian noch wissen, dann ließ er sich über die Schwelle schieben.

Melchior Graf hatte sich erboten, die Lammbräuin über den See zu rudern, damit sie den weiten Umweg nicht machen müsse. Nebeneinander gingen sie zum See hinunter. Der Abend dämmerte bereits. Weit hinten im Moor stieg eine Rauchsäule auf. Wahrscheinlich verbrannten sie dort wieder dürres Reisig und Wurzelwerk, das beim Graben hergegangen war.

„Tante Bier", fiel es Frau Konstanze wieder ein, und sie mußte lachen. „Nein so was! Übrigens — man könnte meinen, daß dieser herzige Kerl nicht Ihr Enkel, sondern Ihr Sohn wäre. So sehr sieht er Ihnen gleich."

Melchior Graf ergriff die Ruder. Dann schaute er in ihr Gesicht. „Ich bin achtundfünfzig Jahre, und meine Frau ist seit zwölf Jahren tot."

Frau Konstanze streckte die eine Hand über den Bootsrand hinaus und ließ sie im Wasser nachziehen.

„Sie tun ja geradeso, als ob ein Mann mit achtundfünfzig keinen so kleinen Sohn mehr haben könnte."

„Kann er ohne weiteres. Aber das ist nicht gut, weil man dann sehr alt werden müßte, um es mitzuerleben, wie er sich als Mann bewährt. Und das dauert oft sehr lange. Mit zwanzig sind sie noch Buben und erst mit dreißig, wenn es gutgeht, gestandene Männer."

Frau Konstanze zog ihre Hand aus dem Wasser. Ein knatterndes Geräuch ließ sie aufsehen. Das Motorboot des Baron von Schorer kam heran und schoß unweit vorüber. Am Steuer saß der erst kürzlich heimgekehrte Freiherr Albert. Ihm gegenüber saß der Alte und sah starr herüber, ohne eine Hand zum Gruß zu heben.

Als sie sich dem Ufer näherten, sagte Frau Konstanze: „Schade, daß es schon zu Ende geht.“

Er wußte nicht, wie sie es meinte, ließt die Ruder sinken und sah sie fragend an.

„Es ist so selten, daß ich auf dem Wasser bin“, erklärte sie ihm und fügte mit einem Lächeln hinzu: „Und daß ich den Moorkönig als Fährmann habe.“

Das Boot schaukelte ein wenig. Alles war plötzlich weit und groß geworden, der See, das letzte Abendrot über den Bergen, die Dämmerung über dem Moor und der Saum der Wälder, die schon mit der Dunkelheit verflossen.

„Vor einem halben Jahr gab es noch keinen Moorkönig“, sagte er.

„Vor einem halben Jahr gab es vieles noch nicht“, antwortete sie. „Da gab es noch kein Licht um Mitternacht im Moor. Es ist alles ein bißchen wie ein Traum.“

Die Ruder spielten leicht in seinen Händen, ohne daß er das Boot bewegte.

„Da träumt also die Lammbräuin versunkenen Jahren nach“, sagte er sinnend.

„Zuweilen ja. Sie nicht?“

„Ich habe es mir abgewöhnt, der Vergangenheit nachzudenken. Nur das, was vor mir liegt, hat Gültigkeit.“

„Vor Ihnen liegt ja auch noch viel. Mein Leben dagegen ist schon abgeschlossen. Ich kann kein Moor mehr erobern oder sonst etwas vollbringen, das für Jahrhunderte Gültigkeit hat.“

„Es ist ja auch nicht Aufgabe einer Frau, ein Moor zu kultivieren.“

„Wirklich nicht? Und Ihre Jutta? Wissen Sie — manchmal wünsche ich mir, noch mal so jung zu sein wie Jutta. Dann würde ich mein Leben anders aufbauen.“

„Glauben Sie doch das nicht! Der Weg eines Menschen steht schon über der Wiege geschrieben. Er kommt schon dahin, wohin er muß. Und ich kann mir denken, daß es schön sein muß, die Lammbräuin zu sein, die man voller Ehrfurcht und Achtung Frau Konstanze nennt."

Sie sah an seinem Gesicht vorbei über die graue Fläche.

„Das war nicht immer so", sagte sie nach einer Weile mit Bitterkeit in der Stimme. „Was ich heute bin, habe ich aus mir selber gemacht. Was war denn der Lammbräu vor dreißig Jahren noch? Eine kleine Landbrauerei, die ein paar Wirtschaften mit Bier belieferte. Heute sind es achtunddreißig. Ach, was wissen denn die Menschen schon von mir und meinen jahrelangen Kämpfen. Sie waren mir doch immer nur neidig. Damals schon, als mich der Lammbräu, kaum zwanzigjährig, zum Altar führte. Ich ging den Weg mit leerem Herzen. Niemand wußte das, auch der Lammbräu nicht. Nur einer konnte es ahnen. Nur er allein wußte vielleicht, daß ich diesen Weg aus Trotz ging. Ich wollte ihm zeigen, daß ich nicht verginge vor Jammer und Scham, weil er nur die Feigheit eines liederlichen Vagabunds besaß und sein Wort brach. Und ich habe es ihm bewiesen, bis zum heutigen Tage. Und bis zum heutigen Tage hat sich der Haß in mir bewahrt, jener Haß, den die Liebe zeugt, wenn sie verraten wird. Er hat mein Leben irgendwie zerstört, er hat mir den Glauben an die Menschheit genommen, und nur er allein war schuld, daß ich den Lammbräu nur achten und ehren, aber nicht lieben konnte. Vielleicht, wenn ich ein Kind hätte haben dürfen, wäre mein Leben leichter geworden." Plötzlich verstummte sie und blickte ihn verwirrt an. „Merkwürdig", sagte sie leise. „Sehr merkwürdig."

„Was ist merkwürdig?"

„Daß ich gerade Ihnen das alles erzähle. Ich habe nie mit jemandem darüber gesprochen."

„Bereuen Sie es? Wenn Sie wollen, habe ich es sofort vergessen."

„Nein. So war es nicht gemeint. Vielleicht habe ich es Ihnen erzählen können, weil Sie auch ein schweres Schicksal hinter sich haben, wenn auch anders geartet als meines. Aber nun müssen wir wohl zusehen, daß wir ans Ufer kommen. Es ist bereits Nacht geworden."

Er tauchte die Ruder ins Wasser und trieb das Boot mit starken Schlägen an den Landungssteg hinter dem Sudhaus. Als sei er ein Zwanzigjähriger, sprang er heraus und reichte ihr die Hand zum Aussteigen.

Im Schilf flüsterte der Wind. Eine Fledermaus kreiste lautlos über ihnen. Frau Konstanze hielt immer noch die Hand des Mannes umschlossen und sah an ihm vorbei zu den Sternen hinauf.

Melchior Graf wurde ganz wunderlich ums Herz, denn es passierte ihm, daß auch er sich von der Gegenwart löste und seine Gedanken zurückwandern ließ an die Gestade der Jugend. So lange war es schon her, daß er auch so an einem Seeufer gestanden hatte mit einem Mädchen, das später seine Frau geworden war. Jetzt stand kein Mädchen vor ihm, sondern eine reife Frau, die irgendein Nimbus umgab.

Warum hatte gerade diese Frau ihm ihr Herz so weit geöffnet, als kenne sie ihn, den Fremden, schon jahrelang? Und warum war dabei auch sein Herz so mitteilungsbedürftig geworden, daß er am liebsten mit Frau Konstanze die ganze Nacht auf dem See herumgerudert wäre, um ihr alles zu erzählen, wodurch sein Leben einmal so schön und dann so schwer geworden war. Er fühlte in diesen Minuten, wie etwas Weiches, unsagbar Schönes sein Herz bewegte. Frau Konstanze hatte ihm Vertrauen geschenkt, und es stimmte ihn tröstlich, daß es diese Welt noch gab mit dem schönen Vertrauen. Es blieb ihm nichts anderes übrig, als nach seiner Uhrkette zu greifen, um aus dieser leichten Verwirrung wieder herauszufinden. Die Uhrkette aber war nicht da, weil er sie im Moor nicht mehr trug, aber die Macht der vielen Jahre hatte ihm die Gewohnheit in die Finger gegeben, daß sie auch, ohne das verlässige, schmale Haarband zu greifen, ihr Spiel vollendeten, bis er das Lächeln um den Mund der Frau gewahrte und seine Hand fallen ließ. Frau Konstanze aber hob ihren linken Arm, um auf ihre Uhr zu sehen. Aber es war schon zu dunkel, so daß sie die Zeiger nicht mehr recht sehen konnte.

„Es wird bald neun Uhr sein, denke ich", sagte sie. Das Motorboot war längst zurückgekommen und hatte weiter vorne angelegt. Der Wind im Schilf war lauter geworden und die Sterne am Himmel mehr.

„Gute Nacht, Moorkönig."

„Gute Nacht, Frau Konstanze."

„Am Sonntag dann. Ich rechne ganz bestimmt damit."

Frau Konstanze machte die ersten Schritte in die Dunkelheit hinein, die aber doch nicht ganz schwarz war, weil über die Mauer des Sudhauses her der matte Schein einer Hoflampe kam. Dort, an dieser Mauer blieb sie nochmal stehen. Sie hörte, daß Melchior Graf ins Boot stieg. Dann klatschte das Wasser unter dem Schlag der Ruder.

Um Mitternacht aber öffnete Frau Konstanze das Fenster und schaute nach dem Licht im Moor. Es brannte, ganz hell, wie ein zur Erde gefallener Stern. Sie drehte ihr Licht aus und wieder an. Dreimal hintereinander. Vielleicht sah es der Mann da drüben und nahm es als das, was es sein sollte, als ein stummes Grüßen über den See hin von einer Frau, die so allein war wie er.

Der Saal im Lammbräu war am Sonntag bis auf den letzten Platz besetzt. Die Tische waren weiß gedeckt, und weil der Hagel in Rafenstein alle Blumen zerschlagen hatte, war Frau Konstanze auf die Idee gekommen, einen der Bräuknechte ins Moor hinüberzuschicken, um dort in einem großen Korb zu holen, was es an Blüten da drüben gab. Es war recht bescheiden, kleine Wiesenblumen, ein paar blühende Nesseln, Sternmieren und Wehblumen. Das alles aber dann, in kleine Vasen verteilt, gab doch ein leuchtendes Bild auf den Tischen und eine feierliche Stimmung.

An der ersten Tischreihe saß seit sieben Uhr dreißig Frau Konstanze mit ihrem Neffen Ferdinand. Es gab eine Viertelstunde lang unter den Leuten ringsum einiges Rätselraten, für wen wohl die drei umgelegten Stühle ihr gegenüber bestimmt sein könnten. Wahrscheinlich für den Herrn Bürgermeister und seine Frau. Aber dann kam um dreiviertel acht der Moorkönig und seine beiden Töchter.

Ferdinand gab es einen Riß, als er Jutta sah. Nach Roswitha hatte er ausgeschaut und seinem Freund Robert versprochen, daß er sich ihr widmen werde, bis er selber komme, dann aber sah er nur Jutta, die groß und schlank zwischen der kleineren Schwester und dem hünenhaften Vater ging.

Aufgeregt stieß er seine Tante gegen den Ellbogen. „Tante Konstanze, wer ist das?"

Die Tante sah ihn aus schmalen Augenwinkeln von der Seite an. „Solltest du sie wirklich noch nicht kennen?"

Da waren die Grafs schon heran. Frau Konstanze stand auf, reichte zuerst dem Melchior Graf, dann den beiden Töchtern die Hand. Dann stellte sie Ferdinand vor:

„Mein Neffe Ferdinand." Und mit einem spitzbübischen Augenzwinkern zu den Mädchen: „Vorsicht mit ihm, er ist ein Schwerenöter."

„Aber Tante", sagte Ferdinand mit schmerzlichem Augenaufschlag. „Wir beide kennen uns übrigens schon", wandte er sich an Roswitha. „Nett, daß Sie gekommen sind." Dann reichte er Jutta die Hand. Und was ihm noch nie passiert ist, vor dieser herrlichen Erscheinung ließ ihn sein sonst so gutgedrechseltes Mundwerk im Stich.

Nun sahen es also die Rafensteiner, für wen die Lammbräuin die Stühle reserviert hatte. Ferdinand hatte es zudem geschickt verstanden, den Moorriesen neben die Tante zu bugsieren und sich selbst zwischen die beiden Mädchen zu setzen. Neben Roswitha war noch ein Stuhl frei für Robert. Die Lammwirtin hatte das Vertauschen der Plätze gar nicht bemerkt, so schnell hatte Ferdinand geschaltet. Es war nicht ganz in ihrem Plan gewesen, daß Melchior Graf direkt neben ihr säße. Sie fand erst Gefallen an dieser Plazierung, als der Baron Schorer mit seinem Sohn aufkreuzte. Sie sah, wie es in seinen grauen Augen aufzuckte, und neigte sich mit einem Lächeln an den Moorriesen. Vielleicht fiel ihr gerade nichts Besseres ein, jedenfalls sagte sie:

„Gestern hat das Licht wieder bis über Mitternacht gebrannt."

Melchior Graf griff an seine Uhrkette und antwortete: „Hüben wie drüben. In dieser Woche, ich glaube am Donnerstag, ging drüben das Licht dreimal hintereinander aus."

Frau Konstanze fühlte betroffen, daß ihr eine leichte Röte über die Stirn huschte. „Ja, da muß irgendein Kurzschluß in der Leitung gewesen sein."

„So? Ich dachte, Sie hätten mich vielleicht grüßen wollen."

Die Röte schoß nun auch in die Wangen. Frau Konstanze fand keine rechte Antwort und wurde ihr auch enthoben, weil in diesem Augenblick der Herr Bürgermeister mit seiner Gattin aufkreuzte und am Nachbartisch Platz nahm.

Melchior Graf meinte, die nette Verbeugung gelte der Lammbräuin, aber als sie wiederholt wurde und die Augen des Stadtoberhauptes mit werbender Freundlichkeit auf ihn gerichtet waren, begriff er, daß dies ihm gelte, und er beugte ebenfalls seinen massigen Oberkörper ein wenig vor.

Weil Melchior Graf zu den Menschen gehörte, die nichts nachtragen und in ihrem Herzen immer ein Fleckchen zur Versöhnung bereithalten, vergaß er um dieser freundlichen Aufmerksamkeit willen allen Groll, den er gegen diesen Mann einmal gehegt hatte.

Es kam der Altmetallwarenhändler Rabitz mit seiner bildschönen Frau im Abendkleid und mit viel Schmuck. Der Obersekretär Rambold trippelte neben seiner massigen Sieglinde herein und hatte ein dünnes, schwarzes Futteral unter dem Arm, das eine Klarinette barg. Herr Rambold war Mitglied des Kammerorchesters der Stadt, das den Abend verschönern half. Zum Schluß erschien noch der Herr Landrat, und damit war die Zeit gekommen, daß die Feier beginnen konnte.

Ohne daß Melchior Graf es bemerkt hätte, saß plötzlich Robert Breitsamer neben Roswitha. Immer wieder mußte er hinsehen. Das kindlich schmale Gesichtchen der Roswitha war lebhaft gerötet, in ihren Augen war ein überirdisch schönes Leuchten. Woher kannten sich denn die beiden? Und auch Jutta unterhielt sich mit ihrem Tischherrn, als kenne sie ihn schon jahrelang. Mitunter lachte sie hell auf, denn aus seinem Munde hörten sich selbst kleine Frechheiten nett an. Und doch war er heute nicht ganz so sicher wie sonst. Er hatte sofort gemerkt, daß er bei Jutta mit seinem sonst üblichen Geplänkel nicht ankommen konnte, und als er einmal eine Bemerkung über ihre Schönheit machte, die etwas Klassisch-Griechisches habe, sah sie ihn von der Seite her an und schob die Unterlippe vor.

„So etwas Geistloses paßt gar nicht zu Ihnen."

Sofort machte er einen Rückzieher und dachte: Hoppla, die ist aus einem anderen Holz geschnitzt. Aber er war nicht verlegen. Er wandte sich zur anderen Seite und flüsterte Roswitha ins Ohr, daß sie heute ganz entzückend aussehe. Und mit einem Augenzwinkern zu Robert hin: „Na, wie geht's?" was soviel heißen sollte: Wie weit bist du schon?

Robert war noch nicht weit. Er hatte vorerst noch damit zu tun, Roswitha die prominenteren Persönlichkeiten aufzuzählen, und kam erst auf einem weiten Umweg dazu, ihr zu versichern, wie es ihn freue, daß sie gekommen sei.

Ob er sich nun schon eingelebt habe in der Heimat?

Ja und nein. Die Mutter fehle ihm an allen Ecken und Enden.

Hier war es, daß Roswitha unter dem Tisch nach seiner Hand faßte. Es sollte ein Trost sein und war doch ein inniges Verständnis für seinen schweren Kummer. Sie wehrte ihm auch nicht, als er ihre Hand nicht mehr ausließ und hernach streichelte.

Dann wurde es still im Saal. Die Musik begann den Eröffnungsmarsch zu spielen, und dann betrat der Herr Landrat die Bühne zu einer Begrüßungsansprache. Er hieß die Heimkehrer willkommen, sprach von der überstandenen Not und von einem festen Zusammenschließen in dem kleiner gewordenen Vaterland. Er sprach ein wenig schnarrend, wie ein Kompaniechef bei der Befehlsausgabe.

Sympathischer wirkte der Bürgermeister Stephan, wenn auch nicht ganz so sicher, obwohl das Mädchen Olga mit der Rede hinter den Kulissen stand, um ihm zu soufflieren, falls er steckenbleiben sollte.

Zusammengesetzt hatte die Rede der Stadtkämmerer Vogl, der auch im Wochenblatt mitunter kleine Gedichte und Kurzgeschichten veröffentlichte. Herr Stephan hatte ihm nur dringendst aufgetragen, daß auch über die Neusiedler etwas hinein müsse. Diesen Tip aber hatte er von Frau Konstanze erhalten.

Er begann damit, daß er sich gleichsam als Vater aller Söhne von Rafenstein fühle, die heimgekehrt waren in ihre Heimat, und er bitte zunächst alle Anwesenden, sich von den Sitzen zu erheben zu einem stillen Gedenken für diejenigen, die im Kampf für die Heimat gefallen waren. Dann setzte er seine Rede fort, verschränkte seine Arme einmal über der Brust und steckte dann wieder abwechselnd seine Hände in die Taschen seiner schwarzen Marengojacke, genauso, wie er es daheim vor dem Spiegel einstudiert hatte. Zweifellos bot er ein imponierendes Bild. Seine Sätze fielen gut betont, wenn auch ein wenig phrasenhaft in den Saal. Es war ihm auf alle Fälle gut zuzuhören.

Nachdem er etwa zehn Minuten gesprochen hatte, machte er eine Kunstpause, legte den Kopf ein wenig zurück und fuhr fort:

„Zum Schluß möchte ich nicht vergessen, auch die Neubürger vom Moor drüben, an der Spitze ihren bewährten Führer, Herrn Melchior Graf, zu begrüßen. Es ist mir — es ist mir („eine Ehre", flüsterte Olga hinter der Kulisse hervor) — eine Ehre, heute bei diesem Anlaß die Versicherung abzugeben, daß Rafenstein die Vertriebenen aus der Batschka herzlich willkommen heißt. Sie sind im gewissen Sinne auch Heimgekehrte und haben es durch ihre stille, bescheidene Art verstanden, uns Alteingesessenen Achtung abzugewinnen. Ihre Pionierarbeit im Moor wird sich auch einmal für unser geliebtes Städtchen Rafenstein zum Segen auswirken . . ."

„Bravo!" schrie jemand aus der Saalmitte, und gedämpftes Händeklatschen schwoll an und erfaßte dann den ganzen Saal. Herr Rabitz neigte sich seiner vollbusigen Schönheit zu und flüsterte ihr ins Ohr:

„So ein Häuslschleicher!" Womit er den Bürgermeister meinte.

Herr Stephan aber warf sich nach diesem Beifall in die Brust und beendete seine Rede.

Melchior Graf saß mit strenggefurchten Brauen da. Seine Finger zwirbelten aufgeregt an der Uhrkette aus dunklem Frauenhaar. Die Worte des Bürgermeisters waren für ihn wie ein Überfall gewesen. Er hatte sie zunächst mißtrauisch verfolgt, dann hatte sich sein Herz ganz weit aufgetan für ein großes und allgemeines Vergessen. Ein stilles und schweres Glück erfüllte ihn, und zum erstenmal hatte er das Gefühl, „heimgekehrt" zu sein, so, als wäre er nie fortgewesen. In diesem Augenblick flüsterte ihm auch Frau Konstanze ins Ohr:

„Sie müssen unbedingt auch ein paar Worte sagen, lieber Herr Moorkönig."

Auf diese Weise aufgefordert, mußte er wohl dem nachgeben, was ihm selber Bedürfnis war. Langsam stand er auf und stieg die paar Stufen zur Bühne empor. Es wurde so still im Saal, daß man eine Maus hätte laufen hören. Er brauchte nicht lange nachzudenken. Er sprach von der tiefen Freude, die ihm die herzlichen Worte des Herrn Bürgermeisters bereitet hätten. Sagten sie ihm doch, daß die Mauer der Ablehnung zerbröckelt sei, und daß er in seinem Herzen schon vom ersten Tag an den Wunsch getragen habe zu jenem Zueinanderfinden von Mensch zu Mensch, wie es notwendig sei im Zusammenleben einer Gemeinde. Es erfülle ihn mit tiefer Freude und Genugtuung, daß der Herr Bürgermeister auch für sie, die Moorsiedler, das schöne Wort Heimkehrer gefunden habe. Es sei ja nicht so, daß er mit den seinen im Moor drüben eine neue Welt oder gar eine neue Ordnung aufbauen wolle, sondern nur ein neues Leben, nachdem man das alte zerstört hatte. Wer dazu die Hand reiche, und sei es nur in Gedanken, trage mehr zur Verständigung bei als alle Gesetze und Verordnungen miteinander. Und vielleicht werde es einmal so sein, daß die Moormenschen nicht mehr ohne die Städter und die Rafensteiner nicht mehr ohne die Moormenschen leben wollten, daß sie einfach zusammengehörten zu einer Gemeinschaft, die von Gott so gewollt war von Anbeginn.

Melchior Graf saß längst wieder an der Seite Frau Konstanzes, als der Beifall immer noch durch den Saal dröhnte.

„Sie haben so schön gesprochen", sagte ihm Frau Konstanze.

„Es kommt nicht auf das Schöne an, Frau Konstanze, sondern wie man den Weg zum Herzen der Menschen findet, und daß man vergißt, was einmal böse gewesen ist. Ich hätte auch daran erinnern können, daß immer noch einige unter den Rafensteinern sind, die mir Böses wünschen. Aber wozu? Einmal werden auch sie erkennen, daß in mir von Anfang an nichts anderes war, als ein guter Wille und die Bereitschaft, mit allen gut zusammenzuleben."

Frau Konstanze nickte und hob ihr Bierglas.

„Prost, Melchior Graf. Sie trinken ja gar nicht."

Er stieß mit ihrem Glas an und sah, während er trank, zum erstenmal, mit welch selbstvergessenem Blick Roswitha am Gesicht des jungen Mannes hing, der neben ihr saß.

Nachdem die offizielle Feier beendet war, spielte die Musik zum Tanz auf. Es war in Rafenstein lange nicht mehr getanzt worden, es war geradeso, als habe die Stadtgemeinschaft damit warten wollen, bis ihre letzten Söhne heimgekehrt waren. Frau Konstanze sagte über den Tisch hin zu ihrem Neffen Ferdinand, als er vom ersten Tanz mit Jutta zurückkam, mit wem er pflichtgemäß zu tanzen habe. Da sei zunächst die Frau Bürgermeister, dann ein paar Wirtsfrauen, die Bier von der Lammbrauerei bezogen, und sonstige gute Kundschaften des Lammbräus. Ferdinand zog die Brauen eng zusammen.

„Liebe Tante", sagte er, „du mutest mir aber allerhand zu."

„Pflicht ist Pflicht, lieber Ferdinand."

„Ja, aber ich habe auch hier eine Verpflichtung", erwiderte Ferdinand und blinzelte auf Jutta hin.

„Bitte, lassen Sie sich nur nicht aufhalten", meinte Jutta. „Ich sehe genauso gerne zu."

Ferdinand neigte sich an ihr Ohr. „Aber ich sehe nicht gerne zu, wenn andere mit Ihnen tanzen."

„Warum nicht?"

„Weil ich verliebt bin." Er zündete sich eine Zigarette an und meinte forsch: „Wir sitzen hier nicht ganz auf dem rechten Platz."

„Wo möchten Sie denn sitzen?"

„Wo man nicht so gesehen wird. Tante Konstanze läßt uns ja kaum aus den Augen. Ich kann Ihnen nicht einmal einen Kuß geben."

Jutta wandte das Gesicht und schaute ihn aufmerksam an. Dann lachte sie: „Bei Ihnen geht das aber schnell. Wissen Sie denn, ob ich mir einen Kuß geben ließe?"

„Warum denn nicht? Küssen ist doch eine der angenehmsten Beschäftigungen."

„Ach so, als Beschäftigung sehen Sie es an?" fragte Jutta scharf und spürte dabei eine kleine Traurigkeit in ihrem Herzen. So ein netter, sympathischer Mensch, dachte sie, aber er nimmt nichts ernst, und man hat es ihm scheinbar immer sehr leicht gemacht. Darum sprach er so selbstbewußt und meinte wahrscheinlich, daß ihm keine widerstehen könnte.

Als Ferdinand aber dann notgedrungen mit der Frau Bürgermeister tanzen mußte, weil ihn die Tante bereits ein zweites Mal gemahnt hatte, schaute sie doch unauffällig hinter ihm her. Er war ein flotter Tänzer und ein angenehmer Plauderer. Was mochte er jetzt bloß dieser betagten Frau Stephan wieder ins Ohr geflüstert haben, weil sie so hell auflachte?

Hernach brachte er sie wieder an ihren Platz zurück und machte eine tadellose, dankende Verbeugung. Dann zog er sein Spitzentaschentuch heraus und wischte sich damit über die Stirn. Einen Holzklotz dreh ich noch leichter im Kreis herum, dachte er, und setzte sich mit einem leichten Seufzer wieder neben Jutta.

„Anstrengend gewesen?" fragte sie mit hörbarem Spott.

„Es war ein Tanz ohne jede Innigkeit", erwiderte er und fragte dann seine Tante, ob man denn nicht zum Wein übergehen wolle.

Frau Konstanze nickte. „Ja, veranlasse das. Vielleicht Rüdesheimer Spätlese. Du weißt ja, im Keller ganz hinten in der linken Ecke."

„Entschuldigen Sie mich einen Augenblick", sagte Ferdinand zu Jutta. „Ich bin gleich wieder hier."

Als er das mit dem Wein geregelt hatte, flüsterte Ferdinand in der Schenke hinten noch mit dem Bräuburschen Anton und drückte ihm dabei ein Geldstück in die Hand. Anton fungierte als Schenkkellner und grinste verständnisinnig zu dem, was der junge Herr ihm auftrug.

„Sie sind natürlich meine Gäste", sagte Frau Konstanze, als Melchior Graf etwas erstaunt die Augenbrauen hochzog. „Ferdinand, schenk ein."

Die Stimmung wurde immer bewegter und lauter. Man trank auch an anderen Tischen Wein. Jutta hatte zuerst an ihrem Glas nur genippt, dann trank sie schneller und ließ immer öfter ihr perlendes Lachen aufklingen zu Ferdinands drolligen Späßen.

Dann tanzten sie wieder.

Behutsam legte Ferdinand den Arm um ihre Taille, und Jutta schmiegte sich gerne in seinen Rhythmus ein. Den Kopf weit zurückgeneigt, schwebte sie selbstvergessen mit ihm durch den Saal, sah nichts um sich und spürte nur erschauernd den leisen Atem ihres Tänzers über ihrer Stirn.

Plötzlich riß Jutta den Kopf herum, denn es war ihr, als habe sie Rochus' brennenden Blick im Nacken gespürt. Unwillkürlich legte sich ihre Hand fester und wie schutzsuchend auf die Schulter ihres Tänzers. Aber sie sah Rochus' braunes Gesicht nur für Sekunden an sich vorbeitanzen, konnte nicht einmal sehen, mit wem er tanzte.

In diesem Augenblick ging im Saal das Licht aus.

Der nicht ganz überzeugende Aufschrei aus vielen Kehlen klang nicht nach Angst, eher nach Freude, und zu so manchem, was aus dieser Situation heraus unternommen wurde, hätte bei Licht der Mut gefehlt.

Auch der heftig knallende Schlag, der sich genau wie eine schallende Ohrfeige anhörte, ging in der Finsternis unter.

Die Musik spielte unverdrossen weiter und genau acht Takte lang blieb das Licht weg. Als es plötzlich wieder aufflammte, konnte sich so mancher Mund vom anderen nicht mehr lösen.

Das Licht war also wieder da, heller und aufdringlicher vielleicht als vorher. Aber es tanzten nicht mehr alle Paare. Jutta Graf ging an ihren Tisch zurück, und Ferdinand folgte ihr mit hochmütigem Gesicht. An seiner glattrasierten, rosigen Wange zeichneten sich fünf schmale, aber recht deutliche Striche ab. Er war schockiert wie noch nie in seinem Leben zuvor.

Das war ihm doch noch nie passiert. Er hatte Juttas Lippen kaum berührt, da hatte es schon geklatscht.

Hastig trank er von seinem Wein und wich dem forschenden Blick seiner Tante aus. Er konnte es immer noch nicht fassen, daß Jutta ihm ins Gesicht geschlagen hatte. Scheu streifte sein Blick das Mädchen.

Jutta hatte die Augen niedergeschlagen. Das nervöse Spiel ihrer

Hände verriet aber die ungeheure Erregung, die in ihr tobte. Manchmal zuckte es um ihren Mund, als wolle sie Tränen zurückhalten. Und plötzlich stand sie auf und ging hinaus.

Sofort erhob sich auch Ferdinand. Als er an der Schenke vorbeiging, fragte ihn der Bräuknecht Anton, ob es lange genug gewesen sei, und ob er die Sicherung nochmal herausschrauben solle.

„Nein", sagte Ferdinand schroff. „Es war überhaupt ein Blödsinn."

Die Toreinfahrt zum Bräuhof lag verlassen da. In der Durchfahrt standen die Fässer, die an diesem Abend bereits leergetrunken worden waren. Es war aber nicht anzunehmen, daß das Moormädchen mit der guten Handschrift sich im Bräuhof versteckt hielt. So ging Ferdinand an der mannshohen Mauer entlang, die den Bräuhof umsäumte, und sah sie plötzlich etwa zehn Schritte vor sich.

Die Nacht war nicht sonderlich hell. Nur ein paar Sterne blinzelten durch Wolkenlücken.

Ferdinand ging schneller und holte Jutta ein. Er versperrte ihr einfach den Weg. Er hatte sich vorgenommen, ihr ganz gehörig die Meinung zu sagen, was sie sich überhaupt einbilde und so weiter. Aber als er so vor ihr stand, begriff er auf einmal, daß er hier nicht aufbegehren konnte, sondern daß es etwas abzubitten gab. Jawohl, hier mußte er bitten, ganz demütig bitten. Und er merkte auf einmal, daß es ihm gar nicht schwerfiel, als er sagte:

„Entschuldige, bitte —"

Jutta sagte lange nichts, sie schaute nur in sein Gesicht, in dem die Nacht barmherzig die fünf Striche nicht sehen ließ.

„Warum haben Sie es getan?" fragte sie schließlich.

„Warum, warum? Weil ich dich liebe."

Jutta lachte voller Spott. Dann lehnte sie sich an die Mauer. Leise hörte man die Wellen vom See herauf plätschern. Ein Licht erlosch im gegenüberliegenden Haus.

„Ich will Ihnen einmal etwas sagen", begann Jutta. „Ich habe es tun müssen, damit Sie nicht glauben, ich sei ein Freiwild. Einen Augenblick habe ich Sie sogar im Verdacht gehabt, daß Sie das mit dem Licht arrangiert hätten."

Ferdinand war einen Augenblick verdutzt. Dann aber war er

frech genug, zu sagen: „Also, was du mir alles zutraust! So etwas fiele mir doch im Traum nicht ein. Du mußt ja einen schönen Begriff von mir haben."

„Liegt das an mir?"

Ferdinand stemmte beide Hände neben ihrem Gesicht gegen die Mauer, so daß Jutta wie eingefangen dastand. In diesem Augenblick wußte sie, daß sie ihre Hand nicht mehr gegen ihn heben würde, falls es ihm nochmals einfallen sollte, sie zu küssen.

Aber Ferdinand fiel das gar nicht mehr ein. O nein, er hatte einen heiligen Respekt vor ihr. In seinem Innern vollzog sich eine Wandlung, und er war nahe daran, zuzugeben, daß sie mit ihrer Ohrfeige ganz recht gehabt habe. Es war doch ein ganz plumper, frecher Überfall. Endlich raffte er sich auf.

„Du hast ganz recht, Jutta Graf. Es liegt nicht an dir, sondern nur an mir. Ich hätte wissen müssen, daß du anders bist als andere Mädchen, und daß man dich nicht so überfallen darf. Dazu kenne ich dich noch viel zuwenig. Ich dich und du mich. Es tut mir aufrichtig leid, Jutta, und ich bitte dich, es mir zu verzeihen."

Seine Worte, so ruhig sie auch gesprochen waren, gingen wie ein Sturmwind über Jutta hin. Es tat ihr längst leid, daß sie sich zu diesem Schlag hatte hinreißen lassen. Es war ja nicht so, daß ihr Herz ganz unberührt geblieben wäre von seinem stürmischen Werben. Konnte es denn nicht die Wahrheit sein, wenn er gesagt hatte, daß er sich in der ersten Minute gleich in sie verliebt hätte? Es fragte sich bloß, zu wie vielen er das schon gesagt hatte.

Sie senkte den Kopf, und da er in diesem Augenblick dasselbe tat, berührten sich ihre Stirnen.

„Ich habe dich um etwas gebeten, Jutta."

„Ich weiß nicht, was Sie meinen."

„Ob du mir verzeihen kannst?"

Sie nahm den Kopf zurück und suchte seine Augen. „Und Sie mir?"

„Ja, unter einer Bedingung. Wenn du nicht mehr Sie sagst zu mir."

„Gut, ich werde es versuchen. Und jetzt hätte ich eine Bitte an Sie."

„An wen?"

„An — dich." Sie fand plötzlich ihr fröhliches Lachen wieder. „Bring mich bitte mit dem Boot hinüber."

Einen Augenblick war er enttäuscht. „Du willst schon heim? Hör doch, wie die Geigen klingen."

„Trotzdem, ich möchte heim."

Er faßte nach ihrer Hand, und sie überließ sie ihm willig. Er hob sie in das Boot, und auch das wehrte sie ihm nicht.

Lautlos glitt das Boot über das dunkle Wasser. Jutta saß ein paar Meter von ihm entfernt, ganz hinten am Heck. Die Nacht war windstill, und nichts war um die beiden als der leise Ton des Wassers, wenn er die Ruder eintauchte. Ferdinand entsann sich nicht, jemals eine solche Stunde erlebt zu haben. Das Gesicht des Mädchens konnte er nicht sehen, und es war ihm, als spräche er nur in das Dunkel hinein, aus dem keine Antwort kommen könnte.

„Du denkst doch jetzt über mich nach", sagte er. „Darf ich wissen, was es ist?"

Um Gottes willen, dachte sie, er weiß sogar schon meine geheimsten Gedanken.

„Ja, ich dachte über dich nach", sagte sie.

„Böse oder innig?"

„Ich möchte dir gerne etwas sagen."

„Bitte, ich höre."

„Ich möchte es aber ganz ehrlich sagen — genau das, was ich von dir denke."

„Von dir interessiert es mich. Also, laß hören. Was denkst du über mich?"

„Daß du doch wohl sehr von dir eingenommen bist und es deine Eitelkeit doch sehr verletzt haben muß, wenn deine Rechnung heute nicht so aufging, wie du es wahrscheinlich gewohnt bist. Oder hat dir früher schon einmal ein Mädchen eine runter gehauen?"

„Bis jetzt hat sich das noch keine erlaubt."

„Ja, siehst du, darum kann ich es auch nicht bedauern. Es hat dir einmal auf diese Weise gesagt werden müssen, daß deine Macht nicht unbegrenzt ist. Man hat es dir wahrscheinlich immer recht leicht gemacht, oder es ist dir noch nie ein Mädchen begegnet, das es für keine Gnade hält, von dir geküßt zu werden. Wahrscheinlich hast du dir immer gedacht, du könntest dir alles leisten, weil du der Neffe der Frau Konstanze bist, die ich sehr verehre. Siehst du, gerade das hat mir gar nicht imponiert, weil du der Lammbräuerbe bist. Mich interessiert nicht, was ein Mensch ist, sondern wie er ist. Und was du heute getan hast, das tun Lausbuben, aber keine Männer, die man achten soll. — So, jetzt ist mir wohler. Und wenn du beleidigt bist, weil ich dir die Wahrheit gesagt habe, ich kann es nicht ändern."

„Aber ich bin doch gar nicht beleidigt, Jutta. Du hast ja auch recht, es ist mir immer alles so leicht gemacht worden, und wenn ich ehrlich sein will —"

„Ja, versuche es einmal, ganz ehrlich zu sein. So ehrlich, wie ich zu dir war."

In diesem Augenblick stieß das Boot ans Ufer. Ferdinand half Jutta heraus. Die Baracken konnte man nur sehen, weil in einer Licht brannte. Es war die Stallbaracke. Wahrscheinlich war die „Stern" am Kalben und eine der Frauen wachte bei ihr.

„Ich muß nun gehen", sagte Jutta, machte aber keine Anstalten, ihm ihre Hand zu entziehen.

„Du wolltest doch noch haben, daß ich ehrlich sei zu dir?"

„Kannst du es wirklich?"

„Ja, und ich bitte dich, mir zu glauben, Jutta. Bei allem, was mir immer so leicht zugefallen ist, habe ich doch oft tief innen den Wunsch gehabt, einmal einem Mädchen zu begegnen, das es mir weniger leicht macht. Allerdings, daß eine gleich zuschlagen würde, damit habe ich nicht gerechnet. Du hast es getan, und es war ganz recht so. Ich liebe dich jetzt erst recht." Seine Hände umfaßten ihre Schultern. Willig beugte sie sich seiner Berührung entgegen, und als dann sein Mund über ihre geschlossenen Augen hinzärtelte, ging es wie eine lohende Flamme durch sie hin.

Mit einem Male war es um sie geschehen. Sie warf die Arme um seinen Hals und küßte ihn schnell, zwei-, dreimal auf den Mund. Und ehe er recht zu sich kam, hatte sie sich seinen Armen entwunden und rannte auf die Baracken zu.

Das Fest war vorüber, und nur vorne in der Gaststube saß noch ein Schüpplein Unentwegter, das nicht glauben wollte, daß auch die schönste Feier ein Ende haben muß.

Frau Konstanze saß in ihrem Kontor und überschlug die abgelaufenen Stunden, nicht etwa den Bierumsatz oder was sonst verzehrt worden war, sondern nur das, was ihr wirklich bedeutungsvoll erschienen war. Der Walzer mit dem Moorkönig etwa, als die Musik Damenwahl verkündet hatte. Das war um die Zeit gewesen, als Ferdinand mit Jutta schon verschwunden war.

„Mit dem werde ich morgen ein Hühnchen rupfen", sprach sie vor sich hin und legte eine Anzahl Geldscheine in die eiserne Kassette. Heute hatte sie keine Lust mehr, alles genau nachzurechnen. Morgen war ja auch noch ein Tag, und das Heute beschäftigte noch all ihre Sinne.

Ja, mit Melchior Graf hatte sie den Walzer getanzt, nachdem sie vorher dem Baron Schorer einen Korb gegeben hatte. Es war kein Zweifel mehr, dieser Mann hatte begonnen, in ihrem Leben eine Rolle zu spielen, und manchmal saß sie, so wie jetzt, ganz still da und horchte in sich hinein. Manchmal kam sie sich direkt vor wie ein Mädchen, das sehnsuchtsvoll nach dem Geliebten ausschaut.

Von der Gaststube drangen die lauten Stimmen der späten Zecher bis ins Kontor. Frau Konstanze wußte genau, wer die Hokkerbleiber waren. Es waren ja immer dieselben: Der Apotheker Schütz, der Seilermeister Hagerer, der Metzgermeister Harlander, der Wegmacher Hauser und vielleicht noch der Postsekretär Brenner. Jetzt begannen sie auch noch zu singen, das Leib- und Magenlied des Apothekers.

„In einem Polenstädtchen,
da liebt ich einst ein Mädchen
Sie war sooo schöööön . . ."

Frau Konstanze schaute auf die Uhr, die bereits die zweite Stunde nach Mitternacht zeigte. Sie stand auf und ging den matterleuchteten Flur entlang zur Gaststube. Die Haustür stand weit offen, und man hörte die alten Kastanienbäume rauschen.

Bei ihrem Eintritt hörten sofort ein paar zu singen auf. Nur der Apotheker und der Wegmacher sangen die Strophe noch zu Ende:

„Aber nein, aber nein, sprach sie
ich küsse nie."

„Polizeistunde, meine Herren!"

Die Stimme der Lammbräuin klang weder befehlend noch bettelnd. Es lag mehr am Blick ihrer Augen, denen man gehorchen mußte.

„Berta, rechne ab, die Herren wollen heimgehn", rief sie der Kellnerin zu. Dann wandte sie sich an den Schenkkellner Anton. „Und du laß dir nicht einfallen, etwa noch mal einzuschenken. Ich ziehe dir sonst die Strafe für die Polizeistundeübertretung vom Lohn ab."

Sie hatte sich schon abgewandt, als ihr noch etwas einfiel. Ganz nahe vor Anton hintretend, fragte sie ihn leise: „Wie war das eigentlich mit dem Licht?"

Anton wandte verlegen den Blick zur Seite. „Es hat einfach die Sicherung hinausgehaut."

„So? Und du fandest merkwürdigerweise im Dunkeln gleich eine andere. Das kommt mir sehr verdächtig vor. Steckt hinter der Sache vielleicht mein Neffe Ferdinand?"

„Nein, nein", wehrte Anton ganz entschieden ab, denn er hielt zu Ferdinand wie ein alter Bernhardiner.

Frau Konstanze fragte nicht weiter, sah nur noch, wie die Kellnerin die Stühle auf die Tische stellte und die Herren sich, wenn auch widerwillig, zum Gehen anschickten.

Frau Konstanze war eine Weile unter der Haustür gestanden und hörte noch, wie beim Stockinger jemand das Fenster aufriß und Ruhe verlangte. Dann schloß sie die Haustür, sperrte ab und ging nochmals zum Kontor zurück, weil sie die kleine eiserne Kassette immer in ihr Schlafzimmer mitzunehmen pflegte.

Vor der Tür stutzte sie, weil ein feiner Lichtstrahl durch die Ritzen drang. Hatte sie denn vorhin das Licht auszudrehen vergessen?

Entschlossen öffnete sie die Tür und hatte einen Schreck, der ihr die Knie zittern machte.

Inmitten des Zimmers stand neben dem Schreibtisch der Baron von Schorer.

Langsam schloß sie die Tür hinter sich. Sie hatte sich schon wieder in der Gewalt. Die Brauen hart zusammengeschoben, trat sie ein paar Schritte vor.

„Wie kommen Sie hier herein?"

Schorer nahm seinen Hut von der einen in die andere Hand und räusperte sich. „Die Haustür stand offen und — ich sah noch Licht bei dir."

Die Falte zwischen ihren Brauen wurde noch schärfer. „Das berechtigt Sie noch lange nicht, hier einzudringen, wie ein Dieb."

Sein Gesicht färbte sich dunkelrot, und seine Fäuste zerknüllten die Krempe seines Hutes. „Ich habe nicht nötig, zu stehlen, das weißt du ganz gut. Aber ich habe mit dir zu reden."

„Finden Sie nicht, daß es eine recht ungewohnte Zeit ist, Baron? Es ist zwei Uhr nachts."

„Was geht mich das an! Wenn ich mich zu einer Tagstunde anmelden ließe, du hättest für mich ja doch keine Zeit."

„Da können Sie recht haben", antwortete die Lammbräuin plötzlich ganz aufgeräumt und mit jener entwaffnenden Liebenswürdigkeit, die der Baron sofort als das durchschaute, was es war, eine Komödie, die ihm den Boden unter den Füßen wegziehen sollte.

Sie deutete mit der Hand lässig auf einen Stuhl. „Wollen Sie nicht für einen Augenblick Platz nehmen?"

Die jahrelange Feindschaft stand zwischen dieser Frau und ihrem nächtlichen Besucher. Berechnenderweise hatte Frau Konstanze es verstanden, ihn auf den Stuhl niederzuzwingen, den die ganze Quelle des Lichts der Stehlampe traf, während sie selbst einen anderen Platz wählte, mit dem Licht im Rücken.

Der Schreibtisch stand zwischen ihnen, und auf dem Schreibtisch lag sein Hut mit dem wippenden Gamsbart. Als hätte sie vorhin ihren triefenden Hohn noch nicht ganz ausgegossen, fragte sie jetzt noch spitziger:

„Und was verschafft mir die seltene Ehre?"

Er maß sie mit einem durchdringenden Blick. „Du kannst dir deinen Spott ruhig einpacken. Ich bin hier, weil es mir so paßt, und weil ich mit dir zu reden habe."

„Bitte", sagte sie und machte eine lässige Handbewegung. „Um was dreht es sich denn?"

„Um deine Taktlosigkeit. Jawohl, um deine nicht mehr zu überbietende Taktlosigkeit. Du hast mich heute blamiert bis auf die Knochen.“

In ihren Augen leuchtete es frohlockend auf. „Inwiefern? Ich bin mir keiner Schuld bewußt.“

„So? Na ja, ich bin ja von dir schon allerhand gewohnt an Feindschaft und Haß. Aber heute hast du es auf die Spitze getrieben. Ich habe dich in aller Form um einen Tanz gebeten, und du — was hast du getan? Du hast mich in einer beschämenden Weise abgewiesen.“

„Einen Korb geben, nennt man das“, antwortete Frau Konstanze mit einem fröhlichen Unterton.

„Und wie sie alle gegafft haben! Ich habe gemeint, ich müßte mich in den Boden verkriechen.“

„Wundervoll! Aber dazu hätten Sie viel früher alle Ursache gehabt.“

Er überhörte den letzten Satz geflissentlich und stieß hitzig heraus: „Aber dann — dann hast du mit diesem hergelaufenen Kerl getanzt.“

„Ja, habe ich. Und um mit Ihren Worten zu sprechen, ich habe es getan, weil es mir so paßte.“

„Und um mich zu ärgern.“

„Nicht einmal. Sie sind mir nämlich so gleichgültig, daß ich Sie gar nicht ärgern will.“

Der Mann beugte sich etwas vor, um aus dem Lichtkreis der Lampe zu kommen, die seine Augen blendete. Sein Kinn war hart vorgeschoben, in seinen Augen brannte ein dunkles Licht.

„Konstanze — es gab einmal eine Zeit —“

Das überlegene Lächeln um ihren Mund verschwand jäh. „Ich weiß nicht, von welcher Zeit Sie sprechen.“

„Du kannst das doch unmöglich vergessen haben.“

„Doch, ich habe es vergessen.“

„Du lügst dir ja selber etwas vor.“

„Nein, zu solch billigem Mittel wie Sie greife ich nicht. Sie lügen sich immer etwas vor, haben die ganzen Jahre gelogen.“

„Himmelherrgott! Laß doch dieses blödsinnige Sie. Wir sind

doch einmal anders zueinander gestanden. Es hat doch einmal eine Zeit gegeben —“

„Ich weiß, ich weiß“, unterbrach sie ihn. „Sie sprechen von der Zeit, als Sie wegen Betrugs hätten bestraft werden müssen. Unser Strafgesetzbuch kennt leider keinen Paragraphen für derlei Delikte.“

Er starrte sie unsicher an. Dann lachte er: „Du plapperst dummes Zeug, wie ein unmündiges Kind.“

„War ich einmal, ja. Ein unmündiges Kind. Dem Geist nach wenigstens, sonst hätte ich nicht so töricht sein können, bloß ein Wort von dem ernst zu nehmen, was der Freiherr von Schorer mir damals ins Ohr geflüstert hat. Und alles ist Lüge gewesen. Lüge und Betrug an einem jungen, hoffnungsvollen Herzen. Sie haben mir die Hochzeit versprochen, und ich war so dumm und habe daran geglaubt, bis es eben nichts mehr zu glauben gab und Sie mit der anderen, aus Ihrer Welt, auf Hochzeitsreise gegangen sind. Gleich ein halbes Jahr lang.“

Schorer hatte den Kopf gesenkt. Das Licht der Lampe fiel auf sein immer noch volles, ein wenig gewelltes Haar, das nur an den Schläfen angegraut war. Er suchte krampfhaft nach einer geeigneten Antwort und glaubte sie endlich gefunden zu haben.

„Dieses halbe Jahr hat dir aber vollauf genügt, um den Lammbräu zu heiraten.“

In ihren Augen flackerte es dunkel auf. „Auf wen hätte ich denn noch warten sollen mit meiner verpfuschten Jugend? Vielleicht auf die paar Brosamen, die Sie mir gnädig zugeworfen hätten, wenn die strenge Frau Gemahlin einmal verreist war?“

„Laß doch die alten Geschichten!“ brauste er auf.

„Für mich ist diese Geschichte nie alt. Ich habe diese Geschichte durch meine ganze Ehe getragen. Ob sie ein Glück war, das weiß ich nicht. Jedenfalls, der Lammbräu war besser zu mir, viel besser und ehrlicher, als Sie es jemals sein konnten. Und gerade in dieser Zeit, als ich es durch Ihren Treubruch am schwersten hatte, war er besonders gütig zu mir. Darum fiel es mir nicht schwer, seine Frau zu werden. Ich wollte heraus aus dem Dunkel, in das Sie mich gestoßen hatten. Manchmal habe ich mich gefragt, woher Sie überhaupt die Frechheit nehmen, mein Haus zu betreten. Leider konnte ich es Ihnen nicht verwehren, weil es ein öffentliches Geschäft ist, ein Gasthaus, in dem jeder Gast sein kann, sofern er nicht die Zeche prellt."

Sie sah, wie seine Hände arbeiteten, wie er sie zu Fäusten schloß, und wie sie zitterten vor Ohnmacht.

„Und es ist dir nie in den Sinn gekommen", fragte er nach einer langen Pause, „warum ich hierherkommen mußte?"

„Ich glaube nicht, daß ich Ihnen einen Anlaß gegeben hätte, hierherzukommen."

„Nein, das tatest du wirklich nicht. Und trotzdem mußte ich immer wiederkommen. Es zog mich einfach in deine Kälte hinein. Vielleicht weil ich als einziger wußte, was für ein heißes Herz hinter dem Eispanzer schlägt. Du hast ja die ganzen Jahre nur Komödie gespielt. Dein Haß war gespielt, deine Selbstsicherheit und dein Hochmut. Im Grunde genommen warst du immer unsicher in meiner Nähe."

Gereizt lachte Frau Konstanze auf. „Was Sie sich alles einbilden."

„Ich bilde mir gar nichts ein. Zuerst war es der Neid, der deinen Haß anstachelte, der doch nie ehrlicher Haß werden konnte, weil er sich mit der Liebe die Waage hielt."

„Liebe, Liebe", höhnte die Frau und griff nach dem Medaillon an ihrem Halsausschnitt. „Als ob Ihnen dieses Wort jemals heilig gewesen wäre. Und auf was sollte ich neidisch gewesen sein? Ich hatte alles, was ich mir gewünscht hatte. Reichtum und Geborgenheit."

„Aber kein glückliches Leben. Du warst mir neidig, weil ich drei Söhne hatte. Zwei sind im Krieg geblieben, einen habe ich noch. Du aber hast deine Muttergefühle an deinen liederlichen Neffen verschenkt."

„Lassen Sie Ferdinand aus dem Spiel. Mag sein, daß er ein wenig leichtfertig ist, aber niemals schlecht, wie andere es waren."

Er quittierte die Spitze mit einem kurzen Auflachen. Dann hob er die Hand und drehte den Lampenschirm auf die andere Seite, so daß das ganze Licht jetzt auf Frau Konstanze fiel. Unbeirrt sprach er dann weiter:

„Als dann die Baronin starb, standest du hinter dem Fenster

und schautest dem Leichenzug nach. Ich kam damals lange nicht. Und als ich dann kam, da merkte ich, daß du unsicher warst. Die ganzen Jahre warst du unsicher, bis vor kurzem noch."

Frau Konstanze spielte immer noch mit dem Medaillon. Sie gab sich gleichgültig und hielt den Mann dabei fest im Auge, lauernd, sprungbereit wie eine Katze.

„Das ist interessant. Und seit wann wäre ich nicht mehr unsicher?"

Der Blick des Mannes hielt sie wie ein Schraubstock fest. Seine dichten Brauenbüschel bewegten sich langsam hin und her. Dann stieß er die Worte wie einen Pfeil von der Sehne:

„Seit dieser Kerl da drüben im Moor aufgetaucht ist."

Die Frau zuckte zusammen. Sie preßte die Hände um die Stuhllehnen, daß das Holz leise aufschrie. Wie sehr diese Anspielung sie getroffen hatte, bewies vielleicht, daß sie in ihrer Erregung die strenggezogene Linie nicht mehr beachtete und sich vom Sie zu dem Du längstvergangener Jahre verlor.

„Was willst du damit sagen?" stieß sie hervor.

„Daß du in den Kerl verliebt bist."

Die Lammbräuin meinte, in einen Wirbel hineingezogen zu werden. Sie spürte, wie sie brennend rot wurde und doch über den Rücken hin fröstelte. Es war ein tiefer Schreck, der vom Herzen herkam und dorthin wieder zurückmündete. Schreck und gekränkter Stolz, weil ein anderer Mensch zu sagen wagte, was sie ahnte und nicht zugeben wollte. In diesem Augenblick wußte sie, daß der Baron von Schorer die Wahrheit gesagt hatte. Und da sie keinen Grund zum Verleugnen dieser Wahrheit fand, wurde sie ganz ruhig.

„In meinem Alter verliebt man sich nicht mehr", antwortete sie. „Im übrigen bewundere ich deinen Scharfsinn."

„Schön, dann bist du also nicht verliebt und spielst auch hier eine Komödie, denn du trittst für diesen Zigeuner, der sich großspurig Moorkönig nennen läßt, so warm ein, vom ersten Tag an schon, daß es nicht bloß mir allein auffällt. Heute hast du ja deine Gefühle für ihn so offen dargelegt, daß es jedermann sehen konnte."

„Was haben sie gesehn?" fragte sie scharf und gab dem Lampenschirm mit der Hand einen Stoß zur anderen Seite. Ihr Gesicht lag jetzt wieder im Schatten. „Hätte ich vielleicht dich an meinen Tisch bitten sollen?"

„Es wäre dir immerhin besser angestanden."

„Dann hätte ich noch lieber dem Wegmacher Hauser einen Platz neben mir eingeräumt, denn du bist mir so gleichgültig wie ein Fetzen Papier, den der Wind über den Marktplatz treibt. Was alles du dir auch einbilden magst, du zählst in meinem Leben nicht mehr. Ich habe dich vergessen, wie man nur etwas vergessen kann."

„Das ist nicht wahr. Den ersten Mann merkt man sich fürs Leben."

„Der erste Mann kann viel verderben. Daß ich dir einmal geglaubt habe — ich war damals achtzehn Jahre jung. Ich habe mich geschmeichelt gefühlt und nicht verstanden, daß er sich der Tradition seines Wappens beugen müsse. Das Schloß. Es war ja auch weniger schmerzlich zu erkennen, daß in deiner Welt mit anderen Karten gespielt wird, als vielmehr die verletzende Art und Weise, mit der du mich herzlos abgehalftert hast. Ich wartete mir Abend für Abend das Herz aus dem Leib. Bei Regen und Wind stand ich drüben im Moor und wartete, wie ich so oft auf dich gewartet hatte. Aber du kamst nicht mehr. Der Freiherr hatte keine Zeit mehr für mich. Er war zu feig, mir zu sagen, daß er sich der Tradition beugen müsse. Das durfte ich erst an der Kirchentür lesen, als andere es längst gelesen hatten, daß der Freiherr von Schorer die Baronesse Margot von Karlstadt zu heiraten gedenke. Da hatte ich's. Auf dem Schloß wurde die Flagge aufgezogen, und der Bauerntrampel konnte sehen, wie er fertig wurde. Er konnte sich ins Moor verkriechen und darin versinken. Das hätte dich wenig gekümmert. Den Gefallen tat ich dir aber nicht. Du hattest mich buchstäblich weggeworfen. Und alle Weggeworfenen klammern sich an irgend etwas, wenn sie weiterleben wollen. Entweder sinken sie noch mehr und werden immer wieder weggeworfen, oder sie haben sich die Kraft zu einem neuen Leben bewahrt. Der Lammbräu bot mir das neue Leben, und ich nahm es. Ich durfte den Triumph erleben, daß ich aus eigener Kraft dir in Ansehen und Reichtum ebenbürtig wurde, wenn auch ohne Wappen und

Krone im Taschentuch. So — nun haben wir beide ausgeredet für immer. Komme sooft zu willst, ich werde über dich hinwegsehen, mehr noch als bisher. Und merke dir noch eines: Ich werde immer das tun, was ich will und für gut finde. Ich lasse mir von niemandem etwas dreinreden, erst recht nicht von dir!"

Sie stand auf, ging zur Tür und öffnete sie.

Zögernd griff er nach seinem Hut. „Ist das dein letztes Wort?"

„Es ist mein letztes." Sie griff an den Lichtschalter. Der Flur ward taghell erleuchtet. Mit schnellen Schritten ging sie vor und sperrte auf.

Noch einmal zögerte er und sah sie an: „Konstanze . . ."

Stumm hob sie die Hand und deutete hinaus in die Nacht.

Da ging er und hatte das Gefühl, noch niemals so tief gedemütigt geworden zu sein.

Frau Konstanze schloß die Tür hinter ihm. Vom Kirchturm kamen die Schläge der Stunde. Sie zählte sie nicht und ging hinauf in ihr Zimmer.

Der Baron von Schorer hatte keine Ahnung, in welcher Verwirrung er die stolze Lammbräuin zurückgelassen hatte. Sie schlief nicht in dieser Nacht, wenn die zwei Stunden bis zum Tagwerden überhaupt noch so genannt werden konnten. Sie hörte die Stunden schlagen und um fünf Uhr die Lastwagen aus dem Hof rumpeln. Der Wind in den Kastanienbäumen rauschte stärker in der Morgenfrühe. Wohin Frau Konstanze auch horchen mochte, die Räder der Lastwagen klirrten nur einen Refrain: Du bist verliebt, du bist verliebt. Die Blätter der Bäume rauschten dasselbe: Du bist verliebt, du bist verliebt . . .

War sie wirklich verliebt?

Ach, sie kannte sich jetzt selber nicht mehr aus. Es war wahr, daß ihre Gedanken in letzter Zeit häufiger zum Moor hinübergegangen waren als zu ihrem Bräumeister oder zu ihren Hausmädchen. Aber war es denn nicht in Ordnung, daß den vom Schicksal Geschlagenen mehr Gedanken zukamen als den Gesicherten?

Ach, Konstanze Beerlich, mach dir doch nichts vor. Es war doch nicht die Zahl der Gedanken, sondern mehr die Unentwegtheit, mit der sie um den Mann da drüben kreisten, den sie den

Moorkönig nannten. Vielleicht ist es noch nicht Liebe, was du empfindest, vielleicht ist es zunächst nur der Wunsch nach einem hilfesuchenden Anschmiegen an einen stärkeren Menschen. Es war doch so in deinem Leben, Konstanze Beerlich, daß du dich niemals hast anlehnen und daran aufrichten können. Immer warst du diejenige, an der sich andere aufrichteten. Jetzt brennt in dir selber der Wunsch. Und weil der Mann da drüben so stark ist, stark in seinem Wollen und seinem ungestümen Drängen, im Moor etwas Gültiges für alle Zeit aufzubauen, stark auch trotz allen Neides, der ihn umbrandet, weil er niemals wankt und immer den Blick geradeaus hält, auf sein Ziel gerichtet, darum bist du ihm so zugetan, darum überkommt dich in seiner Nähe ein wundersames Gefühl der Geborgenheit.

Die Morgenglocke läutete über die Dächer von Rafenstein und rief zur Frühmesse. Da stand Frau Konstanze auf, obwohl sie noch kein Auge zugetan hatte. Sie konnte sich nicht erlauben, in den hellen Vormittag hineinzuschlafen, weil doch das Räderwerk hurtig weiterlaufen mußte, von der Küche weg über das Schlachthaus bis zur Brauerei, wo schon seit vier Uhr die Transmissionen liefen. Gewiß, es lief auch einmal ohne sie, aber es lief nicht ganz so zügig. Die Köchin las dann die Zeitung nicht etwa zehn Minuten, sondern eine halbe Stunde lang, weil sie mit dem Roman nicht bis zum Abend warten wollte. Und die Metzger dehnten ihr Frühstück über Gebühr hinaus aus, wenn die Frau einmal nicht da war.

Die Frau aber war da, auch heute nach der kurzen Nacht, strahlend und schön wie immer, weil das eiskalte Bad jede Müdigkeit aus dem Gesicht genommen hatte.

Sie schrieb in der Küche für die Köchin die Speisenkarte für Mittag. Dann ging sie ins Schlachthaus, wog das Fleisch für die Küche ab und ließ es durch den Lehrbuben nach vorne tragen. Sie kostete das Weißwurstbrat und ging dann hinüber ins Sudhaus.

Als sie das alles hinter sich hatte, wäre es eigentlich Zeit gewesen zum Frühstücken. Heute aber ging sie nochmals die Stiege hinauf und trat unangemeldet in Ferdinands Zimmer. Sie hatte gemeint, daß sie ihn werde aufwecken müssen. Ferdinand aber war bereits wach, stand mit nacktem Oberkörper vor dem Spiegel und rasierte sich.

Verwundert drehte er sich um. Seit er erwachsen war, war die Tante eigentlich nie mehr am Morgen zu ihm ins Zimmer gekommen. Daß es heute geschah, mußte schon seine besondere Bewandtnis haben. Und er konnte sich auch gleich denken, um was es gehen würde. Etwas unsicher sagte er:

„Guten Morgen, Tante." Er deutete mit der Hand, in der er den Rasierhobel hielt, auf einen Stuhl. „Nimm doch Platz, ich bin gleich fertig."

Frau Konstanze aber nahm nicht den Stuhl, sondern setzte sich auf das Bett. Sie sah sich ein wenig im Zimmer um und stellte auf dem Kalender fest, daß es der fünfzehnte September war.

Weil sie immer noch nichts sagte, wurde es Ferdinand ein wenig unheimlich. Er begann sich zu waschen, sehr umständlich und gründlich, als habe er den Geruch einer Sünde an sich und müsse ihn abwaschen. Dann, während des Abtrocknens, blinzelte er wieder zur Tante hin.

„Ein schöner Tag heute?" sagte er, nur um etwas zu sagen.

Die Tante riß sich zusammen. Sie hatte durchs Fenster zum Moor hinübergeschaut, über dem die Morgensonne so goldschön flimmerte.

„Ach ja", sagte sie gedehnt und mußte ihre Gedanken erst weit herholen. „Ich habe mit dir zu reden, Ferdinand. Etwas sehr Ernsthaftes."

„Ja, bitte", meinte Ferdinand zögernd und betupfte sich die Wangen mit Kölnisch Wasser.

„Zunächst eine Frage. Wo bist du denn gestern so plötzlich abgeblieben?"

Ferdinand, sonst so anpassungsfähig wie ein Falter auf borkiger Baumrinde, war heute mehr als verlegen, weil er hinter der gutgespielten Freundlichkeit der Tante eine galligschmeckende Nachspeise vermutete. Und wenn er verlegen war, rettete er sich sonst immer in vokabelreiche, schwungvolle Umschreibungen, die den Kern der Sache hurtig umkreisten.

„Ja, weißt du, liebe Tante", begann er. „Das war so —"

„Wie war es? Komm einmal her zu mir und laß dich ansehen."

Sie betrachtete ihn aufmerksam. „Mhm! Ich sehe, mit dem Bart hast du auch die Schande abgekratzt."

Verdutzt starrte er sie an. „Was soll ich abgekratzt haben?"

„Du hast schon richtig verstanden. Die Schande, habe ich gesagt. Die Schande, die ein Mädchen so deutlich mit fünf Strichen in dein Gesicht geschrieben hatte."

„Du weißt?"

„Natürlich habe ich es gesehen. Aber ich frage dich gar nicht, warum. Ich lobe sie mir nur, und es wäre für dich vielleicht ganz gut gewesen, wenn dir früher schon manchmal ein Mädchen eine Ohrfeige verabreicht hätte."

„Aber, aber", schmollte er und setzte sich neben sie auf das Bett. „Ich habe gar nicht gewußt, daß du so sadistisch bist. Aber denk dir nichts weiter dabei. Ich habe es schon wieder vergessen."

„Nein, nein, Ferdl, so leicht kommst du mir diesmal nicht davon. Ich habe dich etwas gefragt, und du bist mir die Antwort noch schuldig. Ihr ward plötzlich alle beide verschwunden, und ich möchte wissen, wo du warst. Lüge mich aber jetzt nicht an."

„Also gut, wenn du es unbedingt wissen willst."

„Ja, diesmal will ich es unbedingt wissen."

Ferdinand knöpfte umständlich seine Manschettenknöpfe ein. „Zunächst wirst du zugeben müssen, liebe Tante, daß Jutta schön ist."

„Zugegeben. Aber darum geht es jetzt nicht. Ich möchte wissen, was du mit ihr angestellt hast."

„Angestellt?" Ferdinand zog bedeutungsvoll die Brauen hoch. „Mit der kann man nicht so leicht was anstellen, und ich möchte dich bitten, liebe Tante, nichts Unrechtes von dem Mädchen zu denken. So was Solides ist mir in meiner ganzen Praxis noch nicht untergekommen."

Frau Konstanze mußte hellauf lachen. „Praxis nennst du es, wenn du den Mädchen den Kopf verdrehst! Du bist doch ein unverbesserlicher Nichtsnutz, Ferdinand."

„Bitte, sag das nicht mehr, liebe Tante. Heute nacht habe ich Besserung gelobt. Zum erstenmal ist mir jetzt ein Mädchen begegnet, das ganz anders ist als die, die ich bisher kennengelernt habe."

„Das sagt noch gar nichts, denn dein Geschmack war mitunter recht zweifelhafter Natur. Und jetzt paß auf, was ich dir sage, und merke es dir gut. Ich will nicht haben, daß du gerade mit diesem Mädchen ein Spiel treibst."

„Aber Tante, wer sagt denn, daß ich ein Spiel treiben will!"

„Ich kenne dich, mein guter Ferdl. Du weißt, ich hab dich gern, und ich habe dir leider machmal zuviel durch die Finger geschaut. Ich tat es, weil dir der Krieg deine schönsten Jugendjahre genommen hat, und weil ich dachte, daß sich ein Mann nicht gleich an das erste Mädchen ketten soll, das ihm begegnet. Ich habe manchmal geschwiegen, wo ich hätte reden sollen, wenn du es zu bunt getrieben hast. Diesmal aber kann ich nicht mehr schweigen. Dieses Mädchen soll keine Träne deinetwegen weinen. Sie steht mir recht nahe, und ich könnte es auch ihrem Vater gegenüber nicht verantworten. Natürlich hat er es auch gemerkt, daß ihr beide plötzlich verschwunden wart. Ich weiß nicht, was er heute zu seiner Tochter sagen wird. Vielleicht gar nichts. Nur eines weiß ich, er wird ihr keinen Vorwurf machen, wie auch ich dir keinen Vorwurf mache. Ich sage dir nur, laß die Finger von ihr."

Zu ihrem nicht geringen Erstaunen merkte sie, daß Ferdinand sehr nachdenklich wurde, und daß ihn die Sache mehr beschäftigte, als es sonst seiner Art entsprach. Ein paarmal machte er den Ansatz, als ob er sprechen wolle, und schwieg dann doch. Da half sie ihm, wie sie ihm schon so oft geholfen hatte.

„Was willst du denn sagen, Ferdl?"

Ferdinand blinzelte gegen das Fensterlicht hin. Endlich hatte er sich gefaßt. Klar und offen schaute er in ihren hellen Blick. Dann faßte er nach ihrer Hand und legte seine zweite darüber.

„Du bist die einzige kluge Frau in der Welt —"

„Keine Phrasen jetzt, Ferdinand", unterbrach sie ihn.

„Nein, wirklich Tante, du bis der einzige Mensch, vor dem ich bis jetzt Ehrfurcht gehabt habe. Ehrfurcht und ein wenig Angst zugleich. Und ich habe auch immer alles respektiert, wenn du mir etwas gesagt hast. Aber diesmal ist es anders, Tante. Zum erstenmal anders. Ich kann es dir nicht sagen, wie es ist, aber ich glaube, daß es diesmal tiefer sitzt, und es fiele mir sehr schwer, liebe Tante, wenn du einen Verzicht von mir verlangen würdest, denn ich glaube — ich habe die Jutta wirklich lieb."

„Sooo? Eine verhältnismäßig kurze Zeit zu dieser weltbewegenden Feststellung. Gestern um diese Zeit kanntest du sie noch gar nicht."

„Ja, das stimmt. Aber manchmal fällt plötzlich ein Funke ins Herz, und man weiß, daß daraus ein verläßliches Licht wird."

„Oh, wie poetisch. Dir hat schon manches Licht geleuchtet."

„Flammen waren es, Mutter, schnell auflodernde Feuer, die genauso schnell wieder verlöschten. Nie ein stilles und gutes Licht."

Nur an dem einen Wort „Mutter" erkannte Frau Konstanze, daß es diesmal wirklich tiefer bei ihm saß. Als er, kaum achtzehnjährig in den Krieg fortzog, da hatte er sich an ihren Hals geklammert und „Mutter" in ihr Ohr geschluchzt. Jetzt hatte er es wieder gesagt. Anscheinend klammerte er sich nur in den erregtesten Situationen seines Lebens an dieses Wort „Mutter".

Und wie krampfhaft er ihre Hand hielt, so wie als Knabe, wenn er sich fürchtete. Diese Erregung war nicht gespielt, das fühlte sie. Sie war echt. Trotzdem sagte sie:

„Und wenn ich nun grundsätzlich dagegen wäre?"

Er sah sie erschrocken an. Dann bekam er jenen trotzigen Zug um seinen Mund, den sie immer so gern hatte.

„Dann könnte ich es nicht ändern, Tante. Ich würde dir zum erstenmal nicht gehorchen können und würde lieber auf alles verzichten, was du mir einmal geben möchtest."

„Das ist ein gewagtes Wort", antwortete sie und stand auf. „Aber das wollte ich hören. Doch du hast eins vergessen, nämlich, daß du noch dein letztes Semester vor dir hast. In vierzehn Tagen geht die Schule wieder an. Und wenn du Weihnachten wiederkommst, werden wir ja sehen, ob sich nichts geändert hat. Ich wünsche, daß du eine Zeit dazwischen legst, in der du dich prüfen sollst. So — und jetzt wollen wir nicht mehr davon sprechen. Komm mit herunter, wir wollen miteinander frühstücken."

Nach dem Frühstück schlenderte Ferdinand über den Marktplatz in die Werkstätte des Sebastian Gruber, der den Fleischwolf repariert hatte. Er sollte dort die Rechnung begleichen. Dann hatte er im Rathaus zu tun wegen seines Motorboots. Er wurde, wie üblich, von Olga angestrahlt. Heute reagierte er aber nicht darauf und unterließ auch das Wangenkneifen. Olga wunderte sich darüber, denn so ernst hatte sie den schönen Ferdl noch nie gesehen.

Hernach ging er auf das Forsthaus zu. Es prickelte ihn schon die ganze Zeit, wie weit Robert nun gekommen war. Robert saß vor dem Haus und fummelte an einem Drilling herum.

„Was?“ staunte Ferdinand. „Seit wann habt ihr denn wieder Gewehre?“

„Seit ein paar Tagen. Aber schau dir das einmal an. Rost an allen Ecken und Enden. Ich putze schon zwei Stunden lang.“

„Dann schalte eine Pause ein und sprich dich aus.“ Ferdinand setzte sich neben den Freund auf die Bank und zündete sich eine Zigarette an. „Also, wie weit bist du?“

„Vielleicht noch nicht so weit wie du, aber ich glaube, sie liebt mich.“

Ferdinand schlug die Beine übereinander. „Das wäre ja noch schöner. Ich habe sie gestern noch mal genau angeschaut. Wirklich ein nettes Mädl und so zart, so kindhaft unbeschwert.“

Robert lächelte selig vor sich hin. „Als das Licht ausging, hat sie mir die Wange gestreichelt.“

„Tatsächlich? Es ist nicht viel, aber es ist etwas. Die Abschaltung ging übrigens auf meine Rechnung. Ich dachte an dich, und daß du sie vielleicht küssen wolltest. Aber Wangenstreicheln ist auch keine Kleinigkeit. Sie hätte dir ja genausogut auch eine runterhauen können.“

„Ich glaube, dazu wäre sie gar nicht fähig.“

„Natürlich nicht. Aber ihre Schwester — du, ich sag dir, die hat Rasse.“

„Ich habe selten so ein schönes Mädchen gesehn. Du hast sie natürlich geküßt.“

Ferdinand streifte die Asche von seiner Zigarette und sah zum Himmel auf, über den kleine Schäferwölkchen hinzogen. „Was ich sagen wollte — hast du etwas ausgemacht mit ihr? Wir könnten ja schließlich miteinander hinüberfahren.“

„Die Idee ist nicht schlecht. Wann meinst du?“

„Wenn es nach mir ginge, möchte ich sagen: sofort. Aber wir müssen wohl bis zum Abend warten. Was gibt es sonst Neues?"

„Eine Menge, Ferdinand. Mutter kommt nächste Woche heim."

„Tatsächlich? Das freut mich. Wirst sehen, Robert, jetzt komme für dich schöne Zeiten!"

„Ja, es scheint so. Ein Gewehr habe ich wieder. Die Mutter kommt zurück, ein Mädchen will mich hoffnungsfroh jauchzen lassen, und doch liegt seit gestern ein dunkler Schatten über aller Freude."

Ferdinand warf seine Zigarette zu Boden und trat darauf: „Wie soll ich denn das verstehn?"

„Ich weiß nicht, ob ich zu dir darüber sprechen kann. Zu Roswitha habe ich wenigstens nichts gesagt. Mir ist gestern im Saal ein Mensch begegnet, ein Gesicht, das ich unter Tausenden herauskennen würde. Dieses Gesicht habe ich durch die Lager geschleift, es hat meine Träume zerrissen, und ich hatte nur immer den einen brennenden Wunsch, daß mir der Herrgott diesen Menschen noch einmal in den Weg führt. Gestern sah ich ihn plötzlich. Er war es, der mich und zwei Kameraden den Partisanen ausgeliefert hat. Die anderen beiden haben es mit ihrem Tod bezahlen müssen. Nur ich allein bin übriggeblieben. Mir allein wird die Rache in die Hände gegeben und — ich werde sie rächen, den Florian und den Matthias. Jetzt weiß ich, wo der Kerl steckt. Er kam mit den Siedlern drüben ins Moor, aber sie haben ihn aus der Gemeinschaft ausgeschlossen, weil er sich gegen den Alten aufgelehnt hat."

„In diesem Fall also gegen unseren zukünftigen Schwiegervater?" warf Ferdinand witzelnd ein. Aber Robert war nicht zum Lachen zumute. Er stand zu tief unter der Wucht seines Erlebnisses mit Roswitha. Er hatte sie zum Boot hinunterbegleitet. Sie und die anderen von der Siedlung, die noch dagewesen waren. Sie beide waren etwas zurückgeblieben, und Roswitha hatte gesagt, daß sie diesen Abend nie vergessen werde, und sie danke ihm aus tiefster Seele, weil er nichts erwähnt habe von ihrem Gebrechen.

„Wir sind alle ein bißchen Krüppel", hatte er geantwortet. „Ich meine uns, die das Grauen aus Sibirien entlassen hat. Aber hinter allem Dunkel kommen wieder lichte Wolken. Du bist als lichte Wolke in mein Leben gekommen."

„Ich möchte es ganz hell in dir machen, Robert. Du mußt nur ein kleines bißchen Geduld mit mir haben, weißt du. Einmal werde ich dich sicher ganz tief lieben. Das kommt auf dich an, wie du es mit mir meinst."

Ja, so konnten sie sprechen. So weltfern, so zart in einer so harten Zeit.

Vielleicht hätten sie sich noch mehr solcher Dinge gesagt, und es hätte leicht sein können, daß ein erster Kuß diese Worte besiegelt hätte. Aber da hatte sich der Alte im Boot aufgerichtet und nach Roswitha gerufen.

„Komm ins Moor", flüsterte sie ihm noch zu. „Es ist so schön dort am Abend, wenn die Nebel aufsteigen und die Gottesaugen in den Tümpeln flimmern."

Robert fuhr sich mit der Hand über die Augen, als kehre er aus weiter Ferne zurück, und sah Ferdinand an.

„Damit ich nochmals darauf zurückkomme", sagte er. „Ich werde den Kerl stellen. Ich werde ihn suchen. Ob ich ihn vor Gericht bringen kann?"

„Ich weiß nicht. Hat er die deutsche Staatsbürgerschaft? Aber vielleicht mußt du noch ein bißchen warten. Wir haben ja noch kein Recht. Nur das Recht des Siegers gilt."

„Warten? Nein, ich kann nicht warten. Dann werde ich selber Gericht spielen."

„Weißt du denn, wo er steckt?"

„Das läßt sich doch leicht erfahren, nachdem er mit den Siedlern ins Moor gekommen ist. Weit kann er nicht sein, sonst wäre er gestern nicht im Saal gewesen."

„Roswitha weiß es vielleicht." Ferdinand stand auf. „Also komm am Abend zum See hinunter, dann fahren wir hinüber."

Das Gartentürchen hinter sich zuschlagend, schlenderte Ferdinand auf die Straße hinaus. Er war bereits so erfüllt von den Gedanken auf den Abend, daß er bis in die letzte Pore hinein wieder aufgelockert war und lustig das Lied vom kleinen Blümlein, das auf der Heide steht, vor sich hinträllerte.

Unter der Tür des Forsthauses zu Rafenstein stand der Jäger Robert Breitsamer, das Fernglas um den Hals, die Büchse auf dem Rücken.

Es war alles wieder so wie früher. Die Mutter stand neben ihm und reichte ihm die Hand. Seit einer Woche war sie wieder zu Hause. Sie war wieder Mutter wie vordem, die in fast ängstlicher Liebe an ihrem wiedergeschenkten Sohn hing und alle Tests und alle elektrischen Schocks, die sie in der Heilanstalt über sich ergehen lassen mußte, vergessen hatte.

„Gib auf dich Obacht, Bub", sagte sie jetzt.

Robert griff an seine Tasche, ob er die Schlüssel zur Jagdhütte bei sich habe. „Was soll mir denn schon passieren, Mutter?"

„Sag das nicht. Ich habe gestern, ohne horchen zu wollen, gehört, wie dir der Vater sagte, du sollst auf den Knecht vom Lichthammer ein Auge haben, weil er wahrscheinlich wildert."

„Ja, aber deswegen brauchst du doch keine Angst zu haben."

„Doch, weil ich deinen Ehrgeiz kenne. Und Ehrgeiz schafft immer Wunden."

Robert antwortete nichts darauf. Wie sehr er darauf brannte, diesem Knecht vom Lichthammer Aug in Auge gegenüberzustehen, das konnte er nur mühsam verbergen. Mittlerweile hatte er von Roswitha erfahren, daß er Rochus Schwab hieß, im Frühjahr mit den Siedlern gekommen war und einmal Partisan gewesen sei.

„Also, behüt dich Gott, Mutter."

„Behüt dich Gott, Bub. Morgen abend kommst du ja wieder."

„Ja, morgen abend."

„Wirst du — ich meine, ob du auf dem Rückweg im Moor zukehren wirst?"

„Sehr wahrscheinlich. Du hast doch nichts gegen die Roswitha?"

Nein, nein, es ist nur — ich hatte dich so lange verloren, und kaum bist du mir wiedergegeben, soll ich dich ein zweites Mal verlieren."

„Aber du verlierst mich doch nicht. Im Gegenteil, du gewinnst bloß noch eine Tochter dazu. Oder ist es dir nicht recht, wenn ich sie am Sonntagnachmittag mitbringe?

„Doch, doch, bring sie nur. Ich will sehen, ob sie deiner wert ist.“

Über dem See und dem Moor lag noch dichter Nebel. Obwohl es noch sehr früh war, waren die Moorleute schon wieder an ihrer Arbeit. Man hörte Wortfetzen aus dem Nebel herausklingen, ein Traktor hämmerte seinen Takt in die frühe Stunde, und seit ein paar Tagen hörte man auch andere Geräusche aus dem Moor. Man hatte nämlich bereits begonnen, die Fundamente für die künftigen Höfe zu schaffen. Das polterte und dröhnte, es klang und klirrte, als ob eine ganze Stadt hier entstehen sollte.

Auf das alles achtete Robert nicht. Er hatte mittlerweile den Wald erreicht. Es ging jetzt steil bergan, und die Geräusche blieben immer weiter zurück. Nach einer Stunde lichtete sich der Wald. Um diese Zeit wurde der Nebel dünner und zerflatterte. Spitze um Spitze der Rafenergruppe wurde vom Nebel frei, und drüben sah er schon ein sonnenbeschienenes Almfeld.

Mit einem tiefen, befreienden Atemzug betrachtete Robert das herrliche Landschaftsbild, das er unverfälscht in seinem Herzen getragen hatte. Es war ihm, als hätte er erst gestern den letzten großen Pirschgang zur Rafenergruppe gemacht, obwohl schon bald sieben Jahre dazwischen lagen. Er setzte sich auf einen der zerstreut herumliegenden Felsbrocken, lehnte das Gewehr neben sich und nahm das Fernglas an die Augen.

Weit droben, unter einzelnen Sturmbächen, sah er die Jagdhütte liegen, links davon die Ruschenalm, in der er als kleiner Bub einmal vier Wochen lang lebte, um einen Keuchhusten auszuheilen. Er ließ das Glas an der Bergkette entlangschweifen, um es dann weiter talwärts zu richten. Da und dort ein einzelner Berghof, von der Sonne umflimmert, Wiesen und schmale Ackerstreifen. Und auf einmal hatte er ein Pfluggespann im Glas, zwei Goldfuchsen mit hellen Mähnen, und hinter dem Pflug die schlanke Gestalt eines Burschen in Hemdsärmeln.

Durch den Jäger ging ein Ruck.

Das war er, der Verhaßte, der unzählige Male Verfluchte!

Robert merkte, wie seine Hände zitterten. Noch einen kurzen Blick nach links. Natürlich, das war der Lichthammerhof, und das Gespann gehörte zu diesem Hof.

Nun war die Stunde der Rache gekommen, und Robert wußte auf einmal nicht mehr, wie sie aussehen sollte. Tausend Tode hatte er den Verräter schon sterben lassen, nicht ahnend, daß er ihm wirklich noch einmal begegnen sollte. Da sah man wieder, wie klein doch die Welt war und wie merkwürdig das Schicksal manchmal spielte. Aber konnte er denn jetzt hingehen und ihn einen der tausend gewünschten Tode sterben lassen? Das wäre Mord gewesen, und man hätte ihn eingesperrt.

Und vielleicht war es doch eine Täuschung. Vielleicht sah dieser Kerl jenem anderen nur ähnlich? Das Schicksal spielte oft seinen Schabernack mit den Menschen.

Mit einem Ruck stand er auf und griff nach der Büchse. Am besten war es, er ging der Sache gleich auf den Grund, denn Ruhe würde er ja doch nicht mehr bekommen, ehe er nicht Gewißheit hatte.

So ging er, statt bergwärts, wieder talwärts und stand nach etwa zwanzig Minuten vor dem Pfluggespann.

In der ersten Sekunde wußte er, daß er sich nicht getäuscht hatte.

Die Pferde anhaltend, sah Rochus den Jäger mißtrauisch an. Sein Gewissen war nicht rein, er hatte erst in der vergangenen Nacht wieder einen Bock zum Wirt in der Au gebracht. Auch die Tatsache, daß plötzlich ein neuer Jäger auftauchte und daß dieser nun auch wieder ein Gewehr hatte, verwirrte ihn etwas.

Aber der Jäger war anscheinend ganz harmlos, denn er fragte ihn freundlich nach der Uhrzeit. Eilfertig hob Rochus sein Handgelenk, streifte das Hemd ein wenig zurück und sagte, daß es halb acht Uhr wäre.

In diesem Moment hatte Robert blitzschnell die Hand des anderen umklammert. „Wo hast du die Uhr her?"

Rochus verlor plötzlich alle Farbe. Mit einem Ruck zerrte er seine Hand zurück. „Was geht das dich an?"

„Vielleicht mehr, als du denkst." Robert trat ganz nahe heran. „Wir haben uns doch schon irgendwo gesehen?"

„Ich wüßte nicht wo", antwortete Rochus mürrisch und wollte weiterpflügen. Aber Robert hinderte ihn daran.

„Wenn du es nicht mehr wissen willst, ich weiß es jetzt um so besser, wo wir uns schon gesehen haben. Vielleicht fällt dir der Wald von Rogatica ein, aus dem du mich und meine Kameraden sicher nach Mostar bringen wolltest."

Robert hatte schon bemerkt, daß Rochus immer wieder die Farbe wechselte, und daß etwas wie Angst in seinen dunklen Augen stand. Er beherrschte sich nur noch und setzte ein kleines Lächeln auf.

„Ich weiß gar nicht, wovon du redest."

„Dann nimm deine Uhr ab, und laß mich sie genau ansehen."

Einen Moment sträubte sich in Rochus noch etwas wie Trotz, aber dann kroch ihn eine erbärmliche Angst an, die ihm alle Sicherheit nahm.

Mit zitternden Fingern löste er das gelbe Lederband. Es mußte ersetzt worden sein, denn ehedem war das Band schwarz gewesen. Mit einem Versuch, sich noch mal aus der Klamme herauszuwinden, die ihn unbarmherzig in die Enge trieb, sagte er, daß es wohl tausend solcher Uhren gäbe, und es wäre doch sehr gewagt, zu behaupten, daß dies die Uhr des Jägers sei.

Robert betrachtete zuerst das Zifferblatt und dann die Rückseite. Was Rochus in all den Jahren entgangen war, Robert sah sofort die eingravierten Buchstaben „R. B." unterhalb der Seriennummer.

„Ist das vielleicht dein Name?" fragte er in einer wilden Freude, nun endgültig den Beweis zu haben, daß er nicht vor dem Unrechten stand.

Rochus blinzelte unsicher auf die Uhr. „Das wird schon irgendein Fabrikzeichen sein", antwortete er gereizt und wollte Robert die Uhr wieder entreißen.

Seelenruhig schob Robert die Uhr in seine Tasche.

„Das ist kein Fabrikzeichen, sondern mein Name, Robert Breitsamer. Und es ist meine Firmungsuhr. Ja, ja, es ist schwer zu verstehen für dich, daß das Schicksal auch einmal anders herum spielt, und daß sich eine Schlechtigkeit erst mach vielen Jahren rächt. Wirst kaum daran gedacht haben, mir jemals noch in den Weg zu laufen. Die anderen, die du mit mir verraten hast, leben leider nicht mehr. Die hast du auf dem Gewissen. Ich könnte dich über den Haufen schießen jetzt. Aber das wäre eine zu billige Rache.“ Mit einem Ruck schnellte Robert vor und faßte den anderen an der Brust. „Oder willst du immer noch leugnen, daß du derjenige bist, der uns den Partisanen und damit den Russen ausgeliefert hat?“

Rochus wand sich unter diesem eisernen Griff, aber es half ihm nichts. Die Erregung verlieh Robert Riesenkräfte.

„Mein Gott“, knirschte er. „Ich könnte dich in Stücke reißen. Tausend anständige Menschen haben sterben müssen, und so was Schlechtes trägt der Erdboden noch.“

Sich duckend riß sich Rochus los. Wie zum Sprung gespannt stand er da. Blitzschnell riß Robert die Büchse herunter und legte den Sicherungsflügel um.

„Raus jetzt, mit der Sprache. Bist du der Lump von Rogatica oder nicht?“

Rochus stieß einen slawischen Fluch aus. Seine Augen blickten gehetzt über die Ackerlänge hin zu den schützenden Mauern des Hofes.

Robert hob die Büchse. „Bist du es oder nicht?“

Rochus wehrte sich noch. Der drohende Gewehrlauf jagte ihm den Angstschweiß auf die Stirn. Es hätte Zehntausende von Partisanen gegeben. Warum gerade er es gewesen sein soll?“

„Weil du meine Uhr hattest, und weil ich dein Gesicht unter Tausenden herauskennen würde.“

„Es war Krieg“, schrie Rochus plötzlich hysterisch. „Im Krieg war jedes Mittel erlaubt. Ihr verfluchten Deutschen — ihr habt unser Land besetzt — wir haben euch bis aufs Blut gehaßt ...“

In diesem Augenblick versetzte ihm Robert den ersten Schlag. Es war ein von unten hergeholter Schwinger, der Rochus von den Beinen riß.

„Du Drecksau, du dreckige! Und jetzt pflügst du den Boden der verfluchten Deutschen. Warum bist du nicht geblieben, wo du warst?“

Rochus krümmte sich auf dem weichen Ackerboden. Es war keine Verstellung. Der Schlag hatte ihn wirklich mit der ganzen Wucht getroffen. Blut rann ihm aus Mund und Nase. In seinem Kopf dröhnte es durcheinander und ließ ihn keinen Gedanken an Gegenwehr fassen. Hier war er unweigerlich der Unterlegene, körperlich und moralisch, denn der Jäger hatte ihm einen Spiegel vorgehalten, vor dessen klarem Bild es nichts zu verleugnen gab.

Robert fühlte merkwürdigerweise nach diesem Schlag keine Befriedigung. Eher Ekel. Ja, es war ihm, als sei er selbst geschlagen worden, und der Gedanke, was Recht und Unrecht war, verwirrte ihn über alle Maßen. Ein in unzähligen Stunden aufgebauter Plan, wie er die Rache ausüben könnte, brach plötzlich wie ein Kartenhaus zusammen. Damals waren er und seine Kameraden wehrlos gewesen. Jetzt war dieser da wehrlos. Es machte keine Freude, als Rachegott vor einem Wehrlosen zu stehen.

Angewidert wandte er sich ab und ging über den Acker hinauf. Rochus konnte es kaum glauben, daß nichts Weiteres mehr über ihn kommen sollte. Neugierig blinzelte er hinter dem Davoneilenden her. Dann richtete er sich stöhnend auf und streckte die geballte Faust über den Acker hinauf.

„Wart nur, du Hund, das zahl ich dir heim."

Es wurde Herbst, daran war nicht mehr zu zweifeln. Die Birkenblätter zeigten es, die schon gelb wurden, die Nebel, die schon frühzeitig aufstiegen, und die Sterne, die um halb acht Uhr schon in einer vollendeten Nacht ihr Licht niederstrahlten. In der kurzen Dämmerung aber rauchten die Kartoffelfeuer, im aufkommenden Wind bog sich der Rauch zur Erde nieder, der man heute erst die Frucht des Sommers aus dem mütterlichen Schoße genommen, und die morgen schon wieder bereitet wurde für die neue Saat. Korn wurde gesät, und wenn das nächste Jahr auch wieder so gnädig war wie dieses, dann wuchs das erste Brot im Moor heran.

Der jungfräuliche Boden schenkte Kartoffeln in einer solchen Fülle, die selbst die kühnsten Erwartungen übertraf. Es fehlte der Lagerraum, und als auch die Mieten alle voll waren, wußte sich Melchior Graf keinen Rat mehr, wohin mit der Fülle.

Da kreuzte eines Morgens der Schrotthändler Rabitz mit zwei leeren Lastwagen auf.

„In Rafenstein schreit man nach Kartoffeln", sagte er, zündete sich eine Zigarre an und hielt auch dem Moorkönig eine hin. Melchior Graf sah darüber hinweg, wie er auch über den Mann mit dem Silberhaar wegsah, denn es war da noch etwas abzumachen zwischen ihnen. Und er konnte sich auch nicht verkneifen, den anderen daran zu erinnern, daß sie doch noch etwas zu bereinigen hätten wegen der Öfen.

„Welche Öfen?" fragte Herr Rabitz in glänzend gespielter Unwissenheit. Er nahm die Zigarre aus dem Mund, machte den Zeigefinger naß und klebte ein locker gewordenes Deckblatt wieder an. „Ach so, ja — die eisernen Öfen. Jawohl, die kaufe ich Ihnen zum Schrottpreis ab, wenn sie nicht mehr gebraucht werden sollten."

Melchior Graf mußte unwillkürlich lächeln über so viel Unverfrorenheit.

„Aber ich bin nicht wegen der Öfen gekommen", fuhr er fort, „sondern wegen Kartoffeln. Ich sehe nicht ein, warum wir beide nicht ins Geschäft kommen könnten. Der Moorkönig und der Schrottkönig. Hehehe! Schrott ist im Preis augenblicklich etwas gefallen, also steig ich ins Kartoffelgeschäft ein."

„Eigentlich habe ich mir nie denken können, daß wir beide einmal ins Geschäft kommen könnten", sagte Melchior Graf.

„Warum nicht? Schließlich ist es ja egal, womit ich handle. Ich kann Ihnen auch Möbel besorgen, wenn Sie mal welche brauchen. Oder Bettzeug."

„Vielleicht auch einen kleinen Altar für die Kapelle, die ich bauen will?"

„Warum nicht? Geschäft ist Geschäft. Also, wie steht es mit den Kartoffeln?"

„Schlecht, mein geehrter Herr Rabitz. Es hat keinen Reiz für mich, mir von Ihnen den Zentner für drei Mark abzwicken zu lassen, wenn Sie ihn drüben dann um sechs Mark verkaufen. Das wären genau hundert Prozent Verdienst, bloß so über den See hinüber."

„Die Rechnung stimmt nicht ganz. Ich zahle nämlich vier Mark fünfzig. Die Spanne zu sechs Mark ist dann noch lange nicht mein Verdienst." Herr Rabitz begann vorzurechnen: Die Umsatzsteuer, Arbeitslöhne, Verschleiß an Fahrzeugen und so weiter. Zum Schluß blieb für ihn kaum mehr etwas übrig.

Nicht weil Herr Rabitz nach seiner Aufstellung so schlecht abschnitt, sondern weil er den Preis von 4,50 Mark recht angemessen fand, schloß Melchior Graf den Handel ab. Und weil Herr Rabitz nun schon einmal im Moor war, konnte man ihm nicht gut wehren, daß er sich ein wenig umsah, während seine Leute die Kartoffeln aufluden. An sich war er ein aufgeschlossener Mensch und zeigte für alles ein lebhaftes Interesse. Dieses Umschauen übertraf alle seine Erwartungen. Dieser ungeheuere Schwung in allen Ecken und Enden des Moores erregte ihn und nötigte dem nüchternen Rechner Respekt ab.

„Donnerwetter", sagte er und steckte die Zigarre vom linken in den rechten Mundwinkel. „Da tut sich ja allerhand."

Die Mauern waren schon ein beträchtliches Stück in die Höhe gewachsen, und wenn nicht alles trog, setzte man vor Wintereinbruch auch noch die Dächer auf die Mauerwerke. Dann konnte das Ganze über den Winter schön austrocknen.

Herr Rabitz übersah nichts und merkte auch, daß kaum mehr Kies und Sand an den Baustellen war. Während der Kartoffelernte hatten die Siedler keine Zeit mehr gehabt, Baumaterial heranzubringen.

Am Nachmittag, als die Rabitzlastwagen wieder kamen, um Kartoffeln zu holen, brachten sie Kies und Sand mit.

„Ob wir nun leer herüberfahren", sagte Herr Rabitz, „oder ob wir ein paar Kubikmeter Kies laden."

Natürlich wurde der Kies notwendig gebraucht, und da der Schrotthändler für weitere Zufuhren einen recht angemessenen Preis berechnete, kamen sie auch hier ins Geschäft.

„Warum geht es jetzt?" fragte Melchior Graf lachend, während sie von einer der Baustellen auf die Baracken zuschritten. „Warum haben gerade auch Sie uns am Anfang so viele Prügel zwischen die Füße geworfen?"

Herr Rabitz nahm pedantisch eine Zigarre aus seinem Etui und biß ihr die Spitze ab. Dann sah er in den seidenblauen Himmel, in dem Marienfäden schwammen.

„Sollte ich mehr Prügel wie die andern geschmissen haben? Dann unbewußt. Ganz unbewußt, oder nur deshalb, weil die anderen es auch taten."

„Nicht alle", stellte Melchior Graf trocken fest.

„Ja, zum Beispiel die Lammbräuin. Die hatte am Anfang schon einen Affen an Ihnen gefressen. Und jetzt — ich geniere mich nicht, es zu sagen —, jetzt sehe ich manches anders. Es ist eben so, daß man alles Neue zuerst ablehnt."

„Anstatt ihm das Herz zu öffnen", erwiderte Melchior Graf.

„Und was soll das da werden?" fragte Rabitz und deutete auf ein kleines, abgestecktes Viereck, von dem bereits der Rasen abgehoben war."

„Das?" Melchior Graf schaute einem Habicht nach, der über dem Moor seine Kreise zog. „Hier kommt eine Kapelle her."

„Donnerwetter!" Die Zigarre wanderte in den rechten Mundwinkel. „Ach, darum sprachen Sie heute vormittag von einem kleinen Altar. Kann ich unter Umständen besorgen."

„Nicht nötig. Hier kommt gar nichts herein, als der Herrgott aus Batschka, den Sie da drüben unter den Birken stehen sehen."

„Aha", sagte Rabitz. „Ein bißchen nüchtern wird das zwar sein."

Wer beten will, braucht keinen Prunk", versicherte der Moorkönig. Dann schritt er mit Rabitz auf die Baracken zu, nahm das erste Geld für die Kartoffeln in Empfang und trank mit Rabitz den ersten Schnaps. Herr Rabitz konnte wohl kaum ermessen, welch feierlicher Augenblick es im Leben des Sippenvaters war, als er das erste Geld für die erste Ernte aus dem Moor in Empfang nahm.

Dort, wo die Kapelle hinkommen sollte, saß Melchior Graf so manchen Abend und wartete mit der Dämmerung auf die Nacht. Es war ein stiller, abgeschirmter Platz, mit einem Dutzend grobrindiger Föhren und einigen Birken, die ihr helles Laub in die dunklen Föhrennadeln schütteten, wenn der Abendwind lauter über dem Moor aufkam, das jetzt nur mehr ein halbes Moor war, weil man die Hälfte schon kultiviert hatte. Und diese Hälfte waren immerhin schon fast tausend Tagwerk. Dahinter lag der Rest des Moores mit seinen Tümpeln und sumpfigen Stellen, wildwuchernden Sträuchern und alten Birken.

Der Sippenvater saß aber nicht wegen der Stille allein hier, oder weil er müde war vom Tagwerk, er suchte den Platz nur auf, weil er hier mit seinen Gedanken ganz allein sein konnte. Man sah über den See hin, und es war die schönste Stunde, wenn drüben die Lichter aufflammten und die Welt ruhig wurde.

Er brauchte keine Angst zu haben, daß ihn hier um diese Zeit jemand störte, und er konnte seine Gedanken abspulen lassen, ganz langsam und der Reihe nach, und bei jedem ein bißchen verweilen, der mit ihm diesen begnadeten Sommer im Moor erlebt hatte, mit all seinen Mühen und Plagen, unter denen die Freuden nur manchmal spärlich aufblühten, so wie die Herbstzeitlosen jetzt auf der kleinen Wiese hinter den Baracken. Die Leute hatten zu ihm gehalten und sich gerne führen lassen. Sie bildeten bereits eine kleine Gemeinde für sich, und er, Melchior Graf, war in das Herz dieser kleinen Gemeinde eingegangen. Nur die Pantschers tanzten aus der Reihe, und Melchior Graf sah es bereits so kommen, daß sie ausscheiden würden. Die beiden Töchter gingen schon in die Fabrik nach Lechham, wohin jeden Morgen von Rafenstein aus ein Omnibus fuhr. Abends kamen sie dann zurück und gingen auf hohen Stöckelschuhen und mit einem mitleidigen Lächeln umher, wenn die anderen, die schwere Ackererde an den Schuhen, von den Feldern heimkehrten. Sie konnten keinen Zorn oder Neid entfachen, denn es dachte sonst niemand daran, es ihnen nachzutun. Sie waren zutiefst dieser neuen Heimat verwurzelt, und jedem Ziegelstein, den sie auf die neuen Mauern hoben, gaben sie einen Wunsch aus ihrem Herzen mit.

An alle dachte er, wenn er des Abends so allein hier saß. An die Alten und an die Kinder, die in der rauhen Luft des Moores so prächtig heranwuchsen. Sie wuchsen gleichsam in das neue Dorf hinein, dem er bei sich bereits den Namen Marienmoor gegeben hatte.

Davon wußte außer Bogner noch niemand. Bogner kam und ging, immer gleich vital, immer gleich besonnen und vollgepfropft mit unverwüstlichem Optimismus.

Wenn Melchior Graf alle durch seine Gedanken hatte gehen lassen, zum Schluß noch jedesmal den Regierungsrat Bogner, dann war es so weit, daß er auch an sich selber dachte. Weniger an sich selber als an das Geheimnis in seiner Brust, das er zeitlebens für sich bewahren wollte. Sein Blick wanderte dann über den See hinüber, und er suchte und fand ein bestimmtes Licht hinter verhängten Fenstern. Er wußte dann, daß Frau Konstanze an ihrem Schreibtisch saß. Er hatte längst aufgehört zu fragen, was es sein mochte, daß er soviel an diese Frau dachte, weil er erkannt hatte, daß eine späte, ganz wundersame Liebe sein Herz erfüllte.

Oft stand er mitten in der Arbeit sinnend da und starrte über den See hinüber. Und manchmal, wenn ihn jemand ansprach, dann schreckte er zusammen wie ein Knabe, den man bei einem Unrecht ertappt hatte. Einmal war er sogar nachts schon über den See gerudert und vor dem Fenster gestanden, entschlossen, bei ihr einzutreten, um ihr zu sagen, was sie in einem alternden Herzen noch für eine Verwirrung anrichtete. Aber dann war er doch wieder umgekehrt und hatte fluchtartig die Verlassenheit des Moores aufgesucht.

Und doch, und doch. Er brachte Frau Konstanze einfach nicht mehr aus dem Sinn. Aber nie würde er ihr sagen können, was ihn in seinem Alter noch mal mit einer solchen Wildheit überfiel. Immer würde er vor ihr verschweigen, wie er sich nach ihr sehnte, und wie er sich ein Erleben mit ihr vorgaukelte, das ihn zutiefst beglückte und verwirrte.

Auch heute brannte drüben wieder das Licht. Auch heute erlebte er wieder die beglückende Hoffnung, daß Frau Konstanze vielleicht auch ein wenig an ihn dachte, aber alle Gedanken an sie durften nur ein strenggezügelter Wunschtraum bleiben, für den es keine Erfüllung gab. Er, der Flüchtling, dem bis jetzt noch nicht einmal ein Brocken der Moorerde gehörte, und sie, die schöne Frau, die vielleicht gar nicht einmal wußte, wie reich sie war.

Wie mit schweren Flügeln stürzte die Oktobernacht über ihm zusammen. Im Schilf fing ein heimliches Raunen an, kühle, kleine Wellen rollten gegen das Ufer her, und aus dem Wald klagte der bange Ruf eines Vogels.

Plötzlich richtete er sich auf. Er hatte einen Schritt vernommen, und seine Augen erfaßten die Gestalt, die näher kam. Sein Herz wurde von etwas Schwerem bewegt. Er trat einen Schritt vor.

„Jutta!"

Jutta blieb stehen. Ihre Stimme klang in keiner Weise erschrokken, eher freudig. „Ach, du bist es, Vater?"

„Ja, ich sitze öfter hier und warte auf die Nacht."

„Oder auf die Lichter von drüben?"

„Was meinst du damit?" Seine Frage klang etwas erregt, weil er dachte, seine Tochter wisse um seine geheimsten Gedanken.

„Nichts Besonderes, Vater." Jutta hob lauschend den Kopf. Von der Ferne hörte man das Geglucker eines Motorboots.

Melchior Graf legte seine Hand auf ihre Schulter. „Jutta, ich frage mich seit Wochen, ob das einen Sinn hat. Was ist aus dir geworden, Kind. Du bist nicht mehr so wie früher."

Und wieder eine orakelhafte Antwort: „Wir sind alle nicht mehr so wie früher."

Das Rattern des Motorboots kam näher. Es fuhr ohne Licht.

„Jutta — ich habe dir nie nachspioniert in all den Wochen, in denen du nachts aus dem Haus warst. Wir sind alle nicht mehr so wie früher, sagst du. Ja, es ist etwas über uns gekommen, es ist etwas eingebrochen in unsere kleine Gemeinschaft. Roswitha hat ihren Weg gewählt, ich finde ihn gut. Ob der deine nicht in die Irre führt? Ob du nicht mit wehem Herzen —"

„Sprich es nicht aus, Vater. Ich weiß genau, was du sagen willst. Ob ich nicht enttäuscht aus diesem Erleben herausgehe. Es ist ganz gut, Vater, daß wir einmal darauf zu sprechen kommen. Es ist nicht deine Angst um mich allein, sondern die Aller-Väter-Angst, wenn sie eine Tochter verlieren sollen. Nach deiner Meinung soll ich warten. Alle Väter dieser Erde meinen immer, daß die Töchter warten werden. Engherzig denkt ihr nur an euch."

Erstaunt war Melchior Graf einen Schritt zurückgewichen.
Schmal und streng leuchtete ihm das Gesicht der Tochter aus der Dunkelheit entgegen.

„Wann bin ich jemals engherzig gewesen? Meinst du nicht, Jutta, daß du den Mund ein wenig voll nimmst und mir unrecht tust? Ich will nichts anderes als dein Glück. Ob aber daraus ein Glück wird, bezweifle ich. Weißt du denn überhaupt schon, was Frau Konstanze dazu sagen wird?"

„Das werde ich heute erfahren."

„Aha, dann scheint der junge Herr vielleicht doch ernste Absichten zu haben?"

„Glaubst du, Vater, daß ich mich jemals für ein Spiel hergeben würde? Ich liebe ihn, und wohin diese Liebe mich auch führen mag, auf Höhen oder in Tiefen, ich kann es nicht mehr ändern. Es ist wie ein Gesetz, dem ich unterworfen bin. Ich habe ihm den Weg zu meinem Herzen nicht leicht gemacht. Aber dann habe ich es ihm ganz weit aufgetan, weil ich erkennen durfte, daß auch er ohne mich nicht mehr sein kann. Und — um eines bitte ich dich, Vater. Wenn man drüben die Tür verschließen sollte, dann öffne du ihm das Tor ins Moor. Öffne es ihm ganz weit, denn er ist guten Willens, um seiner Liebe willen alles auf sich zu nehmen. Dann hast du mich bei dir, und wir werden alle gemeinsam in der Sonne leben."

„Hoffentlich geht das alles ohne große Stürme ab. Ich möchte alles, nur mit Frau Konstanze in Feindschaft leben, das möchte ich nicht."

Jutta hatte eine schnelle Antwort auf der Zunge. Sie unterdrückte sie aber und begann nun rasch am Ufer entlangzulaufen, bis zu der Stelle, wo das Boot angelegt hatte. Zwei starke Arme umfingen sie, und Jutta schmiegte sich erschauernd hinein in die schützende Geborgenheit.

Die Woche war so lang gewesen. Es mußten so viele Küsse nachgeholt werden, und es war so viel zu sagen, wie sehr sie sich nacheinander gesehnt hatten, und keines wollte zugeben, daß seine Sehnsucht etwa kleiner gewesen sei. Erst als das alles gesagt war, konnte Ferdinand fragen:

„Mit wem hast du denn vorhin gesprochen? Ich habe doch Stimmen gehört."

Sie saßen nebeneinander im Boot. Leise schlugen die Wellen an die Planken. Hoch über ihnen stand von allen Sternen am hellsten der Abendstern.

„Der Vater war es", sagte Jutta. „Er stand unter den Bäumen, als hätte er auf mich gewartet."

„Er weiß doch, wie es um uns steht?"

„Seit heute weiß er es genau."

„Und?"

„Nichts und. Für mich gibt es kein Zurück mehr, so wenig wie es für dich eins geben kann, wenn du nicht haben willst, daß mein Leben zerstört wird. Du mußt dich mit dem Gedanken vertraut machen, Ferdinand, daß wir zusammengehören, selbst auf die Gefahr hin, daß man dir drüben die Türen verschließt. Dann wird das Moor für dich offenstehen und wird auch dir eine neue Heimat sein. Ich weiß ja nicht, wie sich Frau Konstanze zu der Sache stellt."

„Das wird sich heute noch entscheiden, Jutta. Als ich wegging, sagte sie, daß sie auf mich warten werde, weil sie mit mir zu reden habe."

„Hast du Angst, Ferdinand?"

Er schüttelte den Kopf. „Angst habe ich nur einmal gehabt, daß du mich noch ein zweites Mal ins Gesicht schlagen könntest."

„Trägst du mir das immer noch nach?"

„Es ist so vergessen wie alles aus meinem Leben, was vor dir war. Manchmal denke ich, daß ich erst jetzt zu leben beginne. Ich hätte nie gedacht, daß man einen Menschen so lieben könnte. Und wie ist es bei dir?"

Jutta senkte den Kopf. Es war ihr, als streife sie die Vergangenheit. Rochus' Gesicht tauchte für ein paar Sekunden auf, wie ein Schemen, wie eine wehende Pflanze unter Wasser auftaucht. Aber dann versank alles wieder mit der gleichen Schnelle. So viel Zeit war vergangen seit damals, und das karge Erlebnis mit Rochus sah sich jetzt, da sie unter der Gewalt einer wirklichen Liebe stand, so bedeutungslos an, daß sie es gar nicht erwähnenswert fand. Nur damit keine Unklarheit zwischen ihnen stehe, sagte sie:

„Einmal dachte ich, daß ich einem Menschen gut wäre. Aber es war nur eine Enttäuschung für mich. Ich glaubte damals, nie wieder einem Menschen trauen oder ihn gar lieben zu können. Dann kamst du in mein Leben, auf eine recht merkwürdige Art allerdings."

„Auf welche Art?" wollte er wissen.

„Auf eine freche Art", lächelte sie. „Aber es war doch zugleich eine liebevolle Art, und heute kann ich dir's ja gestehen: ich habe dich vom ersten Augenblick an lieb gehabt. Selbst als ich die Hand gegen dich hob, habe ich dich geliebt. Von da an warst du der Nächste an meinem Herzen. Du mußt es mir glauben, Ferdinand, und sollst nie mehr nach meiner Liebe fragen. Sie gehört dir und wird sich niemals ändern. Ich bin bereit, deinetwegen alles auf mich zu nehmen, und hoffe nur, daß auch du es tun wirst, wenn es sein muß. Und nun wollen wir einmal ganz offen miteinander reden, Ferdinand. Ich würde es Frau Konstanze nicht übelnehmen, wenn sie nein sagt zu unserer Liebe. Wer bin ich denn schon? Nicht mehr als ein Blatt im Wind, das vom Südosten hergetrieben wurde und im Moor niederfiel. Sie aber hat viel zu vergeben, die Brauerei, Wiesen und Felder und das Fischrecht über drei Quadratkilometer. Alles in allem ein solid ererbter und erworbener Reichtum. Wir aber sind nichts. Noch nichts. Zwar werden wir bald in einem Hof mit festen Mauern wohnen. Aber er gehört noch lange nicht uns, sondern dem Staat. Neunundneunzig Jahre lang. Und bis dahin, Ferdinand, leben wir beide längst nicht mehr."

Ferdinand nahm das alles nicht so ernst, wie Jutta es sagte. Er nahm sie fester in seine Arme und flüsterte ihr ins Ohr:

„Wir nicht mehr, liebe, geliebte Moorfrau. Aber unsere Enkelkinder. Und paß einmal auf, Jutta. Wir müssen einmal ein Exempel statuieren, aufräumen mit allen Vorurteilen zwischen Einheimischen und Flüchtlingen. Wir müssen die Mauer der Abwehr durchbrechen. Wir Jungen müssen es tun, wenn sich die Alten von ihren Vorstellungen nicht lösen können. Oder hast du Angst vor dem, was vor uns liegt?"

Sie schüttelte den Kopf. Dann lag ihr dunkles Haar auf seinem Herzen, und sie hörte den ruhigen, tröstlichen Schlag, der ihr ganzes Leben erfüllt.

„Eine hat die Mauer schon durchbrochen", sagte sie leise. „Meine Schwester Roswitha."

Ferdinand zärtelte mit seinen Lippen über ihr Haar hin.

„Ach ja, die zwei! Weißt du, wie er sie nennt? Seine Moorgräfin. Ich bewundere ihn. Früher hat er immer mich gebraucht. Jetzt nimmt er sie einfach an der Hand, das verwehte Blatt aus der Batschka, und führt sie ins Forsthaus. Und genauso werde ich es auch machen. Liebe, verehrte Tante Konstanze, werde ich sagen, hier stelle ich dir mein zweites Ich vor. Und wenn du meinst, daß du uns trennen kannst, dann muß ich dich leider enttäuschen. Dann werde du selig zwischen deinem Malz und Hopfen, mich aber laß den Weg gehen, den ich gehen muß."

Ach ja, er sagte noch mehr so große, schwungvolle Worte. Er

war wieder der alte Ferdinand, ein wenig kühn und verwegen, der die ganze Welt auf den Kopf stellte und nun jeden Samstag übers Wochenende mit der Bahn den weiten Weg von Weihenstephan nach Rafenstein fuhr, weil er es länger nicht aushalten konnte, ohne das Mädchen vom Moor, das ihren herrischen Stolz in Demut verwandelt hatte, und nichts anderes mehr war, als ein liebendes Geschöpf voller Sanftheit, in dem das Feuer mitglühte, das er ihr brachte. So glühten sie miteinander und ahnten, daß ihre Zeit angebrochen war.

Daß Frau Konstanze Beerlich mit ihrem Neffen Ferdinand etwas ganz Besonderes zu besprechen hatte, erkannte der Ferdl sofort an der Feierlichkeit des Raumes, der sonst nur zum Monatsende benutzt wurde, wenn die Wirte der Umgebung kamen und bei einem Gläschen Rotwein in den blauen Plüschsesseln sitzen durften, nachdem sie ihr Bier bezahlt hatten.

Heute saß Frau Konstanze in dem Sessel mit der gepolsterten Rückenlehne und den Armstützen. Neben ihr brannte die Stehlampe, auf dem Tisch standen eine Flasche Wermut und zwei Gläser.

Ihr Wesen war von merkwürdiger, fast hochmütiger Freundlichkeit, die Ferdinand ein wenig verwirrte. Aber es brachte ihn nicht aus dem Gleichgewicht. Er wußte, was die Stunde ihm brachte, und wappnete sich innerlich mit Trotz.

„Kommt gar nicht in Frage“, würde er sagen, wenn die Tante ihm etwa vorschlüge, daß er von dem Moormädchen lassen müsse. Aber das sagte sie zunächst gar nicht.

„Ich hoffe, daß ich dich nicht zu lange habe warten lassen, liebe Tante.“

„Nein, ich wundere mich sogar, daß du schon hier bist. Das sagt mir wenigstens, daß du immer noch ein wenig Respekt vor mir hast.“

„Einen sehr großen sogar.“

„Das ist mir lieber, als wenn du Angst vor mir hättest.“

„Ich habe keine Angst, Tante.“

„Das freut mich. Aber nun im Ernst, Ferdinand. Wie stellst du dir das eigentlich vor? Weißt du noch, wann wir das letztemal über dieses Thema gesprochen haben?"

„Das liegt schon einige Wochen zurück."

„Es war am fünfzehnten September. Und heute haben wir den siebenundzwanzigsten Oktober. Erinnerst du dich noch, was ich dir damals gesagt habe?"

Ferdinand blinzelte sie von der Seite her an. „Du hast mir damals gesagt, daß ich kein Spiel mit Jutta treiben solle."

„Ich habe aber auch gesagt, daß du die Finger von ihr lassen sollst. Dann habe ich dir vor allem auch gesagt, daß du eine Zeit dazwischenlegen sollst bis Weihnachten. Und was tust du? Seit du wieder in Weihenstephan bist, fährst du jeden Samstag hierher."

Ferdinand nippte an seinem Glas. Dann fingerte er nach seinem Zigarettenetui. „Willst du auch rauchen?"

„Ausnahmsweise ja."

Er reichte ihr Feuer hinüber und tat an seiner Zigarette einen tiefen Zug. Frau Konstanze betrachtete nachdenklich den Rauch ihrer Zigarette, der sich unter dem Lampenschirm hinkräuselte.

„Ich warte auf deine Antwort, Ferdinand."

Sein Gesicht wurde plötzlich ganz schmal, hart und energisch. „Stimmt, ich fahre jeden Samstag hierher. Weißt du auch warum?"

„Ich möchte das von dir erklärt bekommen. Und zwar ganz ehrlich."

„Nichts leichter als das. Ich habe einfach Sehnsucht. Eine ganz rasende, fast krankhafte Sehnsucht. Im Ernst, könnte ich Jutta nicht jeden Samstag und Sonntag sehen, ich glaube, ich würde krank vor Sehnsucht."

Frau Konstanze betrachtete ihn aus halbgeschlossenen Augen. „Solche Gemütsregungen sind mir an dir fremd."

„Du hast recht, Tante. Ich kenne mich manchmal selber mit mir nicht mehr aus. Was ich empfinde, das ist so stark, daß es nie mehr aus mir fortgehen wird. Ich weiß — ich war ein leichter Vogel. Das ist jetzt alles ganz anders. Jetzt ist es nicht mehr Spiel und Tand, sondern etwas ganz Tiefes, etwas, das nie mehr erlöschen kann. Jetzt weiß ich erst, wie schön wirkliches Glück sein kann. Vielleicht hast du das nie empfunden, liebe Tante, was wirklich Liebe ist. Ich meine jetzt nicht jenes leidenschaftliche Aufflammen, das die Sinne vernebelt, sondern das andere, das Erlösende aus allem Suchen und Irren, das stille Geborgensein, daß man meint, man säße an einem kleinen Feuer, das die Herzen erwärmt."

Frau Konstanze war blaß geworden. Hastig nahm sie ihr Glas und trank. „Du hast recht, Ferdinand. Vielleicht ist mir das fremd geblieben." Sie drehte das Glas in den Fingern und sah nachdenklich in die goldgelbe Flüssigkeit. „Daß es die Herzen erwärmt", flüsterte sie vor sich hin. Dann hob sie ruckartig den Kopf. „Ferdinand, ich habe eigentlich nie mit dir darüber gesprochen. Aber es war doch so gedacht, daß du einmal alles erben solltest. Die Brauerei und alles, was zu ihr gehört. Und ich habe mir immer gedacht, daß du mir, wenn es einmal Zeit dazu ist, ein Mädel bringst, das es wert ist, hier hereinzuheiraten. Ich hatte da meine eigenen Vorstellungen. Auf alle Fälle gingen meine Gedanken in eine andere Richtung, als du sie jetzt vertrittst. Und jetzt denke einmal genau darüber nach, was ich gewillt war, einmal in deine Hände zu geben."

Ferdinand betrachtete angelegentlich seine Fingernägel. Dann sah er Frau Konstanze offen an. „Darüber brauch ich gar nicht nachdenken, weil ich genau weiß, was die Brauerei wert ist."

„So? Das weißt du also. Und da glaubst du, irgendein Flüchtlingsmädel, das man vor einem halben Jahr noch kaum gekannt hat, braucht sich bloß hier hereinzusetzen ins warme Nest, das ich in jahrelanger Arbeit aufgebaut habe?"

Ferdinand hatte die Brauen gerunzelt. Hart schob sich sein Kinn vor. Das Bild der Tante begann zu wackeln. Der wunderbare Mensch, für den er sie immer gehalten hatte, war auch nicht anders als alle anderen mit ihrer kleinen, spießbürgerlichen Krämerseele.

„Du irrst, liebe Tante. Das Flüchtlingsmädel ist gar nicht darauf erpicht, sich hier ins warme Nest zu setzen. Sie selbst hat mir heute gesagt, sie könnte dich verstehen, wenn du nein zu unserer Liebe sagen würdest."

„Tatsächlich? Ja, sie ist ein vernünftiges Frauenzimmer. Und sie hat ein gutes Ahnungsvermögen. Ich muß tatsächlich nein sagen."

Das hatte Ferdinand eigentlich nicht erwartet. Nervös zerrte er eine zweite Zigarette aus seinem Etui. Dann überkam ihn eiserner Trotz. „Wenn du nein sagen mußt, bitte — du wirst deine Gründe schon haben. Ich aber werde von Jutta nicht lassen."

„Und wenn ich dich enterbe?"

Ferdinand lächelte spöttisch. „Mit diesem Schreckgespenst trumpfen eigensinnige Bauernschädel auf, wenn die Söhne nicht spuren wollen. Ich habe dich immer für etwas anderes gehalten. Du standest für mich haushoch über all denen, die meinen, sie müßten Schicksal spielen. Und ich war sehr stolz auf dich, habe immer aufgeschaut zu dir. Aber wenn du nun auch in die gleiche Kerbe schlägst, bitte, ich kann dich nicht hindern. Du kannst tun und lassen, was du willst."

„Danke für dieses Zugeständnis", antwortete Frau Konstanze und bezwang nur mit Mühe ein Lächeln. „Hoffentlich bist du dir auch darüber klar, daß meine Zuwendungen in diesem Fall eingestellt werden. Vielleicht kann dir dann dein angehender Schwiegervater die Monatswechsel nach Weihenstephan schicken."

Mit hochrotem Kopf sprang Ferdinand auf. „Bitte, laß den Spott. Ich bin mir bewußt, daß es dann eben aus ist mit meinem Studium. Glaube aber ja nicht, daß ich deswegen zu winseln anfange. Ich habe Jutta mein Wort gegeben und werde es halten. Da kannst du dich mit samt deiner Brauerei auf den Kopf stellen. Da drüben im Moor wird jede Hand gebraucht. Und Gott sei Dank, ich habe zwei gesunde Arme, die zupacken können. Ich fürchte mich nicht vor der Zukunft."

„Bravo", sagte Frau Konstanze und lächelte nun wirklich. Sie trank ihr Glas aus und stand auf. Ferdinand sah sie auf sich zukommen, sah, wie sie ihre Hand hob und dachte, daß sie ihm nun ins Gesicht schlagen werde. Ihre Hand aber verirrte sich nur bis zu seinem Haar, packte einen Schüppel davon und zog damit sein brennendes Gesicht ganz nahe an sich heran.

„Bravo, habe ich gesagt — du Trotzkopf, du. Hättest du anders gesprochen und klein beigegeben, weiß Gott, ich hätte dir jetzt eine runterhauen müssen. Jetzt weiß ich, daß doch ein Kerl in dir steckt, der Kerl, den ich oft genug in dir gesucht und auf den ich gewartet habe." Sie ließ ihn los und schenkte beide Gläser noch mal ein. „Auf diesen Kerl stoß jetzt mit mir an."

Gehorsam nahm Ferdinand sein Glas, trank es mit einem Zug leer. Dann umschlang er Frau Konstanze mit seinen starken Armen, drückte sie an sich, daß sie stöhnte, und küßte sie, wohin er gerade traf.

„Ach, was bist du für eine Frau!"

Sie schob ihn sanft von sich und sah ihm lange in die Augen. „Vielleicht eine Frau, die nie an einem kleinen Feuer gesessen und sich das Herz erwärmt hat."

Seine Wange schmiegte sich in ihr Haar. „Arme Tante."

„Arm?" Sie schüttelte den Kopf. „Wer viele Pflichten hat, ist nicht arm. Mein Dasein ist nicht leer gewesen. Ob das jetzt erst kommt? Die Leere und die letzte Einsamkeit? So wie ich die Sache nun sehe, wirst du bald heiraten wollen und mich damit vollends in den Abend hineinschieben. Ja, ja, dann werde ich erst einsam sein."

„Aber, Tante, du bist doch nicht einsam. Du hast doch mich und —"

„Das Mädchen vom Moor", unterbrach sie ihn. „In dem Sinn werde ich freilich nicht einsam sein. Ihr werdet — ich hoffe es wenigstens — Kinder haben, und die Frau Konstanze wird dann mit dem Kinderwagen über den Marktplatz fahren, weiß im Haar und gebeugt in den Schultern. Es wird eine unendliche Mannigfaltigkeit meines Daseins werden, neben dem Glück zu stehen und meinen Abend zu preisen, im Namen des Daseins."

Unwillkürlich wurde Ferdinand in ihre Bitterkeit mithineingezogen. Er wurde hilflos und verzagt, suchte nach einem passenden Wort und fand keins.

Inzwischen aber hatte sich Frau Konstanze schon wieder gefangen.

„Ich werde morgen mit Jutta sprechen."

„Dann darf ich sie nach dem Hochamt herbringen?"

„Nein, das darfst du nicht. Ich werde selber nach der Kirche auf sie warten, und ich möchte nicht, daß du sie vorher informierst über das, was wir beide gesprochen haben."

„Wenn du es so wünscht."

„Ja, so wünsche ich es. Und nun wollen wir schlafen gehen."

Bei der Tür drehte sich Ferdinand noch mal um.

„Hast du noch was auf dem Herzen, Ferdinand?"

„Ja — ich meine — in gewisser Hinsicht ist Jutta sehr sensibel und —"

„Du kannst beruhigt sein", lächelte die Tante ihm gutmütig zu. „Ich werde ihr den Kopf schon nicht abreißen. Ich will nur einiges wissen von ihr. Und damit du schlafen kannst, ich werde ganz als Frau zu Frau mit ihr sprechen; auch wenn sie um ein halbes Menschenalter jünger ist als ich."

„Sie ist einundzwanzig, wenn du es nicht wissen solltest."

„Also volljährig. Und das bedeutet, daß sie nicht mehr zu gehorchen braucht, wenn ihr Vater dagegen wäre."

„Warum sollte er dagegen sein?"

„Hast du vielleicht schon gesprochen mit ihm?"

„Offiziell noch nicht. Aber er weiß es. Seit heute weiß er es."

„Ach, seit heute erst? Und was hat er die ganze Zeit her mit dir gesprochen?"

„Oh, mit diesem Mann kann man sich ausgezeichnet unterhalten. Es ist staunenswert, wieviel der Mann vom Leben weiß. Und wie spielend er alles zwingt, was er will. Übrigens, letzten Sonntag hat er mich gefragt, ob ich nicht zufällig ein übriges Fernglas hätte."

Frau Konstanze hob überrascht den Kopf. „Ein Fernglas? Ach, darum finde ich meines nicht mehr. Ich dachte, daß ich es verlegt hätte."

„Es war nur das kleine", beeilte sich Ferdinand zu versichern. „Wenn du eins brauchst, in meiner Kommode oben liegt noch das große Zeissglas."

„Ja, bring es mir morgen. Und nun, gute Nacht."

„Gute Nacht, Tante."

Es wurde aber keine recht gute Nacht für die Lammbräuin. Sie lag da, die Hände über der Brust verschränkt, und sah in das Dunkel über sich. Es war sehr merkwürdig, daß sie weniger an das Gespräch mit dem Ferdinand dachte, als vielmehr daran, wozu der Mann da drüben im Moor ein Fernglas brauche. Die Fläche des

Moores war auch mit bloßem Auge zu überblicken. Also wird er das Glas über den See richten und heimlich Ausschau halten.

Sie fühlte, wie sie bei diesem Gedanken errötete, nicht aus Empörung oder Scham, sondern über das Gemeinsame, das sie mit diesem Mann da drüben verband. Wie oft war denn sie schon mitten unter der Arbeit weggelaufen, hinauf bis in den Dachboden, und hatte das Glas über den See gerichtet. Sie kannte schon jede seiner Bewegungen, seinen Gang, die stolze Haltung des Kopfes, das Schlenkern der Arme, wenn er vom Acker weg zu den Mauerwerken hinüberging, die jeden Tag um einen Meter höher wurden. Nur in sein Herz konnte sie nicht hineinsehen. Und gerade dort hinein hätte sie gerne einen Blick geworfen. Aber es gab wohl noch kein Glas auf dieser Welt, mit dem man in die Seele eines Menschen hineinsehen konnte.

Ach, wie hatte nur alles so kommen können. Alles war doch schon tot gewesen, begraben, schon bevor man den Eichensarg mit dem toten Lammbräu hinausgetragen hatte. Jede flüchtige Regung hatte sie schnell und tapfer niedergezwungen. Und nun war dieser Riese im Moor aufgetaucht und hatte alles in ihr so freudig und lebendig werden lassen. Es war so herrlich und schmerzlich zugleich, sich in einer stillen Stunde ganz dem Gedanken hinzugeben, wie schön es wäre, wenn dieser Mann bloß einmal die Arme um ihre Schultern legen würde.

Auf einmal durchzuckte sie der Gedanke: wie, wenn ich selber noch mal heiraten würde? Sollte sie denn mit fünfzig Jahren schon müßig die Hände in den Schoß legen und zusehen, wie der Frühling durch das Haus brauste und das Lied eines jungen Glücks sang, während in ihrem Herzen die traurige Melodie des Herbstes klang?

So schnell der Gedanke gekommen war, verwarf sie ihn wieder. Neid hatte sie nie gekannt und wollte ihn auch jetzt im späten Mittag ihres Lebens nicht mehr kennenlernen. Und wenn — dann gäbe es nur einen einzigen Mann, dem sie sich gerne beugen möchte — den Moorkönig drüben, der über die neugewonnenen Felder ging und vergessen hatte, sie wieder einmal einzuladen ins Moor.

Sie richtete sich im Bett auf und hob den Vorhang des Fensters zur Seite. Ruhig und hell stand die Sichel des Mondes über den Dächern der Brauerei. Der Geruch des Wassers kam durch das offene Fenster herein, und ein ruppiger Wind riß die Blätter von den Bäumen.

Sie schaute nach dem kleinen Licht aus. Aber es brannte in dieser Nacht nicht, oder nicht mehr. Dann schlief sie endlich ein, die Wange auf die Hand gelegt, wie ein Kind, das der Traum umfangen hat.

Es fiel der Lammbräuin gar nicht so leicht, gleich die rechten Worte zu finden, denn es war nicht mehr dasselbe Mädchen, das einmal freimütig den Weg zu ihr gefunden hatte. Und Frau Konstanze sah es wohl, daß es wie ein leises Erschrecken über Juttas Brauen huschte, als sie vor der Kirchentür zu ihr sagte:

„Du hast doch eine kleine Stunde Zeit für mich?"

Dann gingen sie zusammen über den Marktplatz, auf dem das Laub der Bäume herumlag, das der Wind von den Bäumen rüttelte.

Nein, sie konnte keinen rechten Anfang finden, und so sagte sie:

„Nun wird es bald Winter werden."

Ein nichtssagender Satz. Jutta fühlte, daß Frau Konstanze ihn nur gesagt hatte, um dieses peinliche Schweigen zu überbrücken. Irgendwie mußte er aber beantwortet werden.

„Nach jedem Winter folgt aber wieder ein Frühling", sagte sie.

Frau Konstanze fand die Worte genauso nichtssagend und streifte das Mädchen mit einem schnellen Blick. Es kam ihr vor, als sei Jutta in den Wochen, seit sie sie nicht mehr gesehen hatte, noch schöner geworden. Das Braun ihres Gesichtes war nicht mehr so dunkel, und um den Mund lag ein weicher, verträumter Zug.

Ein Windstoß wollte Frau Konstanze den goldgestickten Bänderhut vom Kopf reißen. Blitzschnell griffen ihre Hände danach.

„So ein Wind", meinte sie. „Bis zum Nachmittag wird er sich wahrscheinlich zum Sturm auswachsen."

Der Sturm wird mich nicht umwerfen, dachte Jutta und meinte damit das, was ihr jetzt bevorstand. Verzweifelt hatte sie vor dem Hochamt nach Ferdinand Ausschau gehalten, daß er ihr einen Tip geben möchte, wie es nun stand. Aber sie hatte ihn nirgends entdecken können, und so schritt sie nun neben Frau Konstanze auf das Lammbräu zu wie in eine Dunkelheit hinein, von der sie nicht wußte, was in ihr lauerte. Der Tag war auch so trostlos und schwermütig. Die Wolken hingen tief, und der Wind hatte einen kalten Atem. Eine richtige Allerseelenstimmung.

Während sie durch den Flur gingen, in dem es nach Bier und Bratensoße roch, nahm Frau Konstanze bereits den Hut ab. Sie legte ihn im Zimmer auf das Fensterbrett und deutete auf einen Stuhl.

„Setz dich, mein Kind."

Dieses „Kind" klang vertraulich, sonst aber war die Stimme geschäftsmäßig kühl.

„Ich bin so frei", sagte Jutta ein wenig schüchtern.

Frau Konstanze drehte sich um, lehnte sich ans Fensterbrett und verschränkte die Arme über der Brust.

„Du bist eben nicht mehr frei. Heute nacht hat mir einer gesagt, daß du zu ihm gehörst."

In Juttas Augen leuchtete es kurz auf. „Hat Ferdinand mit Ihnen gesprochen?"

„Er mit mir und ich mit ihm." Die Lammbräuin stieß sich vom Fensterbrett ab, ging durch den Raum, rückte dort eine Vase zurecht und strich das Deckchen auf der Konsole glatt. Dann drehte sie sich wieder um.

„Da hat mir also heute nacht einer erklärt, daß er ohne dich nicht mehr leben will."

„Kann oder will?"

Überrascht hob Frau Konstanze den Kopf. „Im Prinzip ist das wohl das gleiche. Aber deine Antworten hast du dir anscheinend gut zurechtgelegt. Wenn ich nicht genau wüßte, daß du Ferdinand heute noch nicht getroffen hast, würde ich denken, er hätte dich vorbereitet."

Ganz langsam und nachdenklich bewegten sich Juttas schöngeschwungene Brauen. „Ich habe mir nichts zurechtgelegt. Ich kann ja auch gar nicht wissen, was ich gefragt werde."

„Und denken kannst du dir das nicht?"

„Natürlich weiß ich das. Es wird sich um mich und Ferdinand drehen. Ich weiß nicht, welchen Standpunkt Sie einnehmen und weiß auch nicht, ob Ferdinand sich hat einschüchtern lassen." Mit einem Mal hatte Jutta alle Hemmungen verloren. Ihr Gesicht glühte ein wenig. Alles an ihr war Kraft und Entschlossenheit. „Frau Konstanze, Sie haben mir einmal erlaubt, daß ich Sie so nennen darf. Wenn Ferdinand den Mut verloren haben sollte, ich nehme es ihm nicht übel. Wie ich dann mit allem fertig werde, das ist meine Angelegenheit ganz allein. Aber ich werde fertig werden mit dieser Enttäuschung. Ich werde auch Ihnen nicht böse sein, wenn Sie nein sagen müssen, denn — wer bin ich denn schon? Nur eines möchte ich Ihnen versichern, Frau Konstanze. Mich hat vom ersten Augenblick nicht interessiert, was er einmal haben wird, sondern nur was er für ein Mensch ist."

„Und was ist er für ein Mensch?"

„Sollten Sie ihn nicht besser kennen als ich? Mag sein, daß die Liebe mit anderen Augen urteilt. Und daß ich ihn lieb habe, dessen brauche ich mich nicht zu schämen. Ich habe ihn lieb, nicht weil er der Neffe der Lammbräuin ist, sondern weil ich fühle, daß es der Inhalt eines Lebens sein könnte, diesen Buben zu lieben, der erst Mann wird, wenn er beginnt, etwas nicht mehr lächerlich zu nehmen und wenn er erinnert wird an sich selbst."

„Und das hast du getan, ihn an sich selbst erinnert?"

„Vielleicht, ich weiß es nicht."

„Aber ich weiß es. Und ich habe mir gestern nacht auch erlaubt, ihn zu veranlassen, sich auf sich selbst zu besinnen."

Schweigen. Im Flur draußen wurde ein Bierbanzen gerollt. Dann hörte man die Kirchenglocke zur Schulmesse läuten, und Jutta wußte, daß jetzt die Kinder vom Moor durch den Wald gingen, von Roswitha geleitet. Und sie sah sich selber wieder als Kind an der Hand der Mutter durch das Batschkadorf mit den schneeweißen Häusern zur Kirche gehen, wo der alte Pfarrer weniger von der Bibel als von der angestammten Heimat sprach, der man die Treue halten müsse in Sprache, Sitten und Gebräuchen.

„Und ich habe nein sagen müssen", fiel plötzlich Frau Konstanzes Stimme in das Schweigen.

Jutta erschrak und mußte ihre Gedanken erst zurückholen aus weiter Ferne. Um was ging es gleich wieder? Ach ja, richtig. Frau Konstanze hatte nein sagen müssen. Einen Augenblick spürte sie ein schmerzhaftes Ziehen in der Herzgegend, eine Bitterkeit, die ihr bis zum Hals heraufstieg. Dann senkte sie den Kopf.

„Natürlich, ich hätte damit rechnen müssen."

Frau Konstanze konnte nur mühsam ein Lächeln unterdrücken und spielte ihre Härte weiter.

„Ich habe ihm gesagt, daß ich es ihm freistelle, und daß er hingehen kann, wohin er will."

Juttas Gesicht hellte sich auf. „Auch ich habe ihm gestern gesagt, wenn man ihm hier die Türen schließt, das Moor steht ihm offen, das Moor und mein Herz. Ich werde ihn jedenfalls deswegen nicht aufgeben. Nun weiß ich wenigstens, daß er ganz mir gehört, und daß ich mich nirgends einzudrängen brauche, wo ich nicht gerne gesehen bin."

Bei den letzten Worten hatte ihre Stimme doch ein wenig zu schwanken begonnen. Aber gewaltsam zwang sie die Tränen nieder. Nur nicht weinen hier, dachte sie. Nur nicht schwach werden, und nicht betteln.

Da ließ es Frau Konstanze genug sein, und in dem Bestreben, nicht noch mal etwas Verbitterndes aufzurühren, ging sie schnell auf Jutta zu und strich ihr mit einer Geste herzlicher Zuneigung über das Haar. „Trotzkopf, du", schmeichelte sie. „Es gefällt mir, daß du stolz bist. Aber ich wollte genau wissen, wie tief es bei dir sitzt. Euch beiden ist nicht zu helfen. Ihr seid ja schon zu sehr eins geworden, daß es grausam wäre, trennend dazwischenzutreten. Komm! Wer wird denn weinen! Das paßt gar nicht zu dir! Du gehst jetzt mit mir frühstücken. Es wäre zu grausam, den armen Ferdinand noch länger warten zu lassen. Wenn mich nicht alles täuscht, hat er längst da draußen gehorcht."

Sie ging schnell zur Türe und riß sie auf. Weiter vorne schwenkte gerade die Tür zum Weinstüberl zu, wo Frau Konstanze den Frühstückstisch für drei Personen hatte decken lassen, bevor sie zum Hochamt gegangen war.

Nun war von den Feldern alles eingebracht, Kartoffeln und Runkelrüben und etwas Hafer für die Pferde. Mehr hatte der neugewonnene Boden in der kurzen Zeit noch nicht hergeben können. Für das nächste Jahr aber war schon Korn gesät. Auch eine Menge Streu für den Winter war in großen, mächtigen Haufen gelagert. Die Frauen und Mädchen arbeiteten wieder im Moor, zogen Gräben und legten Drainagerohre ein. Die Grenze war nun genau abgesteckt. Was dahinter lag, sollte vorerst noch Moor bleiben. Vielleicht fand sich später noch eine Gruppe Neusiedler ein, dann sollte auch für die noch etwas da sein.

Die Männer aber wurden jetzt von Melchior Graf anderweitig eingesetzt. Wo sie bisher nur schwarze Moorspritzer im Gesicht herumgetragen hatten, waren sie jetzt weißgetupft vom Mörtel. Und die Mauern wuchsen in dieser letzten Oktoberwoche sprunghaft in die Höhe, und ehe man sich's versah, wurden die Dachstühle aufgesetzt und die Platten eingehängt. Mit einer Besessenheit wie noch nie trieb Melchior Graf zur Eile, denn er hatte sich in den Kopf gesetzt, daß die Leute heuer noch aus den Baracken heraus in die festgemauerten Höfe ziehen sollten.

Die Höfe waren dem landesüblichen Stil angepaßt, hatten breite, vorspringende Dächer und hölzerne Lauben auf der Vorderseite. Die Ställe waren weit und luftig, die Tennen aufnahmefähig auch für Rekordernten. Die Pläne waren von der Regierung entworfen worden, und man hielt sich auch daran. Es sollte ein sauberes, geschlossenes Bauerndorf werden. Die Pläne lagen auch drüben in Rafenstein beim Landratsamt auf und konnten von jedermann, der Interesse daran hatte, eingesehen werden.

Baron von Schorer hatte Interesse. Er besichtigte die Pläne bereits zum drittenmal, diesmal sogar mit einer Lupe, und stellte dabei fest, daß ein gewisses Bauwerk gar nicht eingezeichnet war. Dieses Bauwerk lag etwas abseits vom Grafenhof, nahe dem See gelegen, wo man ein Schüppel Bäume stehen gelassen hatte. Diese Bäume waren auch schuld daran, daß man lange nicht sehen konnte, was das werden sollte. Jetzt aber konnte man deutlich erkennen, daß es eine Kapelle wurde.

Dieser herrschsüchtige Stiftenkopf da drüben hatte also eigenmächtig etwas errichtet, wofür keine Baugenehmigung vorhanden war! Das hatten zwar auch der Landrat und der Bürgermeister Stephan schon bemerkt, aber sie hatten geschwiegen dazu, denn es war ja nicht mehr abzuleugnen, daß man mit diesen Leuten da drüben für die Zukunft rechnen mußte.

Baron von Schorer aber erstattete Anzeige. Er wollte den Moorkönig da drüben herausfordern. Und so erschien eines Tages der Polizeikommissar Merkl im Moor und versicherte drei- oder viermal, daß es ihm außerordentlich leid tue, aber Pflicht sei eben auch in einer Demokratie, oder gerade in einer solchen, Pflicht, und hier — der Herr Sippenvater könne es selber nachlesen, die Behörde habe ein striktes Bauverbot ausgesprochen.

Melchior Graf nickte ein bißchen schwermütig und gab das Schreiben zurück.

„Schade, Sie sehen es selber, es fehlt nur mehr der Turm, und ich habe wirklich nicht gewußt, daß es verboten ist, wenn man auch dem lieben Gott ein Haus bauen möchte, damit er im Winter dort drüben bei den drei Birken nicht so friert."

Herr Merkl tat einen Blick hinüber, wo der Herrgott aus der Batschka unter den entlaubten Birken stand, einsam und verlassen im kalten Oktoberwind und braun von der Sonne des Sommers.

Es sei ja nun so, daß Unkenntnis nicht vor der Strafe schütze, meinte Herr Merkl und richtete sein verrutschtes Koppel.

„Ach so, ich soll also bestraft werden?"

„Leider, leider. Wegen Übertretung der Bauvorschriften. Macht mit Schreibgebühr sechsundsechzig Mark und dreißig Pfennige."

Melchior Graf griff nach seiner Weste und drehte in Ermangelung der Uhrkette, die er nur mehr sonntags trug, an einem Knopf der Weste.

„Wissen Sie, daß das für mich sehr viel Geld ist?"

Aber das war noch nicht alles. Die peinlichen Fragen kamen erst noch. Herr Merkl zog sein Notizbuch und machte den Bleistift an seiner Zunge naß. Man wollte behördlicherseits wissen, woher das Baumaterial zu der Kapelle stamme. Ob man das vielleicht von dem Material abgezweigt habe, das für die Höfe bestimmt und von der Regierung bezahlt worden sei.

„Vorgeschossen", verbesserte Melchior Graf. „Denn, es wird uns ja nicht geschenkt. Irgendwie müssen wir doch alles abzahlen, wenn auch nicht von heute auf morgen."

„Aber das Material wurde doch aus diesen Beständen entnommen?"

„Teils, teils", gab Melchior Graf widerstrebend zu. Es seien eine Anzahl Bausteine übriggeblieben, denn auch eine Regierung könne Bausteine für insgesamt zwölf Höfe nicht auf einen Stein hin berechnen. Im Vertrag sei nichts gestanden, daß man das übrigbleibende Baumaterial zurückschicken müsse.

Das sehe er alles ein, gab Herr Merkl zu. Und ihm persönlich sei es auch ganz „Wurscht", aber der Herr Sippenvater müsse doch einsehen, daß er Befehl habe, Recherchen zu pflegen.

„Ich mache Ihnen ja keinen Vorwurf", versicherte Melchior Graf. „Bis jetzt sind wir beide auch tadellos ausgekommen, und ich bin kein Mensch, der sich absichtlich außerhalb einer Ordnung stellen will."

„Stimmt ganz genau. Ich werde das auch in meinem Bericht gerne miteinfügen."

„Aber wer die Sache angezeigt hat, können Sie mir nicht sagen?"

Herr Merkl schob Notizbuch und Bleistift wieder ein. „Darf ich nicht sagen. Dienstgeheimnis."

Am Nachmittag wußte es Melchior Graf bereits. Das heißt, er wußte es um die Mittagsstunde schon, denn der Postbote brachte ihm ein kleines Brieflein ohne Absender. Es war von dem Mädchen Olga, die im Bürgermeisteramt angestellt war und den Namen Moorkönig aufgebracht hatte. Sie schrieb, daß sie zwar das Dienstgeheimnis breche, aber vor ihm habe sie kein Geheimnis, und er möchte sich vorsehen, weil der Herr Baron von Schorer ihn angezeigt habe wegen Schwarzbauens. Bei dieser Gelegenheit erlaube sie sich auch, ihn an den Apfel zu erinnern, den er ihr einmal versprochen hatte.

Ach ja, der Apfel.

Man hatte auch bereits Apfel- und Birnbäume eingepflanzt. Ob sie aber im nächsten Jahr bereits Früchte trugen?

Am Nachmittag kam Rabitz wieder mit zwei Fuhren Sand. Melchior Graf wollte ihm von der Anzeige erzählen, aber Rabitz wußte bereits Bescheid und sagte in seiner etwas großspurigen Art:

„Damit es in einem Punkt keine Schwierigkeiten gibt, Kies und Sand für die Kapelle habe ich gestiftet. Und das Bauholz dazu, hat denn das nicht die Lammbräuin gespendet?"

Melchior Graf mußte unwillkürlich lachen. Der Schrotthändler duzte ihn eigentlich schon längere Zeit, während er immer noch die Form der Höflichkeit hatte bestehen lassen. Jetzt aber tat er die große Handreichung zur endgültigen Versöhnung. Er wollte das Vergangene endgültig begraben und vergessen.

„Du bist doch ein ganz geriebener Kerl", lachte er. „Trotzdem danke ich dir für diesen Tip. Und wenn du schon so zu meiner Sache stehst, nehme ich an, daß du tatsächlich zwei Fuhren Sand und zwei Fuhren Kies bei der nächsten Rechnung absetzt."

Herr Rabitz zog schmerzlich die Augenbrauen hoch und fingerte nach seinem Zigarrenetui. „Jetzt frage ich mich bloß, wer gewaschener ist von uns beiden, du oder ich."

Nun lachten alle beide herzhaft, und zum erstenmal nahm Melchior Graf die angebotene Zigarre.

„Du darfst ruhig einmal etwas tun für deine schwarze Seel'. Kies und Sand werden dir dann einmal gutgeschrieben, wenn du am Eingang zur Hölle stehst."

„Ich komm in den Himmel", schmunzelte der Schrotthändler. „Und ich werde dann beim Petrus schon ein gutes Wort für dich einlegen, daß er dich auch einläßt."

Die Zigarren brannten. Melchior Graf sah sinnend dem Rauch nach.

„Merkwürdig! Warum verstehn wir uns jetzt und nicht gleich am Anfang?"

„Dafür fangen jetzt die Jungen an, sich zu verfeinden."

Melchior Graf nahm überrascht die Zigarre aus dem Mund. „Die Jungen? Wie meinst du das?"

„Die einheimischen Burschen regen sich auf, daß eure Moorbuben ihnen ins Gäu gehen."

„Davon weiß ich ja gar nichts. Und so viel sind es ja gar nicht. Es kämen höchstens fünf oder sechs in Frage." Er machte schnell ein paar Züge an der Zigarre und lächelte dann für sich hin. „So, so, unsere Moorbuben. Da schau her. Davon habe ich noch gar nichts gemerkt. Aber recht haben sie. Sie sollen nur Wurzeln fassen und für Blutauffrischung sorgen. In unsere Sippe muß frisches Blut rein, die halbe Sippe ist sowieso schon verwandt untereinander."

„Aha", sagte der Schrotthändler verständnisvoll. „Deine zwei Mädl denken wahrscheinlich genauso. Es heißt in Rafenstein drüben, daß die eine schon bald ins Forsthaus hinüberwechselt. Und was die andere betrifft, die Dingsda —"

„Die Jutta meinst?"

„Ein bildschönes Frauenzimmer. Wenn ich noch ledig wäre —"

„Was willst denn? Du hast ja sowieso — man sagt es wenigstens — die schönste Frau von Rafenstein."

„Schön? Ja, ja, schön ist sie. Aber frech. Die hängt mir manchmal 's Maul an, daß ich aus dem Staunen gar nicht mehr rauskomm."

„Und das will was heißen", lachte Melchior Graf und ging dann mit dem Schrotthändler zu den Baracken, um mit ihm einen Schnaps zu trinken.

Hernach, als er allein war, überschlug er in Gedanken die Burschen der Siedlung, die schon flügge geworden waren, ohne daß er es gemerkt hatte.

Da waren zunächst die zwei Anderschbuben, der Bertl und der Georg. Dann der Kronberger Michael, der Wigbert Simon und der Engelmaier Hermann. Der Hansl vom Röder zählte wahrscheinlich noch nicht mit. Der mußte ja erst siebzehn sein.

Es waren blutsmäßig nicht seine Buben und doch seine Moorbuben. Er fühlte sich gleichsam für sie verantwortlich. Aber hier wollte und konnte er ihnen nichts dreinreden. Er konnte sich nicht gegen eine natürliche Entwicklung stellen. Das mußten sie selber durchfechten, und Melchior Graf wußte nur zu gut, daß ein junger Mensch sich nichts mehr dreinreden ließ, wenn die Liebe ihn einmal in der Gewalt hatte. Es wunderte ihn nur, daß er diese Entwicklung übersehen hatte, daß er sie überhaupt nicht einkalkuliert hatte. Sie blieb also nicht unter sich, die Batschkasippe. Sie weitete sich aus, nahm das Bodenständige dieses Tales in sich auf und wollte es in einer neuen Verbindung weitertragen in das nächste Jahrtausend hinein.

Melchior Graf nickte vor sich hin. „Das gibt gesunde Rasse."

Dann fielen ihm seine Mädel ein, die Roswitha und die Jutta. Roswitha bewegte sich sowieso schon nicht mehr auf dem Boden der Tatsachen, sondern schwebte wie eine Märchenfrau dahin und sang ihre Traumlieder über das abendliche Moor, bis ein junger Jäger aus den Moornebeln auftauchte und sie in seine Arme nahm. Wie anders dagegen Jutta. An ihr war alles klar, und von Traumseligkeit konnte keine Rede sein. Ihre erste, wirkliche Liebe erfüllte sie mit einer solch ungestümen Kraft, daß sie machnmal unwillkürlich einem Baum zurief: „Du — ich liebe dich — du Baum ..." Oder sie preßte den kleinen Adrian an sich, daß ihm der Atem knapp wurde. Manchmal, wenn sie sich ganz unbeobachtet glaubte, schickte sie einen hellen, aus übervollem Herzen kommenden Schrei über den See hin, obwohl sie wußte, daß der Geliebte erst am Samstag wiederkam. Aber Wind und Wellen nahmen den Schrei auf, als seien sie Vertraute des Wunders, von dem die Tochter des Moorkönigs erfüllt war. Dann ging sie wieder sinnend die schmalen Wege durchs Moor, hoch und schlank, den weiten Schritt aus der Hüfte holend.

Melchior Graf beobachtete die Entwicklung mit einer geheimen Angst. Da stand der prächtige Hof nun, schon fertig bis unter den Giebel hinauf. Nur die Böden mußten noch gelegt werden. Sie werden noch zusammen einziehen, aber dann werden sie ihn verlassen, eine nach der anderen, und nur mehr der kleine Adrian blieb bei ihm. Es hatte wohl keinen Sinn, auf irgendein Recht zu pochen und zu verlangen, daß wenigstens eine bei ihm bleiben müsse, so lange, bis Adrian erwachsen war und selber ein junges Weib ins Moor brachte, das dann am Herd stand und bereit war, diesem Neusiedlerhof Kinder zu schenken, damit sich das Geschlecht der Grafs weiterpflanzte ins nächste Jahrhundert hinein.

Nein, er durfte die Mädel nicht aufhalten, den Weg zu gehen, der ihnen vorgezeichnet war. „Engherzig denkt ihr Väter immer nur zuerst an euch", hatte Jutta ihm vorgeworfen. Das hatte ihn tiefer getroffen, als sie ahnen konnte, denn er war in seinem Leben nie engherzig gewesen.

Aber die große, kommende Einsamkeit, wie sie sich jetzt abzeichnete, wehte ihn schon an. Und wie so oft in solchen Stimmungen, holte er auch jetzt wieder das Fernglas hervor und schaute über den See. Aber der Tag war trüb und nebelig, und die Linse des Glases war nicht scharf genug, um zu erkennen, ob es Frau Konstanze war, die hinter den Brauereigebäuden ging, oder eine ihrer Mägde.

Ein wenig später war er im Werkzeugschuppen und machte die Tafel fertig, die er gestern bereits begonnen hatte. Es war eine viereckige, glattgehobelte Tafel, auf der nun die Worte „Nach Marienmoor" in frischer Lackfarbe glänzten. Er hatte nur mehr die Ränder mit schwarzer Farbe einzufassen, dann war sie fertig. Bevor es Nacht wurde, stand die Tafel an einem festen Vierkantholz befestigt, draußen auf der Hauptstraße, wo die Fahrstraße ins Moor abzweigte.

Das war auch wieder so eine Eigenmächtigkeit von ihm, die wahrscheinlich den Zorn des Barons von Schorer aufrütteln würde, denn man stritt sich ja im Gemeinderat Rafenstein noch über den Namen, den die Siedlung erhalten sollte. „Grafsiedlung", stand zur Debatte, oder wie es dem Obersekretär Rambold eingefallen war: „Neuland-Weiler". Melchior Graf aber hatte von Frau Konstanze einmal den Namen Marienmoor vernommen, und er hatte sich in den Kopf gesetzt, daß die Siedlung so und nicht anders heißen solle. Mochten die da drüben nun streiten und feilschen, wie sie wollten. Die Tafel stand und würde für immer stehen bleiben, so wie er auch die Kapelle nicht mehr abreißen würde.

Im Gegenteil, ein paar Tage später stand auch das Sparrenwerk des kleinen Türmchens. Sie hängten die Glocke, einst aus dem Moor ans Licht gehoben, hinauf und deckten Schindeln darüber.

Melchior Graf betrieb diese letzten Arbeiten an der Kapelle mit verbissenem Eigensinn und sagte: „Wenn ich schon Strafe zahlen muß, dann will ich es nicht für ein halbfertiges, sondern nur für ein ganzes Bauwerk tun."

Am letzten Sonntag im Oktober war in Rafenstein Tanz. Sie nannten es „Almtanz“ und knüpften damit an die Tradition vergangener Jahre an, in denen immer nach dem Abtrieb der Herden von den Almen ein Ball veranstaltet wurde.

Dieser Ball fand nicht im Lammbräu, sondern in dem viel kleineren Saal des Bärenwirts statt, der ein wenig außerhalb des Städtchens lag, wo die Bauernhöfe angingen.

Die Einladung war nicht nur für einen bestimmten Kreis, sondern allgemein. Auf großen, leuchtend roten Plakaten, die überall, auch im Moor, herumhingen, wurde zu diesem Ball eingeladen, der um drei Uhr beginnen sollte. Die Plakate im Moor wären nicht nötig gewesen, denn die Moorbuben wußten es auch so und holten an diesem Sonntag ihre kleidsame Festtagstracht hervor und fuhren mit der „Emma“ hinüber nach Rafenstein.

Erst als Melchior Graf das Boot schon abfahren sah, fiel ihm ein, was ihm Rabitz erzählt hatte, und er hob die Hand, daß sie nochmal beidrehten. Weil der Kronberger Michael der ältere unter den Burschen war, richtete er seine Mahnung an diesen:

„Tut euch anständig aufführen, Buben, und laßt euch zu nichts herausfordern.“

„Wenn sie uns aber trotzdem rausfordern?“ fragte der Andersch Bertl.

Melchior Graf hörte aus dieser Frage alles heraus, was gemeint war. Aber durfte er ihnen denn sagen, daß sie zurückschlagen sollten? Die Antwort war schwer für ihn. So sagte er nur:

„Ich weiß, daß ihr mir und unserm neuen Dorf keine Schande machen werdet.“

Etwas später flitzte das Motorboot Ferdinands herüber. Am Heck des Bootes saß Robert Breitsamer. Sie holten Roswitha und Jutta zum Tanz ab. Die Mädel waren natürlich vor lauter Aufregung noch nicht fertig, und Melchior Graf schenkte jedem von ihnen einen Zwetschgenschnaps ein. Sie standen draußen in der milden Sonne, die für ein paar Stunden den Dunstschleier zerrissen hatte.

„Ja, meine Herrn“, begann Melchior Graf, obwohl er am liebsten „ihr Buben“ gesagt hätte. „Ihr scheint ja ziemlich sicher gewesen zu sein, daß ich meine Mädel mit zum Tanz gehen lasse. Bei uns, in der Batschka, ist es Brauch gewesen, daß man zuerst die Eltern gefragt hat, ob sie einverstanden seien. Freilich, andere Länder, andere Sitten. Aber trotzdem Prost!“

Die beiden waren ziemlich verlegen. Robert suchte im Gesicht seines Freundes Ferdinand. Der bewegte nur langsam und nachdenklich die Brauen. Dann trank er mit einem Zug sein Glas hinunter und sagte dann etwas, das das Peinliche der Situation mit einem Schlag wegwischte:

„Daß ich nicht vergesse“, sagte er. „Ich soll einen recht schönen Gruß von meiner Tante ausrichten.“

Melchior Graf spürte etwas, das wie ein fröhlicher Wind durch ihn hinwehte. Aber er blieb äußerlich ganz ruhig. Nur seine Finger griffen nach der Haarkette an seiner Plüschweste.

„Danke“, sagte er trocken und trank sein Glas aus. „Demnach haben Sie also Ihrer Tante gesagt, daß Sie mit meiner Tochter heute zum Tanz gehen wollen?“

„Natürlich habe ich ihr das gesagt. Das ließe sich ja doch nicht verheimlichen, und außerdem pfeifen es ja schon die Spatzen von den Dächern, daß —“

„Daß was?“

Vor diesen forschenden, grauen Augen wurde nun selbst Ferdinand etwas verlegen.

„Nun — daß Ihre Jutta und ich —“

Die Finger an der Uhrkette zwirbelten nervös. Dann kamen die Worte voll beißender Ironie:

„In Marienmoor gibt es erst seit kurzem stabile Dächer, wenn man von der Dachpappe hier an den Baracken absehen will. Aber ich habe noch nichts pfeifen hören von diesen neuen Dächern. Aber wenn es so ist, wie Sie sagen, dann wundert es mich, daß Sie nicht längst zu mir kamen, um offen mit mir zu sprechen. Schließlich bin ich ja der Vater, und es müßte Sie doch interessieren, was ich dazu sage.“

Eine Schar Krähen zog mit heiserem Schrei über das Wasser her. Ein paar davon ließen sich auf dem Rindendächlein des Kruzifix unter den Birken nieder, die anderen schwebten wie dunkle Punkte über das Moor hin weiter.

„Für mich“, begann Ferdinand, als er den neuen Schock überwunden hatte, „für mich war zunächst wichtig, was meine Tante sagt."

„Und was hat sie gesagt?"

„Sollte Ihnen Jutta das noch nicht erzählt haben?"

Melchior Graf gab es auf, den Beleidigten zu spielen. Er nickte. „Doch, sie hat es mir gesagt, und ich sollte mich eigentlich darüber freuen. Ich dachte nur, daß sie vielleicht einmal käme — so wie der Oberförster Breitsamer gekommen ist." Er blickte Robert an. „Ja, Ihr Vater war bei mir, und es war mir sehr wichtig, daß er mit mir darüber gesprochen hat. So weiß ich, daß Roswitha im Forsthaus wirklich willkommen sein wird."

In diesem Augenblick traten die beiden Mädel aus der Baracke, und das Gespräch fand somit ein jähes Ende.

„Vergnügt euch gut", sagte Melchior Graf und schaute den vieren etwas wehmütig nach, als sie zum Boot hinuntergingen. Dann ging er und suchte seinen Enkel Adrian, denn die Einsamkeit wollte ihn schier erdrücken.

Indessen war das Boot über den See geflitzt und legte hinter der Lammbrauerei an. Als die vier dann auf den Tanzboden kamen, herrschte dort bereits Hochbetrieb. Sie fanden noch Platz an dem Tisch, den die Moorbuben belegt hatten. Es war viel Jugend da, vor allem bäuerliche Jugend, die ein wenig respektvoll zu dem Tisch hinsah, an dem sich nun der Lammbräu-Ferdinand niedergelassen hatte, denn Ferdinand war eine Respektsperson.

Der Respekt dauerte aber genauso lange, bis man genug Bier getrunken hatte und respektlos werden konnte.

Es fing damit an, daß der Bauernsohn Simon Lederer von Aufham die Roggenauer Barbara herrisch am Arm packte und auf ihren Stuhl zurückzwang, als der Engelmeier Hermann sie zum dritten Mal zum Tanz holen wollte.

„Nix da", sagte er grob. „Such dir eine andere."

Ein wenig blaß ging Hermann an seinen Tisch zurück.

„Was war los?" fragte der Andersch Bertl.

„Einen Korb hab ich mir geholt."

Wenig später holte sich der Kronberger Michael einen Korb. Es war wie verabredet. Die einheimischen Burschen wollten ihre

Mädchen nicht mehr mit den Fremden tanzen lassen. Die Mädchen wollten, das sah man ganz deutlich. Aber die Burschen spreizten sich auf einmal in einer bewundernswerten Einigkeit.

„Nur nicht reizen lassen", sagte der Andersch Georg, und dann war gerade er es, der vom Kellerhofer Vinzenz während des Tanzes so unsanft angerempelt wurde, daß er zunächst vor Schmerz die Lippen zusammenbiß. Als er aber sah, daß es Absicht gewesen sein mußte, weil der andere so hämisch lachte, tanzte er unauffällig in seine Nähe hin und versetzte ihm blitzschnell einen kurzen, trockenen Haken gegen die Rippen, daß er seine Tänzerin fahren ließ und vor Schmerz aufbrüllte.

Das war für die Einheimischen das Signal zum Angriff. Von irgendwoher schrie einer:

„Hauts die Flüchtling!"

Der Andersch Georg mußte zuerst noch ein paar recht schmerzhafte Schläge über seinen Schädel einstecken. Zu sechst waren sie über ihm. Aber dann stieß der Röder Hansl mit gesenktem Kopf, wie ein Stier, in das Knäuel hinein. Dann ging alles drunter und drüber. Die Moorbuben droschen drein wie die Berserker. Aber die Übermacht war zu groß. Sie wurden gegen die Saalwand gedrängt. Aber auf einmal hatte jeder ein Stuhlbein oder einen Maßkrug in der Hand.

„Schlagt sie zusammen", tönte der Ruf durch den Saal.

„Nimm du den Langhaxeten dort aufs Korn", sagte der Andersch Bertl zu seinem Bruder Georg, und wischte sich das Blut aus dem Gesicht.

Und sie stürzten sich aufs neue ins Gewühl. Mädchen kreischten und flohen entsetzt aus dem Saal. Bierkrüge zersplitterten an der Wand, der Tanzboden dröhnte vom wilden Gestampfe der Raufenden.

Dreifach war die Übermacht der Einheimischen, und alle Tapferkeit der Moorbuben konnte nicht viel helfen. Am Ende würden sie doch alle überwältigt im Saal liegen, oder die Treppen hinuntergefeuert werden.

Da — als die Not am größten wurde, erhielten sie unerwartete Hilfe. Ferdinand und Robert kamen vom kleinen Nebenzimmer herauf, wo sie mit Roswitha und Jutta Kaffee getrunken hatten.

Mit einem Blick übersahen sie die Situation und stürzten sich ins Gewühl. Das Gedränge um die Moorburschen wurde lichter und immer lichter. Ferdinands Fäuste flogen wie Keulen umeinander, und als Robert einmal in eine schwierige Lage geriet und hart bedrängt wurde von drei Gegnern, da humpelte Roswitha in ihrer lohenden Angst um den Geliebten durch den Saal, schlug und stieß mit ihren kleinen Fäusten in die fremden Gesichter hinein, bis Robert frei war.

Lachend wollte er sie wegschieben.

„Geh weg, Kindl, das ist nichts für dich." Und schon schlug er einem heimtückischen Angreifer, der ihn von hinten packen wollte, zwischen die Augen, daß er ächzend zusammenbrach.

Ein letzter Bierkrug zerschellte an der Wand. Der Lochner Pauli von Öd hatte ihn geworfen, und der Kronberger Michael hatte gerade noch rechtzeitig den Schädel weggeduckt. Wutentbrannt bückte er sich nach einem der Scherben.

„Wart, du Hundling. Dir schlitz ich jetzt den Bauch auf."

Da faßte ihn Ferdinand fest am Arm.

„Wart einmal, Michl." Hochaufgerichtet stand Ferdinand da. Das schöne, blonde Haar hing ihm wirr in die Stirne. Der eine Ärmel seines weißen Hemds war in Fetzen gerissen. „Langt's euch, oder ist noch was fällig?" schrie er in den Saal.

Die Geister des Alkohols schienen bereits etwas verraucht zu sein. Nur der Hirnberger Jakl schrie herüber:

„Du Feigling, mußt du zu den Moorburschen halten, du, ein Einheimischer? Ich tät mich schämen! So ein Feigling!"

Ferdinand war blaß geworden. Mit weiten Schritten ging er durch den Saal, packte den Jakl am Hosengurt und riß ihn zu sich her.

„Was bin ich? Sag das noch einmal."

Da legte ihm jemand die Hand auf die Schulter. Es war Jutta, die ihn mit einem bittenden Blick ansah.

„Laß es gut sein, Ferdinand."

Sofort ließ er den Jakl los. Er sagte bloß noch: „Das werde ich mir merken, Hirnberger."

Die Musik nützte den günstigen Augenblick und setzte die Instrumente an. Die flotte Walzermelodie schwang wie eine Versöhnung über das Kampffeld hin. Die Mädchen, die vorher geflüchtet waren, kamen wieder herbei, aber ein Dutzend von den einheimischen Burschen blieben verschwunden. Sie waren so übel zugerichtet, daß ihnen die Lust an aller Fröhlichkeit vergangen war. Ein Teil von ihnen saß im Wartezimmer des Doktor Heinzl, der Sonntagsdienst hatte, und ließ sich nähen oder verpflastern, je nachdem, wie schwer die Verletzung war. Auf dem Tanzboden aber, auf dem annähernd einhundertfünfzig Personen versammelt waren, wurden die ersten Versöhnungsszenen eingeleitet. Niemand wußte auf einmal mehr, wer zuerst angefangen hatte. Die Musik spielte unausgesetzt, sie spielte den Haß hinaus und den Weg frei zu einer Verständigung, die man gar nicht zuerst mit Fäusten und Maßkrügen hätte auseinanderzuschlagen brauchen. Es waren zwei Welten, die hier aufeinandergeprallt waren. Das hatte vielleicht so sein müssen, um festzustellen, daß sie doch gemeinsam in einer Welt lebten. Und als endlich die Polizei erschien, die irgendein Mädchen in einem hysterischen Angstzustand gerufen hatte, demonstrierte man den Hütern der Ordnung eine so wunderherrliche Einigkeit zwischen Einheimischen und Vertriebenen vor, die nie ein falsches Wässerchen getrübt hätte.

Nur eine kleine Rempelei sei es gewesen, trotz der blauen Beulen, die sie sehen konnten, und trotz der Scherben, die von der Küchenmagd gerade in einem Korb hinausgetragen wurden.

Als die Gendarmen gegangen waren, stiftete der Lammbräu-Ferdinand einen großen Banzen Bier für die beiden verschiedenen Lager, die sich zu einer Welt zusammengeprügelt hatten. Und der erste, der mit gefüllten Maßkrug herankam und mit Ferdinand auf ein „weiteres Blühen und Gedeihen" anstieß, war der Hirnberger Jakl, der ihn vorher einen Feigling genannt hatte.

„Wenn du den Feigling zurücknimmst", sagte Ferdinand.

„Nehm ich zurück", versicherte der Jakl und griff sich mit der freien Hand über die heftig angeschwollene Nase. „Wenn ich nur bloß wüßt, wer mir die serviert hat. Das war eine Faust wie ein Hammer."

Der Röder Hansl, der kleinste und jüngste von den Moorburschen, betrachtete heimlich unterm Tisch seine Faust, die auch angeschwollen war.

Zur selben Stunde, als auf dem Tanzboden die Rauferei losging, wanderte Melchior Graf mit seinem Enkel Adrian durch den Wald auf die Straße hinaus. Bei der Tafel blieben sie stehen, und der Sippenvater erklärte seinem kleinen Enkel, was der Name „Marienmoor“ zu bedeuten habe.

„Jetzt ist es noch ein ganz kleines Dorf“, sagte er. „Aber einmal, in hundert Jahren vielleicht, wird es ein großes Dorf sein, das seine Gesetze haben wird und seine Schicksale. Ich habe die Wurzeln gelegt, in dir, mein Adrian, wird es sich weiterentwickeln und blühen, und bei allen Stürmen, die über unser Dorf kommen werden, darfst du nie vergessen, daß unsere Sippe, die Grafensippe, es sein muß, die die Zügel in der Hand behält und alles leitet. Das hat nichts mit Hochmut zu tun. Es ist eine Überlieferung aus drei Jahrhunderten. Wenn ich einmal nicht mehr bin, wirst du der Baum sein, unter dem die anderen sich sammeln.“

Adrian schob seine kleine Hand tiefer in die warme Faust des Großvaters. „Dann werde ich der Moorkönig sein. Aber ich werde einen roten Umhang und eine goldene Krone tragen.“

Über das verwitterte Gesicht des Alten ging ein Lächeln.

„Vom Moorkönig wird dann niemand mehr sprechen. Der Name ist aufgegangen wie ein Samenkorn und wird mit den Jahren wieder untergehen, und ihr werdet vielleicht in fünfzig oder in siebzig Jahren nur mehr beim warmen Ofen in kalten Winternächten den Mann aus der Erinnerung herausheben, dem man einmal den Namen Moorkönig gegeben hat. Ob zu recht oder unrecht, das weiß ich nicht. Aber ich werde dann vielleicht ein wenig an eurem Feuer sitzen und mein Geschlecht überprüfen, ob es hineinpaßt in die Zeit, die anders sein wird als jetzt. Und dann werde ich wieder ins Dunkel zurückkehren, aus dem ihr mich gerufen habt.“

Es war so wunderbar, dem Großvater zuzuhören, auch wenn Adrian den Sinn der Worte nicht immer verstand. Beim Großvater wußte man nie, ob er im Traum sprach, denn manchmal schloß er die Augen bei solchen Worten, die so langsam fielen wie Nebeltropfen in Birkenbäumen im Herbst.

In diesem Augenblick schrie Adrian: „Schau, Vater — die Tante Bier kommt.“

Melchior Graf zuckte zusammen wie ein Hirsch, der ferne einen Schuß fallen hört. Dann erst wandte er langsam den Kopf. Tatsächlich, auf der Straße von Rafenstein her kam Frau Konstanze. Adrian lief ihr entgegen und sprang förmlich in die ausgebreiteten Arme der Lammbräuin hinein. Sie hob ihn zu sich empor, und es war ein herrliches Bild urewiger Mütterlichkeit, als Adrian seine Wange an Frau Konstanzes Gesicht schmiegte. Sein Haar war etwas heller als das der Frau. Er plapperte sprudelnd auf sie ein, daß Roswitha und Jutta zum Tanz gegangen seien, und daß sie deshalb heute bei ihm schlafen dürfe.

„Da müßte ich zuerst einmal ins Moor kommen", lächelte Frau Konstanze.

„Ja, komm nur." Adrian glitt zu Boden und zog sie an der Hand dem Großvater entgegen, der immer noch vor der Tafel stand und noch ganz benommen war von dem Bild, das sich ihm gerade geboten hatte. Es war ein Sinnbild vom hohen Mittag und jungen Morgen, wie reifender Herbst und sprießender Frühling.

Dann stand Frau Konstanze vor ihm. Sie trug einen silbergrauen Lodenumhang, der am Hals mit einer silbernen Spange zusammengehalten war. In ihren Augen war es wie Sonnenleuchten. Das Blondhaar glänzte in der Sonne, und der Wind trieb sein freches Spiel mit einer Locke über ihrer Stirne.

Sie hatten sich seit jener Heimkehrerfeier nicht mehr gesehen, und Melchior Graf war nun der Meinung, daß sie auf dem Weg ins Moor gewesen sei. Nun war man sich hier zufällig begegnet und er könnte ihr gleich die Neubauernhöfe im Rohbau zeigen.

Ihr Blick fiel auf die Tafel.

„Ach, sieh mal an. Nach Marienmoor. Man weiß nur noch nicht, wie weit es von hier aus nach dort noch ist."

Melchior Graf hatte die erste Verlegenheit bereits überwunden.

„Einen Kilometer vielleicht. Hundert Meter mehr oder weniger, ich weiß es nicht. Aber wir können die Strecke jetzt gleich miteinander ausschreiten."

Frau Konstanze strich die Locke zurück. „Ich will aber doch nicht ins Moor."

„Ach so? Nicht ins Moor?"

„Nein, ich wollte nach Haslach. Dort ist beim Wimmer noch ein Stück Vieh zu bezahlen."

Wie wunderbar ihr diese kleine Lüge von den Lippen floß. Jawohl, der Mann sollte nur nicht denken, daß sie ihm nachgelaufen sei.

„Schade", meinte er. „Ich hätte Ihnen das Neue alles gerne gezeigt."

Der Wind kam föhnig vom Gebirge herunter, das in einer tiefblauen Färbung über dem Farbenrausch des Waldes stand.

„Wir haben uns lange nicht mehr gesehen", wechselte Frau Konstanze das Thema.

„Wenigstens nicht in der Nähe."

„Doch, doch. Manchmal sah ich Sie sogar sehr nahe", verplapperte sich die Lammbräuin und merkte es sofort. „Bevor diese verflixten Nebel kamen", fügte sie hinzu.

„Ja, ja, die Nebel", sagte er. Er hatte sie auch schon verwünscht, weil man vor dem Fernglas nichts wie eine milchige Wand sah.

Unwillkürlich hatten sie zu gehen angefangen. Adrian ging in der Mitte und ließ sich führen. Und damit der Moorkönig es vergessen solle, daß sie doch eigentlich nach Haslach wollte, sprach Frau Konstanze in sprühender Lebendigkeit, wie Liebende es tun, wenn sie sich einen Schritt zu weit vorgewagt haben und nun darauf warten, daß der andere den zweiten Schritt tue.

Aber Melchior Graf sprach nichts. Er nahm nur jedes ihrer Worte begierig in sich auf. Sie waren wie ein warmer Hauch gegen eine gefrorene Fensterscheibe. Als der Wald sich schon lichten wollte, neigte er sich zu Adrian herunter.

„Lauf voraus und sag der Röderin, sie soll Kaffee kochen für uns."

„Nein, bitte nicht. Ich hab doch schon getrunken", wollte Frau Konstanze abwehren. Aber Adrian hörte nicht mehr, er rannte bereits auf die Baracken zu.

Sie schritten noch einen kleinen Bogen aus, dann lag es vor ihnen, das Neuland, mit dem kleinen Dorf im Rohbau, mit dem spitzen Turm der Kapelle, auf dem noch ein Kreuz fehlte.

„Da ist es nun“, sagte Melchior Graf, pochend vor Stolz und Glückseligkeit.

„Marienmoor ...“ flüsterte Frau Konstanze leise. Dann schauten sie eine Weile schweigend auf das, was nun wie eine Insel des Lebens erschien. Ein leiser Wind ging über die Felder, auf denen die junge Saat rötlich in den Spitzen schimmerte.

„Und welcher ist Ihr Hof?“ fragte die Lammbräuin.

„Der dort.“ Sie gingen langsam nebeneinander. Es war gut zu gehen jetzt, wo im Vorjahr noch Moor und Tümpel gewesen waren. Dann standen sie vor dem großen Hof.

In diesem Augenblick fiel hoch droben im Bergwald ein Schuß. Das Echo rann wie gehetzt herunter und kullerte übers Moor.

„Komisch“, sagte Frau Konstanze. „Ich sah doch vor einer Stunde erst den Forstmeister noch in seinem Garten. Und der Junge ist beim Tanz. Mein Neffe Ferdinand übrigens auch mit Ihren beiden Mädels. Das wissen Sie doch?“

Melchior Graf tat, als hätte er das letzte nicht gehört. „Vielleicht ist der Baron von Schorer im Wald?“

„Der hat da oben keine Jagd. — Das also ist Ihr Hof.“

„Er wird es sein“, verbesserte er und deutete auf die Fensterhöhlen, durch die der Wind sang. „Ich denke, daß im Frühjahr alles fertig sein wird.“ Er hob die Hand und deutete über die breite Öffnung, in der die Tür noch fehlte. „Dort hinauf kommt einmal das Wappen.“

„Wappen?“ fragte Frau Konstanze.

„Ja, wir haben es mit heraufgebracht aus der Batschka. Den Herrgott da drüben unter den Birken und das Wappen. Ein Pflug mit zwei gekreuzten Schwertern.“

„Mhm. Also so etwas wie alter Bauernadel.“

In seinen Augen leuchtete es kurz auf. „Das war ein schönes Wort. Aber man kann wohl so sagen.“

„Und hineinführen wollen Sie mich nicht?“

„Doch, gern. Es ist zwar noch nicht fertig.“

Sie gingen durch die leeren Räume, die noch nicht verputzt waren. Aber er konnte doch sagen:

„Hier wird das Schlafzimmer sein, dort die Vorratskammer,

dann die große Stube und hier die Küche. Hier wird einmal der Herd stehen."

„Das Reich der Frau also." Sie trat an eine der Fensterhöhlen und öffnete die Spange an ihrem Umhang. „Aber Sie haben ja keine Frau."

Melchior Graf fingerte nach seiner Uhrkette. Es war ihm auf einmal ganz eigenartig zumute. Ihre letzten Worte hingen wie ein Schlag mit einem mißtönenden Echo in dem leeren Raum. Gerade das, was er selber in letzter Zeit so oft gedacht hatte, war nun schonungslos über Frau Konstanzes Lippen gekommen, die unbeweglich inmitten der Fensterhöhle stand, von wo man die anderen Höfe sehen konnte, eine ganze Menge gepflanzter Apfelbäume, Neugrund, und weit dahinter wieder unberührtes Moor mit Birken, die mit ihrem Herbstlaub wie gelbe Flammenbündel herumstanden.

„Nein, ich habe keine Frau. Aber — ich habe zwei Töchter. Und eine davon wird bei mir bleiben."

Frau Konstanze fuhr mit dem Gesicht herum. „So? Welche denn?"

„Sie werden unter sich zu entscheiden haben. Vielleicht würfeln sie es aus oder ziehen Steckerl."

Immer größer, immer verwunderter wurde Frau Konstanzes Blick. „Was sagen Sie da? Würfeln sollen sie? Wissen Sie, was das heißt?"

„Das heißt, daß sich eine ganz einfach überwinden muß, beim Vater zu bleiben, bis Adrian so groß geworden ist, daß er freien geht und eine Frau an den Herd bringt."

„Das haben Sie sich schön ausgedacht." Sie machte ein paar Schritte vor und stand jetzt dicht vor ihm, aber er wich ihrem Blick nicht aus. „Mein lieber Freund! Ich habe Sie bisher für einen klugen Menschen gehalten. Aber das, was Sie da vorhaben, geht doch ein bißchen zu weit. Sie sind mir vorhin schon einmal bei einer Frage ausgewichen. Wir wollen doch nicht vor einem heißen Feuer davon- oder drumherumlaufen. Sie wollen etwas nicht wahrhaben, was ganz Rafenstein schon weiß. Ihre kleine Roswitha geht bereits im Forsthaus aus und ein, als sei sie dort groß geworden. Was nun die Jutta und meinen Neffen Ferdinand betrifft —

ich glaube kaum, daß noch jemand die beiden auseinanderbringen kann. Und da kommen Sie mit Würfeln und sonstigem Unfug, der nichts anderes ist als ein unbefugtes Eingreifen in das Glück junger Menschen."

Sie hätte ihn nicht „mein lieber Freund" nennen sollen, dann wäre er jetzt nicht so verwirrt. Und weil er aus dieser Verwirrung keinen anderen Ausweg fand, geriet er ins Poltern:

„Sie hätten es verhindern können. Ich habe nie damit gerechnet, daß Sie Ihre Einwilligung geben würden."

„Bitte, jetzt eine ehrliche Antwort. Hätte ich meine Einwilligung nicht gegeben, hätten Sie dann Ferdinand bei sich aufgenommen?"

„Ja, das hätte ich getan."

„Sehen Sie. Und warum hätten Sie es getan? Weil Sie sich ebensowenig wie ich dazu berechtigt fühlen, ein junges Glück zu zerstören."

Nun hatte sie ihn ganz in die Enge getrieben. Aber er wollte es nicht zugeben.

„Sie verkennen die Lage, Frau Konstanze. Sie sind eine Frau und stehen ganz anders im Leben als ein Mann, wenn er allein ist."

„Ach? Sie fürchten die Einsamkeit?"

„Ja, wenn Sie es wissen wollen. Ich habe dann niemanden mehr als den kleinen Adrian. Der Bub wäre ganz sich selbst überlassen, und wenn ich heimkomme aus dem Moor — niemand hätte für uns gekocht, mein Herd wäre kalt."

Frau Konstanze drehte sich mit einem Schwung um. Dabei glitt ihr der Umhang von den Schultern. Er bückte sich danach und hielt ihn in seinen Händen. Ein wenig singend, es hörte sich fast wie Spott an, kam die Stimme der Frau vom Fenster her:

„Man könnte es ja vielleicht so machen, daß Jutta den Adrian mit hinübernimmt nach Rafenstein."

„Nein!" schrie er heftig heraus. „Mein letztes Stück gebe ich nicht aus den Händen."

„Es war nur ein Vorschlag. Und ich weiß noch einen anderen. Wenn drüben eine junge Frau ist, werde ich mit der Zeit überflüssig werden. Ich fühle mich aber noch viel zu gesund zum Privatisieren. Ich kann die Hände noch nicht in den Schoß legen. Wie wäre es, wenn ich zuweilen — sagen wir, jeden zweiten Tag — herüberkäme, um an deinem Herd zu stehen?"

„An — meinem — Herd zu stehn?" Das war doch offener Hohn. Seine Brauen schoben sich wie im Schmerz zusammen. Er sah sie starr an, aber sie wich seinem Blick nicht aus. Ihre Augen schimmerten nachtblau, um ihren Mund lag ein weiches Lächeln, als wolle sie ihm damit Mut machen, daß er endlich den zweiten Schritt wage, nachdem sie nun schon so weit vorgeprescht war, daß es wie Aufdrängen aussähe, würde sie noch ein Wort sagen.

Langsam ging er auf sie zu. „Sagten Sie du zu mir?"

„Ja, ich sagte du zu dir."

Er legte ihr behutsam den Umhang über, und wenn es jetzt nicht geschah, dann wußte Frau Konstanze, daß sie nie mehr ins Moor kommen würde. Unbewußt hoben sich ihre Schultern leicht, als wolle sie in die Hände des Mannes hineinwachsen. Er aber schloß die Silberspange des Umhangs an ihrem Hals. Dabei berührte er die Wangen der Frau. Er wollte die Hände fallen lassen, aber es ging nicht mehr. Sie umschlossen Frau Konstanzes Gesicht, und seine Augen waren auf einmal mit Licht gefüllt, das tief von innen kam, seinen ganzen Körper durchleuchtete und nun seine Augen füllte.

Frau Konstanze hatte ihre Augen geschlossen. Ihr Gesicht lag in seinen Händen, wie in einer warmen, goldenen Schale. Langsam legte sie ihre Arme um seinen Hals.

„Moorkönig ...", flüsterte sie, und ihr Kuß war so weich und hingebungsvoll, wie bei einem Mädchen mit achtzehn.

Es ist nicht wahr, daß die Herzen langsamer schlagen, wenn man über die Jugend längst hinaus ist. Es ist die gleiche Süße und die gleiche Bitterkeit.

Als sie hernach Hand in Hand am Rande eines Saatfeldes hingingen zur Kapelle, fühlte Melchior Graf, daß der Ring seiner wachsenden Einsamkeit zerbrochen war.

Auch hier zog es noch durch die Fensterhöhlen. Dies würde überhaupt noch ein schweres Kapitel sein. In eine Kapelle konnte man doch nicht billiges Fensterglas setzen. Sie sollten bunt sein, aber alles Bunte in der Welt war teurer als das Einfache. Frau

Konstanze fragte ihn, ob es ihm denn etwas ausmache, wenn sie die Fenster stifte.

In ihrem Herzen war eine Dankbarkeit ohne Grenzen und ein unendlicher Friede. Sie hätte in dieser Stimmung, wenn es noch nötig gewesen wäre, die ganze Kapelle gestiftet.

„Und einen Altar hast du schon?“ fragte sie.

Er schüttelte den Kopf. „Es braucht nur einen Tisch. Und hinter dem Tisch wird an der weißen Wand der Herrgott aus der Batschka hängen.“

Inzwischen war die kurze Dämmerung schon in Nacht versunken. Ein paar Sternblumen blühten hoch droben in der blauen Wiese und spiegelten sich im See. Manchmal trug der Wind die Fetzen einer Polkamelodie herüber.

Wären sie noch jung gewesen, sie wären wahrscheinlich im Überschwang ihrer Freude übers Moor getanzt. So aber beließen sie es nur beim Händehalten. Manchmal blieben sie stehen, als wollten sie hinhorchen auf die Melodie, die in ihren Herzen sang. Es war keine heißblütige Polka mehr, sondern eine stille, getragene Weise, wie das feine Säuseln in den Kronen eines Lindenbaumes zur Abendzeit.

„Und du willst wirklich an meinem Herd stehen?“ fragte Melchior Graf mit bangem Herzschlag, weil er immer noch nicht an das Wunder glauben wollte.

„Es wird kein Mensch verstehen, aber ich werde an deinem Herd stehen, als deine Frau, weil man sich auch in unserem Alter ein Verhältnis nicht leisten darf.“

„Ja, es würde niemand verstehen“, sprach er nach, und in seiner Stimme wehte ein trauriger Klang.

„Das braucht niemand zu verstehen, und sie werden ja auch weniger über dich als über mich reden. Dieses verrückte Weib, werden sie sagen. Aber was ist das gegen das Glück der Geborgenheit, nach der ich mich immerzu gesehnt habe. Wir werden keine hellen Liebeslieder in den Tag hineinsingen, Melchior. Aber ich werde dein Herz in meine Hände nehmen und meins in die deinen legen. Wir werden gemeinsam unser Lied in den Abend singen und das Bewußtsein in uns tragen, daß ein später Frühling manchmal länger und beständiger blüht, als ein junger, heftiger.“

An diesem Abend stand sie zum erstenmal in der Baracke an dem halbverfallenen Herd. Und was sie niemals vorher in ihrem Leben hatte tun dürfen — sie brachte ein Kind zu Bett, beugte sich über den Blondschopf des kleinen Adrian und betete mit ihm das Abendgebet, das Adrian besser konnte als sie. Aber es dünkte der stolzen Frau Konstanze, als habe sie nie in ihrem Leben inbrünstiger gebetet, als am Bett des kleinen Moorbuben, dem sie bald Mutter sein würde.

Der Forstmeister Breitsamer war schlechtester Laune und ging in seinem Dienstzimmer mit gefurchten Brauen auf und ab. Es war bereits acht Uhr, und als der letzte Schlag der hohen Standuhr verklungen war, ging er wieder in die Küche vor, wo seine Frau am Herd hantierte.

„Jetzt geh bitte hinauf und weck den gnädigen Herrn endlich auf, sonst muß ich mit einem Kübel Wasser hinaufgehen."

„Aber Vater", beschwichtigte Frau Babette in ihrer stillen Art. „Es war schon ziemlich spät, als er heimkam."

„Natürlich, zum Tanzen gehen und dann nicht aufstehen können! Sein Dienst hätte heute um sechs Uhr früh begonnen."

„Na, na, so genau geht es doch nicht. Schließlich ist er doch dein Sohn und kein Angestellter."

„Im Dienst kenne ich keinen Sohn, meine Liebe! Im übrigen irrst du dich. Er ist Angestellter des Staates und hat seine Pflicht zu erfüllen, wie jeder andere. — Hat er mit dir schon gesprochen, wann er heiraten will?"

„Ich glaube, vor Weihnachten noch."

„So? Na ja, wird gut sein, wenn die Süßholzraspelei einmal aufhört. Jede freie Stunde hockt er im Moor, und droben gehn die Wildschützen spazieren."

In diesem Augenblick hörte man über der Stubendecke ein Gepolter.

„Aha, der gnädige Herr ist aufgestanden. Wenn er seinen Kaffee getrunken hat, soll er zu mir kommen."

Etwa zwanzig Minuten später betrat Robert das Dienstzimmer.

„Guten Morgen, Vater."

Ohne den Kopf von einem Schriftstück zu heben, brummte der Alte den Gruß zurück und fügte mit beißendem Spott hinzu: „Ach, schon ausgeschlafen?"

„Ja, entschuldige, Vater. Ich bin spät heimgekommen, und der Wecker, ich weiß nicht, er ist nicht abgelaufen."

„Dann bedanke dich bei deiner Mutter. Die wird ihn wahrscheinlich wieder abgestellt haben." Der Forstmeister schob das Schriftstück zurück und drehte sich mit seinem Sessel um. Die Brauen aufziehend, fragte er: „Was hast du denn für ein Pflaster auf der Stirn?"

Robert ging zum Gewehrschrank und nahm sein Gewehr heraus. „Nichts von Bedeutung. Es hat eine kleine Rauferei gegeben, gestern."

„Was? Du hast gerauft? Mit wem?"

Robert klappte das Gewehr auf und sah durch die Läufe. „Ein paar Einheimische haben sich aufgeregt, weil die Moorburschen mit ihren Mädels getanzt haben."

„Ah, das ist interessant. Hast du denn das mit dir vereinbaren können, wenn du auf die Moorburschen einschlägst?"

„Hab ich doch nicht. Umgekehrt war es. Aber reg dich nicht auf, Vater. Die paar Stunden, die ich heute versäumt habe, bring ich schon wieder herein. Ich bleibe bis morgen Abend auf der Jagdhütte."

„Donnerwetter", spöttelte Breitsamer. „Und dein kleiner Hupfengel stirbt vor Sehnsucht."

„Vater ..." schrie Robert lauter, als er es wollte.

„Ja, ja, ist schon gut. War ja nicht bös gemeint, und ich hab die Roswitha recht gern. Das weißt du ja. Aber paß auf. Während du gestern beim Tanz warst, ist droben im Wald wieder ein Schuß gefallen. Nach meiner Schätzung war es im Kreuzjoch, und ich fresse einen Besen, wenn es nicht der Knecht vom Lichthammer gewesen ist."

Roberts Gesicht hatte sich verfinstert. Was hatte er nicht schon an Stunden geopfert, um diesen Rochus auf frischer Tat zu erwischen. Aber außer einer Schlinge hatte er bisher nichts finden können, und er hatte keinen Beweis, daß Rochus sie gelegt hatte.

„Ich weiß", fuhr der Förster fort, „daß es dir keinen großen

Spaß machen wird, was ich jetzt von dir verlangen muß. Mein Herr Schwager, der Lichthammer, wird meinen, daß es vielleicht eine Schikane von uns ist, weil wir mit ihm verfeindet sind. Aber mag er denken, was er will. Du nimmst den Wachtmeister Gruber mit und hältst einmal gründliche Haussuchung. Behaupten kann ich es zwar nicht, aber ich trau meinem Schwager zu, daß er mit seinem Knecht unter einer Decke steckt, und sei es bloß, um uns eines auszuwischen. Haben wir uns verstanden?"

„Ja, Vater."

„Das wär's also. Sag deiner Mutter nichts davon, du kennst ja ihre Angst. Bei der Gendarmerie hab ich schon angerufen. Der Wachtmeister wird schon bereit sein."

Die Mutter hatte in der Zwischenzeit in der Küche den Rucksack gepackt und noch eine Wolldecke dazugesteckt.

„Wenn du in der Hütte bleibst, brauchst du sie. Ich weiß, es ist nur eine Decke oben, und wir haben gleich November."

Eine Viertelstunde später schritt Robert mit dem jungen Wachtmeister über die herbstlichen Hänge hinauf, hügelauf und hügelab, bis sie sich dem Lichthammerhof näherten, aus dem seine Mutter stammte. Weil der Bruder, der heutige Lichthammer, seine einzige Schwester um ihr wohlverdientes Heiratsgut geprellt, indem er es verspätet in einer Währung ausbezahlte, wo ein Laib Brot schon eine Million kostete, darum herrschte seit fünfundzwanzig Jahren eine stumme, verbissene Feindschaft zwischen diesem Hof und dem Forsthaus zu Rafenstein. Die Feindschaft war schon älter, als Robert Jahre zählte, und es war ihm auch jetzt nicht bewußt, daß er in das Haus seines Onkels ging, der ihm nie Onkel gewesen war. Und das war in diesem Falle ganz gut so.

Niemand war im Hof zu sehen. Nur weiter oberhalb breiteten ein paar Mägde Mist aus. Der Hund lag auf der Grät des Hauses und war so faul, daß er gar nicht aufstand, sondern im Liegen nur ein paar kurze Knurrer tat.

In der Stube, an deren Tür Robert klopfte, war niemand. Erst in der Küche trafen sie auf die Bäuerin, die am Herd stand und erschrocken einen Herdring fallen ließ, als sie den Jäger mit dem Gendarmen zur Türe hereinkommen sah. Neben dem Ofen aber saß der Lichthammer, ein etwas kleiner, untersetzter Mann mit einem kurzen, gestutzten Vollbart. Er war gerade im Begriff, seine Schuhe einzuschnüren, unterbrach aber diese Tätigkeit sofort und stand auf. Die kleinen Augen kniffen sich wie in Unruhe noch enger zusammen.

„Ah, der Herr Neffe. Und gleich in Begleitung der Polizei. Was verschafft mir denn diese besondere Ehre?"

Robert überhörte den Spott, der die leise Unsicherheit verbergen sollte. „Wir kommen nicht deinetwegen", sagte er, „sondern wegen deines Knechtes."

„Ach, wegen Rochus? Dem du die Uhr gestohlen hast?"

Robert zuckte zusammen. „Meine Uhr, die er mir einmal gestohlen hat, unter Umständen, wie er dir gewiß nicht erzählt hat, der Partisan."

„Oh, sag mir über den Rochus nichts. So einen guten Knecht haben wir noch nie gehabt."

„Das interessiert mich nicht. Wir sind da, um dein Haus zu durchsuchen."

Klirrend stieß die Lichthammerin den Herdring wieder in die Reihe der anderen und sagte mit ihrer spröden Stimme:

„Haussuchung ist Heimsuchung." Sie sagte oft so wunderliche Dinge. „Das mußt du mit deinem Herrgott abmachen", fügte sie hinzu.

„Damit hat der Herrgott gar nichts zu tun. Das hab ich nur mit eurem braven Knecht abzumachen. Also, wo ist seine Kammer?"

„Zeig sie ihm", knurrte der Bauer, und seine Augen kniffen sich ganz eng zusammen.

Kaum hatten die drei die Küche verlassen, ging der Lichthammer ans Fenster und winkte zum Feld hinauf, wo die Mägde den Mist breiteten. Eine davon kam dann ans Fenster.

„Lauf schnell zum Rochus hinauf, und sag ihm, daß der Jäger mit dem Gendarmen da ist. Aber mach Füß."

Inzwischen durchstöberten Robert und der Wachtmeister die ganze Kammer. Zwischen dem Strohsack und dem Unterbett fanden sie vier Schlingen und eine kleine Pappschachtel mit Munition.

Es gelang dem Lichthammer nicht ganz, den Schreck zu verbergen, als ihm der Wachtmeister die Sachen zeigte. Robert fragte:

„Und wo ist er jetzt, der Kerl?"

„Im Wald droben. Scheitholz holt er."

„Und willst du mir weismachen, daß du von der ganzen Wilddieberei nichts weißt?"

Das Gesicht des Bauern lief rot an vor Zorn. „Du, das verbitte ich mir. Du scheinst vergessen zu haben, daß ich dein Onkel bin!"

„Jetzt auf einmal? Ich kann mich nicht erinnern, bis jetzt davon etwas gemerkt zu haben."

„Ja, weil deine Leute so starrköpfig sind und dich gegen mich aufgehetzt haben."

„Laß meine Leut aus dem Spiel", fuhr Robert ihn an. Und ehe der Lichthammer ihn daran hindern konnte, hatte er die kleine Seitentür geöffnet zur sogenannten „Speise". In einer kleinen, weißen Schüssel lag der gesamte Aufbruch eines Rehbockes. Triumphierend hielt er die Schüssel mit Inhalt dem Bauern hin.

„Und was ist das?"

Ehe der Bauer antworten konnte, jammerte seine Frau:

„Ich hab ja gesagt, Haussuchung ist Heimsuchung. Wie oft hab ich schon gesagt, daß er die Sachen nicht ins Haus bringen soll."

„Bist du still", zischte sie der Bauer an. „Das ist eine Leber, Herz und Niere. Das kann man überall kaufen."

Der Wachtmeister zückte seinen Bleistift. „Wo haben Sie die Sachen gekauft?"

„Wahrscheinlich in der Apotheke."

„Lichthammer, es wird Ihnen nicht viel helfen, wenn Sie leugnen wollen, daß Ihr Knecht gestern nachmittag den Bock gewildert hat. Vielleicht waren Sie gar selber dabei."

„Das ist eine Unverschämtheit!"

„Es wird sich ja herausstellen. Also, wo finden wir diesen Rochus Schwab?"

„Ich hab doch schon gesagt, daß er Scheitholz holt."

„Aber wo, möchten wir wissen."

„Im Angerwald droben", sagte die Bäuerin und wollte noch etwas mehr sagen, verstummte aber vor dem wütenden Blick des Bauern.

Robert und der Wachtmeister machten sich auf den Weg zum Angerwald. Auf einmal blieb Robert stehen.

„Waren denn da vorhin nicht zwei Weiber auf dem Acker?"

„Tatsächlich, es waren zwei."

Robert schlug sich mit der Faust gegen die Stirn. „Wir Trottel. Wir hätten den Bauern nicht allein lassen dürfen. Ich wette meinen Kopf, daß der Kerl bereits gewarnt ist. Kommen Sie!"

Vom Fahrweg abzweigend, stiegen sie einen Abzweiger hinauf. Noch war im Wald kein Laut zu hören. Aber in ihrem Eifer, mit dem sie bergwärts rannten, sahen sie nicht, wie sich eine Frauengestalt in die Büsche duckte und wartete, bis sie vorüber waren. Dann rannte sie mit fliegenden Röcken durch den Wald, zum Akker hinunter und breitete wieder Mist.

Auf einmal hörten die beiden ein Geräusch, und durch die Bäume sahen sie, wie Rochus in fliegender Eile Buchenscheit um Buchenscheit auf den Wagen warf. Die Pferde standen vor den Wagen gespannt, mit hängenden Köpfen. Rochus war gewarnt worden, und darum warf er die Scheiter mit einer solch rasenden Eile auf den Wagen, um die Beute des gestrigen Nachmittags zu verdecken. Aber es gelang ihm nicht mehr ganz. Ein Hinterlauf des gewilderten Rehbocks schaute unter den Scheitern noch heraus, als plötzlich der Jäger mit entsichertem Gewehr vor ihm stand und ihm auf den Kopf zusagte, daß er gestern gewildert habe.

Rochus starrte ihn mit aufgerissenen Augen an. Haß und Wut entstellten sein sonst so hübsches Gesicht.

„Das mußt du mir erst beweisen", zischte er.

In diesem Augenblick hatte der Gendarm, dem die Unregelmäßigkeit der Ladung aufgefallen war, den vorstehenden Hinterlauf entdeckt. Schon war er auf den Wagen gesprungen, warf ein paar Scheiter beiseite und — da lag der Rehbock, die Decke übel zugerichtet von den kantigen Scheitern.

„Na also, da haben wir ihn ja", lachte er.

Nur einen Moment hatte Robert seine Vorsicht außer acht gelassen. Mit einem wilden Sprung war Rochus über den Scheiterhaufen gesetzt, hinter dem seine Büchse unter Moos und Reisig versteckt war. Blitzschnell ging alles vor sich. Robert warf sich zu

Boden. Hinter den Klafterscheitern hob sich drohend ein Büchsenlauf herauf, dahinter Rochus' Gesicht.

„Das Gewehr weg, oder es kracht", schrie Robert vom anderen Ende des Scheiterhaufens her.

War es nun der Schreck oder die fahrige Bewegung, die Rochus machte: Ein Schuß krachte, und mit einem Aufschrei fiel der Wachtmeister Gruber auf dem Wagen zusammen.

Dann aber war Robert über dem Wildschützen. Die ganze aufgespeicherte Wut, der ganze jahrelange Haß lag in seinen Fausthieben, mit denen er Rochus den Boden unter den Füßen wegnahm. Erst als Rochus keinerlei Anzeichen von Gegenwehr mehr machte, ließ er von ihm ab.

Zum Glück hatte der Schuß nur den Arm des Wachtmeisters getroffen. Es war ein glatter Durchschuß, der in einigen Wochen wieder ausgeheilt sein würde. Die andere Hand auf die Wunde pressend, stöhnte er:

„Hier, in meiner rechten Tasche ist der Achter."

Der Lichthammer war nirgends zu sehen, als die drei eine halbe Stunde später wieder auf den Hof zurückkamen. Nur die Frau stand mit verstörtem Gesicht unter der Tür, und vielleicht begriff sie gar nicht ganz, was da droben im Walde geschehen war. Sie sah nur, daß der Gendarm seinen Uniformrock über den Schultern hängen hatte und daß sein linker Arm notdürftig verbunden war. Am längsten aber blieb ihr Blick an dem zerschlagenen Gesicht ihres Knechtes Rochus hängen, den die beiden in der Mitte hatten, und dessen Hände am Rücken mit Handschellen zusammengehalten waren.

Die Frau gab auch keine Antwort, als Robert ihr sagte, daß sie das Fuhrwerk droben selber holen müßten. Sie stand noch lange mit verstörtem Blick auf der Schwelle, als die drei schon hinter einer Bodenwelle verschwunden waren.

Weil es bis Mitte Dezember immer noch nicht geschneit hatte, waren die Höfe soweit fertiggestellt, daß der Umzug von den Baracken vorgenommen werden konnte. Damit hatte eigentlich niemand gerechnet, am allerwenigsten der Sippenvater selber.

Vorher hatte er noch eine harte Pille zu schlucken. Die Pantschers verzichteten auf ihren Hof und zogen nach Lechham, wo ihre beiden Töchter, Sabine und Edith, bereits in der neuen Textilfabrik arbeiteten.

Das Herz des Sippenvaters war schwer und traurig. Es war ein dunkler Schatten in der Freude der letzten Wochen. Er konnte es einfach nicht fassen, daß einer untreu wurde und aus der Sippe ausbrach. Seine ganze Beredsamkeit bot er nochmals auf, als er die Pantschers in ihrer Baracke besuchte. Sie hatten die meisten Habseligkeiten schon in Kisten verpackt und standen ein wenig betreten, aber doch fest entschlossen vor Melchior Graf, der ihnen ja auch Bruder und Schwager war.

„Gib dir keine Mühe", sagte der Pantscher. „Wir haben bereits eine Wohnung in Lechham und ziehen morgen mittag weg. Der Lastwagen ist schon bestellt."

„Ich sehe, daß ich euch nicht halten kann", gab jetzt Melchior Graf nach. „Aber wie stellst du dir das Finanzielle vor, Schwager?"

Der Pantscher ging zur Kommode und zog einen Zettel heraus. „Hier hab ich dir die ganzen Arbeitsstunden aufgeschrieben. Die meinen und die der Leni. Daß auch die zwei Mädl einmal Drainagerohre gelegt und Gräben gezogen haben, wollen wir gar nicht rechnen."

Aufmerksam studierte Melchior Graf die Aufstellung. Er erkannte sofort, daß nicht zuviel aufgeschrieben worden war. Immerhin machte es fast viertausend Mark aus, was die beiden zu bekommen hatten. Und darum erschrak er, denn er hatte erst vorgestern das letzte Geld dem Schreiner Abentum gegeben für Fenster und Türen.

„Braucht ihr das Geld sofort?"

„Wenigstens die Hälfte."

„Das könnte ich auch eventuell dem Metzger verkaufen." Melchior Graf schüttelte sofort den Kopf. „Das geht nicht. Wenn von den Andersch-Buben einer den Hof nimmt, braucht er zum mindesten deine zwei Kühe zum Anfangen."

„Es ist auch ein Kalb da und drei Schweine."

„Gut, ich werde zusehen, was sich machen läßt."

Ohne noch ein Wort zu verlieren, ging Melchior Graf hinaus,

zog seine Feiertagsjoppe an und fuhr mit der Emma über den See.

Weil er am Allerheiligentag mit Frau Konstanze am Grab des verstorbenen Lammbräu gestanden hatte, und weil das Gerücht sowieso schon hurtig durch das Städtchen plätscherte, daß die Lammbräuin und der Moorkönig sich manchmal wie ein junges Liebespaar benähmen, glaubte die Kellnerin es eilfertig durch die halbgeöffnete Türe ins Büro flüstern zu müssen, daß der Moorkönig im Bräustüberl säße.

„Ja, ist gut", sagte Frau Konstanze und stand vom Schreibtisch auf. „Du kannst es dir aber ruhig abgewöhnen, dabei so vielsagend zu grinsen. Ich lege keinen Wert auf deine Meinung. Auf keine Meinung, woher sie auch kommt."

Das Mädchen wurde feuerrot und zog die Tür hinter sich zu. Frau Konstanze aber sperrte den Schreibtisch ab, richtete vor dem Spiegel schnell noch ihr Haar und ging ins Bräustübchen vor, in dem um diese frühe Morgenstunde sonst noch niemand saß außer Melchior Graf.

Sie sah sofort bei ihrem Eintreten, daß seine Stirn umwölkt war und ihn etwas bedrückte. Darüber täuschte auch das Lächeln nicht hinweg, mit dem er nach ihrer Hand griff und sie länger als üblich in der seinen hielt.

„Das ist aber ein ganz unverhoffter Besuch", sagte sie und setzte sich neben ihn. „Ach, den Terlaner trinkst du. Der St. Magdalener wäre für den Vormittag nicht so schwer. Hast du zu tun herüben, oder darf ich alte Frau annehmen, daß du Sehnsucht nach mir hattest?"

„Beides zugleich", versicherte er. „Die Sehnsucht ist zwar immer da, und könnte ich ihr nachgeben, müßte ich jeden Abend herüberkommen."

„Du warst aber leider schon drei Tage nicht mehr hier. Das sind genau — paß einmal auf — zweiundsiebzig Stunden. So, und nun geniere dich nicht. Sprich dich aus, ich sehe doch, daß dich etwas drückt."

Langsam hob er sein Glas, trank ein wenig und sah sie an.

„Wie gut du mich schon kennst. Ja, Konstanze, ich habe Kummer. Ich dachte, es ist am besten, ich gehe zuerst zu dir und frage dich."

„Um was dreht es sich denn?"

„Meinst du, daß mir die Kreissparkasse einen Kredit auf zehntausend Mark einräumt? Ich meine — hast du den Eindruck, daß ich schon so kreditwürdig erscheine, wenn ich dort vorspreche?"

„Ach, so ist das."

„Ja, es ist nämlich so. Der Pantscher —"

„Aber, Melchior, du brauchst mir doch keine Erklärung abgeben. Du brauchst das Geld, und ich kann mir denken, daß du es nicht für dich allein brauchst." Sie nahm seine Hand, die sich schon wieder zur Uhrkette verirren wollte und sah ihn fest an. „Sag einmal, auf den Gedanken bist du nicht gekommen, daß doch auch ich dir das Geld leihen könnte?"

„Nein, auf den Gedanken bin ich nicht gekommen. Und ich will das auch gar nicht, Konstanze."

„Ach so, du willst lieber bei der Bank hohe Zinsen bezahlen?"

„Ja, lieber schon. Versteh mich nicht falsch, Konstanze. Aber in diesen Dingen muß ich den Weg gehen, der mir richtig erscheint. Ich möchte unabhängig sein."

Sie zog ihre Hand zurück. Ein schmerzlicher Zug grub sich um ihre Mundwinkel.

„Es ist schon genug, wenn meine Tochter Jutta mit leeren Händen zu dir kommt. Aber ich kann ihr mit dem besten Willen nichts mitgeben, Konstanze. Im Augenblick wenigstens nicht."

„Du bist manchmal wie ein kleiner störrischer Bub", sagte sie.

„Ich kann aus meiner Haut nicht heraus, Konstanze."

„Ja, ich weiß. Vielleicht bin ich dir deshalb schon im ersten Augenblick so zugetan gewesen, weil du so bist."

„Davon habe ich aber lange nichts gemerkt."

„Weil du es nicht hast merken wollen."

„Oder weil ich keine Zeit hatte, an anderes zu denken als an das Moor, und was ich aus ihm machen könnte."

Frau Konstanze war in letzter Zeit oft übermütig wie ein junges Mädchen und konnte es sich auch jetzt nicht verkneifen, ihn verlegen zu machen. Sie sagte, indem sie sich an seine Schulter schmiegte:

„Aber dann fandest du doch Zeit, mit dem Glas die Fensterreihe der Lammbrauerei abzusuchen.“

Er merkte, wie es ihm heiß ins Gesicht schoß. „Woher weißt du das?“

„Ich weiß es eben. Aber seit ich das weiß, bin ich um vieles glücklicher. Damit du dich dessen aber nicht schämst, will ich dir gestehen, daß ich das gleiche getan habe. Schon vor dir.“

Es war ganz still im Raum, nur die Uhr tickte leise. Ein verlorener Sonnenstrahl fiel durchs Fenster und verwandelte die bärtigen Gestalten eines Defreggergemäldes an der Wand in verschmitzte Waldschrattgesichter.

Und während der Riese aus dem Moor, in einer fast bubenhaften Scheu, sich der Berührung ihrer Hände hingab, ward Frau Konstanze wieder von jener Flamme angerührt, darunter sie zusammenzuckte, obwohl es die Flamme eines hohen Glückes war, das in ihrem Herzen eine gute Heimstatt finden wollte.

Die schrille Stimme der Kellnerin zerschlug den Zauber dieser wundersamen Minute. Sie schrie vom Gastzimmer zur Küche vor:

„Drei Weißwürst und dreimal zwei Paar Wiener mit Kraut.“

„Ich muß jetzt gehn“, sagte Melchior Graf.

„Kommst du hernach wieder? Vielleicht zum Mittagessen?“

„Eigentlich sollte ich auch im Forsthaus vorsprechen. Da drängt man auf die Heirat, und mir ist gar nicht ganz wohl dabei, denn auch Roswitha muß ich mit leeren Händen fortschicken. Aber wenigstens das Hochzeitsmahl soll dann auf meine Kosten gehn. Vielleicht ließe es sich hier bei dir ausrichten, zu einem angemessenen Preis natürlich.“

„Was du für Sorgen hast“, lachte sie und schob ihn zur Tür hinaus.

Dann ging sie schnell wieder vor ins Büro und griff nach dem Telefon.

„Hier ist Lammbräu. — Sehr richtig, Frau Beerlich. Passen Sie auf, Herr Burdegger. Es wird jetzt gleich jemand zu Ihnen kommen. — Wer? Der Moorkönig! Es dreht sich um einen Kredit von zehntausend Mark. — Doch, doch. Er wird ihn bekommen. Ich bürge nämlich für ihn. Genügt das? Aber noch eins. Er braucht das nicht zu wissen. Haben wir uns verstanden? — Gut, danke schön."

Hernach ging sie, was sie schon lange nicht mehr getan hatte, durch die Brauerei. Im Kesselhaus war alles blitzblank, und fast lautlos arbeiteten die Kolben der schweren Dampfmaschine. Ferdinand sprach öfter davon, daß er später einmal alles elektrisch einrichten wolle. Gut, soll er. Sie würde ihm nicht dreinreden. Nur auf eins wird sie dringen, daß das Bier der Lammbrauerei die gleiche Qualität behielt wie bisher.

Es roch nach Malz, wohin sie auf ihrer Wanderung auch kam. In dem kleinen Stübchen neben der Gerstenkammer saß der Braumeister Weber mit ein paar Brauburschen bei der Brotzeit. Sie setzte den Steinkrug, den der Braumeister ihr hinschob, an die Lippen und tat einen langen, genießerischen Zug. Dann kostete sie den Geschmack mit den Lippen noch nach und nickte.

„Ausgezeichnet. Von dem letzten Sud?"

Der Braumeister bejahte. „Dabei ist aber die Qualität des Hopfens vom Vorjahr gar nicht die beste."

„Es war ein verregneter Sommer", erinnerte Frau Konstanze, stand auf und legte die Hand auf die Stirn. „Was wollte ich jetzt gleich wieder? Ach ja, richtig. Einen Meterstab habt ihr wohl nicht zur Hand?"

Einer der Bräuknechte ging zum Werkzeugkasten. „Hier ist ein Meterstab."

„Danke! Ich bringe ihn hernach wieder."

Keiner von den dreien konnte sich denken, wozu die Frau einen Meterstab brauche. Aber sie machten sich darüber keine Gedanken. Die Frau war nach langer Zeit wieder einmal hier gewesen, so wie sie früher fast jeden Tag hiergewesen ist. Ihre Stimme war hell und froh gewesen, wie ausgeruht nach einer dummen Krankheit, von der die Küchenmagd behauptete, daß es eine unglückliche Liebe wäre.

Frau Konstanze ging vom Sudhaus zum Bootsschuppen, wo Ferdinands Motorboot lag. Die Griffe hatte ihr Ferdinand schon ein paarmal erklärt. Aber als sie zum drittenmal an dem Lederriemen zog und der Motor ansprang, erschrak sie doch ein wenig. Dann aber freute sie sich wie ein Kind, weil das Boot so pfeilschnell dahinschoß, in Richtung Marienmoor.

Kurz bevor es schneite, kam Regierungsrat Bogner mit einigen Reportern ins Moor gefahren. Er hatte nun wieder ein wenig Fett angesetzt und sah in seinem dunklen Anzug so vornehm aus, wie es seiner Stellung zukam.

Melchior Graf wurde gefragt und ausgequetscht wie eine Zitrone. Es wurden viele Aufnahmen gemacht von ihm, von der ganzen Siedlergruppe, vom Dorf und von der kleinen Kapelle. Eine große Illustrierte brachte den Bericht mit den Bildern. „Die Leute vom Marienmoor" lautete die Überschrift, und Melchior Graf freute sich kindlich, daß man diesen Namen so stillschweigend akzeptiert hatte. Jetzt hatte der Name schon Gültigkeit. Er war mit einem Schlag bekannt geworden, weit über die Grenzen des Landes hinaus.

Die Bilder waren sogar farbig. Eines davon zeigte den Siedlervater Melchior Graf selber. „Der Moorkönig", stand darüber. Es war ein Halbbild, aber man konnte gerade noch die rechte Hand sehen, deren Finger mit der Uhrkette spielten. Er stand vor seinem Hof, über dem schon das Wappen hing. Dieser Hof stach unter den andern ein wenig heraus. Er war vielleicht schon in allem fertig. Hinter den Fenstern hingen bereits freundliche Vorhänge, weil ja die Lammbräuin eines Vormittags mit einem Metermaß gekommen war und mit Jutta gemeinsam die Vorhänge ausgemessen hatte. Das stand zwar nicht in dem Bericht der Illustrierten, aber die Leute vom Marienmoor wußten das auch so, und weil Frau Konstanze die Vorhänge im Kaufhaus Stephan gekauft hatte, sprach es sich von dort aus auch schnell genug durch die Gassen von Rafenstein.

Die Leute lächelten vielsagend dazu, stellten ihre Vermutungen an und ließen ihre Bemerkungen wie kleine Pfeile durch die Gassen schwingen. Besonders als sie das Bild des Moorkönigs in der Illustrierten sahen. Gierig suchten sie, ob in dem Bericht nicht auch etwas von der Lammbräuin stünde. Nein, kein Wort! Nur vom unübertrefflichen Pioniergeist war die Rede, und daß da drüben nun ein neues Dorf aus Krume, Stein und Moor emporgewachsen sei, und daß es immer wieder ein Mann gewesen wäre, der mit seinem eisenharten Willen allen Widerständen getrotzt und nur das Ziel vor Augen gehabt habe. Eben dieser Moorkönig, Melchior Graf.

Fünf Tage vor Weihnachten begann es zu schneien, genau an dem Morgen, als Roswitha Graf und der Forstassistent Robert Breitsamer in der Pfarrkirche zu Rafenstein getraut wurden. Roswitha sah wirklich aus wie eine blühjunge Prinzessin. Ihr schmales Gesicht, umrahmt vom weißen Schleier, glühte vor innerer Erregung. Ganz freudig und hell hätte sie ihr „Ja“ hinausschreien mögen, aber sie war von der Größe des Augenblicks so überwältigt, daß es mehr ein Hinhauchen wurde. Beim dritten, gelispelten „Ja“ sah Frau Konstanze von ihrem Kirchenstuhl aus, wie Melchior Graf die rechte Hand hob und sich über die Augen wischte. In diesem Augenblick hätte sie aus ihrem Kirchenstuhl heraustreten, neben ihn hinknien und seine Hand fassen mögen. So innig nahe fühlte sie sich ihm verbunden.

Just an diesem Tag bekam Melchior Graf eine Karte mit ausländischen Marken. Der Postbote brachte sie gleich ins Bräustübchen, wo die kleine Hochzeitsfeier stattfand.

Rochus, gegen den im Januar hätte verhandelt werden sollen, war bereits nach drei Wochen Untersuchungshaft ausgebrochen und spurlos verschwunden. Man hatte ihn zuerst im Moor, dann auf den verschiedenen Almhütten gesucht. Vergebens. Rochus war über die Grenze gegangen. Und nun schrieb er wie zum Hohn in seinem mangelhaften Deutsch: „Herzliches Grüße aus schönes Batschka, Rochus.“

Die Feier wurde dadurch nicht getrübt. Nur Robert furchte in der Erinnerung an Rochus kurz die Brauen. Aber dann war die Hand seiner Mutter da, leise und liebevoll, die Hand der Frau, die einmal auf den Wogen leichten Wahns geschwebt war und nun mit ihrem weißen Haar und ihren wissenden Augen über das Glück der jungen Menschen wachte, die manchmal an ihrem Wein nippte und ihre Blicke langsam umhergehen ließ, von ihrem Mann zum Mann des Moores, zur Frau Konstanze und an ihr vorbei zum übermütig lachenden Ferdinand und zu Jutta, von der sie den

Blick lange nicht lösen konnte, weil ihr dünkte, sie habe noch nie im Leben ein so schönes Menschenkind gesehen.

Und draußen schneite es in dichten Flocken. Man sah durch das Fenster kaum über die Straße. Es schneite drei Tage ohne Unterlaß, dann klarte es auf. Es wurde bitter kalt, der See fror zu, und an den Dachrinnen hingen dicke Eiszapfen.

So kam der Heilige Abend heran.

Melchior Graf schaute vom Stubenfenster aus in den Schnee hinaus. Weiß und kahl lag das Land vor ihm. Aber der Moorkönig sah Roggen wehen im Wind, er sah den Hafer in der leichten Morgenluft fächeln, und die Kartoffelstauden grünten vor seinen Augen.

In der Stube war es wohlig warm. Der grüne, niedere Kachelofen mit der weißen Kuppel wurde vom Küchenherd auf der anderen Seite mitgeheizt. Die Möbel waren aus Föhrenholz und atmeten noch den Duft der Beize. Die Wand war bis zur halben Höhe mit Lärchenholz getäfelt. Den Boden vom Tisch im Herrgottswinkel bis zum Schrank mit den bleigefaßten Butzenscheiben bedeckte ein fein gewobener Fleckerlteppich, ein Geschenk der Lammbräuin.

Er stand da, die Hände auf dem Rücken, die Schultern ein wenig gebeugt. Seine Augen gingen in schwermütiger Liebe über die Dinge des späten Nachmittags, von den verschneiten Birken bei der Kapelle drüben über den zugefrorenen See hinweg nach Rafenstein, in dem man schon da und dort ein Licht brennen sah. Eigentlich konnte er es gar nicht recht glauben, daß er nun dieses Weihnachten in einem eigenen, festgefügten Haus stand. Wenn er dagegen zurückblickte auf das Weihnachten im Vorjahr! Damals waren sie ärmer als arm gewesen, alles grau, ohne ein kleines Licht, außer der stetig brennenden Flamme in seinem Herzen, die auch für die anderen reichen mußte, wenn sie verzweifeln wollten. Durften sie ihm jetzt neidig sein, weil er seinen Hof bereits ein wenig schöner hatte einrichten können als sie, dank der uneigennützigen Hilfe Frau Konstanzes, die alles mit der Linken hingab, ohne daß die Rechte es wissen sollte?

Nein, es war ihm keiner neidig, sie alle wußten, daß die Liebe die Triebkraft aller Handreichungen war, die diese Frau über den

See herüberschenkte, angefangen von dem Boot Emma bis zu der drei Meter hohen Tanne, die im Flur draußen stand und aus Frau Konstanzes Wald stammte. Jutta war gerade damit beschäftigt, Lametta und Kugeln aufzuhängen. Adrian hatte deshalb mittags schon zu Röders hinübermüssen, damit er davon nichts sah.

Im Vorjahr hatten sie noch keinen Baum gehabt. Heuer wollten sie gemeinsam um diese geschmückte Tanne ihr erstes Weihnachten in der neuen Heimat feiern.

Ach ja, sie hatten wieder eine Heimat. Es war wie ein Traum. Aber Träume hatten keinen Schweiß auf der Stirn und keine Schwielen an den Händen. Das Moor hatte ihnen wahrlich nichts geschenkt, keine einzige Stunde war es bereit, ihnen willig entgegenzukommen. Aber nun hatten sie es bezwungen, es hatte ihnen alles gegeben, was sie fürs erste brauchten, das neue Leben lachte sie unverwüstlich an, und unterm Schnee schlief schon die neue Ernte. Sie waren alle voller Hoffnung und Zuversicht. Nur einer war lahm geworden und mit seiner Familie davongelaufen in die Stadt. Und einen andern hatte er ausstoßen müssen aus dieser Gemeinschaft. Den Rochus Schwab. Er war wieder dorthin gegangen, wo er seine Wurzeln gelassen hatte, in die Batschka.

Die Tür ging auf, und Jutta trat ein. Sie trat neben ihn ans Fenster. Ihre Hand griff verstohlen nach der seinen, und er drückte sie. Aber sie sahen einander nicht an.

„Woran denkst du, Vater."

„Kannst du dir das nicht denken?"

„Doch, Vater. Ich kann mir genau vorstellen, wie es in dir heute aussieht."

„Du bist die einzige, die mich vielleicht ganz versteht."

„Nein, Vater. Ich weiß noch eine, die dich versteht."

Sie schwiegen wieder. Nach einer Weile drehte sich Melchior Graf um, nahm seine dicke Lodenjoppe von der Ofenstange und stülpte die schwarze Bärenfellmütze auf. Bei der Tür drehte er sich noch mal um.

„Meinst du, daß sie kommt?"

Jutta schloß die Augen. Um ihren Mund spielte ein wundersames Lächeln.

„Hat diese Frau schon einmal nicht gehalten, was sie versprochen hat? Und — Vater —" Jutta machte ein paar Schritte auf ihn zu. „Sie wird nicht allein kommen. Es würde mir sehr leid tun, Vater, wenn in deinem Herzen noch irgendein versteckter Winkel wäre, der sich ihm noch nicht geöffnet hätte."

„Kann man sich ihm denn überhaupt verschließen? Außerdem ist er ja auch der Neffe von Konstanze."

Er ging hinaus. Die hohen Schaftstiefel versanken bis weit über die Knöchel hinauf im Schnee. Er ging langsam durch die Siedlung. In den Ställen und Stuben brannte überall schon Licht. Er sah die Gesichter hinter den Fenstern, und die Gesichter waren nicht mehr verhärmt und verbittert. Das große Glück des Daheimseins lag unter ihren Stirnen, und vielleicht begriffen sie gar nicht ganz, daß so ein Daheimsein das Höchste ist aller menschlichen Sehnsucht, weil aus den Grundfesten solchen Geborgenseins alles andere Glück entspringt, das der Liebe und das der Wiege und vielleicht auch das des Einschlafens ohne Erwachen nach getaner Pflicht.

Nirgends blieb er stehen. Mit gleichmäßigen Schritten ging er dahin, der Sippenvater aus Marienmoor, der urewige Bauer, angefüllt bis zum Rande seines Herzens mit Dankbarkeit gegen Gott, der alles so sichtbar gesegnet hatte.

Über ihm bedeckte sich der Himmel mit tausend und abertausend Sternblumen. Schneebedeckt duckten sich die Berge unter dem klirrenden Frost der kommenden Nacht. Der Moorkönig stand und schaute hinauf zu den Sternen und zum Mond, der sich langsam über die Berge heraufschob und mit seinem Licht das dünne Grau über dem Moor zerbrach, das kein Nebel war, sondern die gläserne Wand des Frostes, in dem der Schrei einer Krähe erstarb.

Als er nach etwa einer Stunde zurückkehrte, war Frau Konstanze da. Sie saß allein in der großen Stube, den Rücken an den Ofen gelehnt, während Ferdinand in der Küche bei Jutta weilte.

Langsam schloß Melchior Graf die Tür hinter sich. In seinen Augen war plötzlich ein Schein, den Frau Konstanze noch nie an ihm gesehen hatte. Er brachte kein Wort über die Lippen. Seine Hand hob sich nach der Pelzkappe. Da stand Frau Konstanze auf, nahm sie ihm ab und stellte ihm die Hausschuhe hin. Sie nahm ihm die Pelzjoppe ab und hängte sie an die Herdstange. Alles tat sie mit einer Selbstverständlichkeit, als hätte sie ein halbes Leben lang nichts anderes getan, als diesem Mann das Heimkommen schön zu machen. Und als wäre sie selbst schon ganz daheim hier, setzte sie sich wieder an den Ofen, in dem die Wärme leise summte.

Bis hierher hatte sich Melchior Graf beherrscht. Dann aber stürzte er plötzlich vor ihr auf die Knie und barg den Kopf in ihrem Schoß.

„Daß du gekommen bist, Konstanze — das ist mein schönstes Weihnachten."

Mit unendlicher Zärtlichkeit streichelten ihre Hände über sein Haar. „Ich habe es dir doch versprochen, Melchior, auch wenn ich nicht lange bleiben kann. Das verstehst du doch?"

Er hob den Kopf und sah in ihre Augen. „Ich weiß, du gehörst ja nicht mir allein."

„Noch nicht", lächelte sie. „Heuer bin ich noch die Lammbräuin und habe sechzehn Leute, die unterm Baum stehen und beschert sein wollen." Sie strich mit ihrem Zeigefinger über seine Stirn hin. „Und jetzt versprich mir, Melchior, daß du die Brauen keinen Millimeter runzelst: Jutta soll heute mit mir hinübergehen. Sie soll neben mir unter dem Baum stehen und zusehen, damit sie weiß, wie es im nächsten Jahr gemacht wird."

Melchior Graf stand auf und sie mit ihm.

„Ich muß mich wohl fügen, wenn du es so beschlossen hast."

„Ich habe es nicht beschlossen. Ferdinand hat mich darum gebeten, und nun ist es mein Wunsch an dich."

„Als ob ich dir etwas abschlagen könnte."

„Dann geht es dir genau wie mir. Ich kann dir nämlich auch nichts abschlagen.

„Und warum nicht?"

„Muß ich dir das wirklich erst sagen, du großer, dummer Moorkönig? Erwartest du von einer alten Frau noch Liebesschwüre?"

„Nein, das nicht. Aber — bloß einmal möchte ich es aus deinem Mund hören, daß du mich lieb hast."

Statt aller Antwort nahm sie ihn um den Hals und küßte ihn auf den Mund.

„Und wann ist bei euch die Bescherung?“ fragte sie dann.

„Um halb acht werden alle da sein. Heuer feiern wir es noch gemeinsam. Nächstes Jahr wird dann jede Familie allein feiern.“

„Ich habe die Bescherung bei mir drüben erst für neun Uhr angesetzt. Also kann ich zuerst noch bei euch sein. Aber nun komm, laß uns einmal sehn, was die Jungen machen. Wo ist denn eigentlich Adrian?“

„Bei den Röders drüben. Er darf erst kommen, wenn das Christkind übers Moor läutet.“

Als sie die Küche betraten, mußten sie hellauf lachen. Jutta hatte Ferdinand eine Schürze vorgebunden. So stand er am Küchentisch und tranchierte mit einem Messer genau abgezirkelte Portionen von einem Schweinehalsgrat, die Jutta wieder in den großen Hafen mit Kraut einlegte.

„Schau, schau, der Ferdinand“, lachte Frau Konstanze. „Das hätte ich dir einmal anschaffen müssen. Der Ferdinand als Küchendragoner! Was man doch aus Liebe alles auf sich nimmt.“

Ferdinand beeilte sich zu versichern, daß dies mit Liebe gar nichts zu tun hätte. Hier gäbe es eben keinen Metzger, dem man diese Arbeit anschaffen könne.

„Ja, ja, ist schon gut, lieber Ferdinand. Du brauchst ja dein Licht nicht unter den Scheffel zu stellen. Immerhin hast du auch zwei Jahre in der Metzgerei gelernt. Mach nur weiter hier. Vielleicht kann ich dir woanders helfen, Jutta?“

Ja, es gab schon noch Arbeit. Im Flur draußen hatten sie drei Tische aneinandergereiht. Die mußten noch weiß gedeckt, und die Geschenke aufgelegt werden. Es waren keine großartigen Geschenke. Hauptsächlich für die Kinder etwas Wäsche und Wollsachen. Den Großen war ja sowieso vom Schicksal schon das Heiligste gegeben worden, was einem Menschen geschenkt werden kann: eine neue Heimat, das kleine, so wunderliebe Dorf Marienmoor.

In dieser Heiligen Nacht erlebten die Rafensteiner etwas Seltsames, als sie zur mitternächtlichen Stunde zur Christmette gingen. Man konnte allerdings nicht genau feststellen, was sich da drüben im Marienmoor abspielte. Es war, als schwebten Irrlichter durch das Moor. Ein schweigsamer Geisterzug bewegte sich langsam am Ufer des zugefrorenen Sees hin, und erst als der Wind sich plötzlich drehte, konnte man eine Glocke läuten hören. Ganz rein und ungebrochen kamen die Töne über die weiße Fläche herüber. Dann hörte man auf einmal singen, eine ernste, schwermütige Weise, die nur die herrlichen Stimmen zu einem festlichen Choral machten, der so feierlich war, als käme er von den Sternen her.

Die Moorleute trugen in dieser Nacht ihren Herrgott aus der Batschka in die Kapelle, von der Baron Schorer sagte, daß es eine gestohlene Kirche sei, an der der Herrgott keine große Freude haben könne.

Die beiden Andersch-Buben trugen das schwere Kreuz, flankiert von sechs Mädchen mit brennenden Fackeln. Hinter dem Kreuz schritt barhäuptig, das schwere Gesicht zu den Sternen aufgerichtet, seinen Enkel Adrian an der Hand führend, Melchior Graf, der Sippenvater. Erst in einem Abstand von drei Metern folgten alle andern, Frauen, Männer, Jugendliche und Kinder. Und jedes trug eine brennende Kerze in der Hand. Manchmal duckten sich die kleinen Flammen im Wind ganz nieder, aber sie erloschen dennoch nicht.

Der Schnee schrie und ächzte unter den vielen Schuhen. Es war, als weine es unter der Erde leise mit, indessen die Stimmen in dankbarem Jubel das „Großer Gott, wir loben dich“ über das nächtliche Moor hinsangen.

Und immer noch läutete die Glocke. Der kleine Turm schien von den Klängen zu erbeben, indessen es nur das Mondlicht war, das mit seinem silbernen Schein über das steile Türmchen hinzitterte.

Es war schon alles vorbereitet. Melchior Graf stieg auf den kleinen Antritt und hängte den lebensgroß Gekreuzigten in die eingemauerten Haken. Dann drehte er sich langsam um. Die Glocke schwieg jetzt. Das Licht der vielen Kerzen brach sich an der weißen Mauer und an dem braunen Holz des Gekreuzigten. Kopf an Kopf standen die Siedler, und vor ihnen stand die hohe Gestalt des Sippenvaters wie ein Prophet, der sie aus dem Unglück herausgeführt hatte in diese friedliche Stille von Marienmoor.

Er sprach ganz langsam über alle Scheitel hinweg und blickte durch die geöffnete Kirchentür in die Ferne. Aber jedes seiner Worte grub sich tief in die Herzen der Anwesenden. Er sprach vom Golgatha, durch das sie alle gegangen seien, und daß dies eine der schönsten Stunden in seinem Leben sei, daß der Herrgott aus der Batschka wieder ein festes Haus habe. Den Kindern redete er ins Gewissen, daß sie diese Stunde der Heiligen Nacht des Jahres 1948 nie vergessen sollten, und daß sie das, was sie heute miterleben dürften, einmal ihren Kindern weitererzählen sollten, nicht als eine Mär, sondern als ein wahrhaftes Erlebnis, das den kommenden Geschlechtern erhalten bleiben soll.

„Wir wollen aber —“ fuhr er fort — „in dieser Stunde, da vor fast zweitausend Jahren in Bethlehem ein Kindlein im Stroh lag, uns daran erinnern, daß auch wir in der Heiligen Nacht des Vorjahres noch auf Stroh geschlafen haben und so arm gewesen sind wie ER, der die Welt erlöste. Vielleicht waren wir alle Gott noch nie so nahe wie damals. Und weil wir ohne Murren das schwerste Kreuz auf uns genommen haben, darum hat er uns diese neue Heimat geschenkt. Möchte das keiner vergessen, und laßt uns alle gerade in dieser Nacht in aller Demut danken dem Vater unser, der du bist . . .“

Wie seltsam die kleine Kirche sich füllte von Stimmen und leise geweinten Tränen. Als sie das Vaterunser gebetet hatten, traten sie in die mondhelle Nacht hinaus. Die Glocken begannen wieder zu läuten. Hell und kraftvoll aber schwang sich die Melodie des alten Weihnachtsliedes „Stille Nacht, Heilige Nacht“ über den erzenen Klang, der schon einmal im Moor für viele Jahre versunken war.

Melchior Graf schloß die Tür und übergab den Schlüssel dem jungen Röder, der nun fortan den Morgengruß und den Abendsegen zu läuten hatte.

Still und feierlich brannten noch zwei Kerzen zu Füßen des Gekreuzigten bis in den hellen Weihnachtsmorgen hinein.

Nun lebten sie ihre stille Zeit im neuen Moordorf. Felder und Wiesen waren tief verschneit. Der Fuchs schlich neugierig in einem Bogen um die neuen Häuser, das Reh stand zuerst etwas abseits, dann kam es näher und fand ein Büschel Heu hinter der Tenne des Siedlervaters.

Die Männer gingen mit Sonnenaufgang in den Bergwald. Sie rodeten das Unterholz, das ihnen der Förster angewiesen hatte. Man brauchte Zäune um die Häuser. Die Sonne sank schon über dem See, wenn sie wieder heimkamen, jeder einen großen Pack Reisig auf dem Rücken, und zufrieden setzten sie sich daheim hinter den warmen Ofen.

Die Kinder waren in der Schule, die Frauen hielten Haus und Ställe sauber, und manchmal knieten sie am Seeufer und schwenkten ihre Wäsche. Das Dorf war still, und wenn der Postbote in seiner blauen Uniform aus dem Wald kam, standen sie hinter den Fenstern und warteten, ob er etwas bringe. Aber er brachte nie Post, nur für den Siedlungsvater hatte er immer etwas. Es waren meist amtliche Sachen neben der Tageszeitung, die dann von Haus zu Haus ging.

Morgens und abends läutete das Glöcklein im Turm. Wenn Südwind ging, hörten sie es bis Rafenstein hinüber. Dann stand Roswitha am Gartenzaun und schaute herüber ins Moor. Manchmal mußte sie lange warten, bis sie Robert in der Dämmerung auftauchen sah, weil er oft über Gebühr lange bei Jutta in der Küche saß. Als der Schnee wegging und es Frühling werden wollte, ging sie ihm oft entgegen, und die Schwiegermutter stand schützend und mit wissenden Augen über ihrem „neuen Zustand“, von dem der Förster gutmütig polternd sagte, daß er sich noch gar nicht so alt fühle, um schon Großvater zu werden.

Ja, der Frühling kam auf einmal mit Macht. Wie eine Erlösung kam er über die Männer vom Marienmoor, sie griffen zum Pflug, fuhren Mist aufs Feld. Der Wald hatte sie entlassen, der Acker war ihr Element.

Nun lohnte sich Melchior Grafs weise Voraussicht. Saatkartoffeln waren im Frühjahr in dieser Gegend äußerst knapp, weil ja der Hagel alles zerschlagen hatte. Aber in Marienmoor hatten sie Saatkartoffeln. Mit zwanzig Mark stand der Zentner im Preis. Die Mieten wurden geöffnet. Über tausend Zentner hatten sie abzugeben, und selbst Baron von Schorer mußte den Canossagang gehen und aus dem Marienmoor Saatkartoffeln holen. Er kam zwar nicht selber, aber er schickte seinen Baumeister, der in seinem Auftrag vom Preis noch was herunterhandeln sollte.

„Ich überlege mir gerade", sagte Melchior Graf, „ob sie für den Baron von Schorer, meinen innigsten Freund, nicht fünfundzwanzig Mark kosten sollten."

„Laß gut sein, Vater", beschwichtigte Jutta. „Meinst du, daß es ihn nicht schon schwer genug angekommen ist, daß er dich um etwas bitten muß?"

Der erste Wohlstand kehrte in die Siedlung ein. Melchior Graf konnte das Darlehen an die Kreissparkasse zurückzahlen. Die Siedlerfrauen kauften nun auch Vorhänge und richteten sich ein. Einmal in der Woche kam die Kolonialwarenhändlerin Hauser aus Rafenstein mit einem Handkarren herüber und bot Lebensmittel feil. Sie hatte in der schlechten Zeit aufgeschrieben, nun lohnten es ihr die Siedler.

Einmalig, mit welcher Geste Melchior Graf bei der Kreissparkasse erschien und die zehntausend Mark auf den Schalter hinzählte. Es waren lauter Hundertmarkscheine, und jedesmal, wenn er zehn hingezählt hatte, machte er den Daumen naß. Er war auf einmal jemand. Der Kreissparkassendirektor führte ihn persönlich in sein Büro, bot ihm einen Cognac, Marke Napoleon, an und sagte, wenn er wieder einmal was brauche, die Kreissparkasse sei jederzeit für ihn da.

Hernach ging Melchior Graf in den Pfarrhof und hatte eine lange Unterredung mit dem Pfarrer, denn es war ja nun an der Zeit, daß das neue Dorf mit seiner kleinen Kirche auch eingeweiht wurde. Es sollte ein großes Fest werden. Der Bürgermeister Stephan, bei dem er hernach vorsprach, versprach, einen Festausschuß zu gründen, mit dem die ganzen Fragen besprochen werden sollten.

Endlich hatte er alles erledigt und lenkte seine Schritte zum Lammbräu. Dabei war ihm nun schon so, als ob er zu sich heimginge. Er war längst kein Gast mehr, den die Kellnerin zu fragen hatte, was er wolle, und es wußten alle bis zum jüngsten Zimmermädchen, daß der Moorkönig sich zum Herrn über Frau Konstanzes Herz erhoben hatte.

Ferdinand hatte sein Studium nun beendet und war zu Haus,

ein junger Herr, den Frau Konstanze gerne gewähren ließ, obwohl ihre immerwachen Augen sein Tun genauestens beobachteten. Oh, es gab so viel, was er ihr abnehmen konnte. Zum Beispiel die Wirte besuchen, wenn sie ihr „Bierletzt" feierten oder im Fasching eine Veranstaltung abhielten. Überall fuhr jetzt Ferdinand mit seinem Opel Rekord hin und vertrat die Lammbrauerei. Er vertrat sie ein wenig großzügiger, als Frau Konstanze es bisher getan hatte, und Frau Konstanze mußte ihm das erst in aller Güte erklären, daß für so einen Abend zwanzig Mark gerade die Grenze wären.

Ferdinand fuhr hernach auch den Moorkönig mit dem Wagen nach Marienmoor. Er war ein verflixter Kerl und eroberte das Wohlwollen seines künftigen Schwiegervaters ohne Schwierigkeit. Er konnte ihn nicht Moorkönig nennen, wollte auch nicht Herr Graf sagen und nannte ihn einfach Vater. „Herr Vater", sagte er und lächelte dabei, „wie ist das nun eigentlich mit unserem Verwandtschaftsgrad? Du würdest also mein Schwiegervater und zugleich auch mein Onkel."

„Fahr nicht so schnell", sagte Melchior Graf. „Oder möchtest du, daß ich mir das Genick am nächsten Baum breche."

„Um Gottes willen", seufzte Ferdinand drollig. „Das hieße, mir Tante Konstanze zur Todfeindin zu machen."

Melchior Graf antwortete auf solche Anspielungen nicht, weil er sich immer noch nicht vorstellen konnte, daß Frau Konstanze eines Tages wirklich zu ihm ins Moor käme. Er wußte ja nicht, wie sie bereits dabei war, alles genauestens vorzubereiten. Ferdinand sollte vorerst einmal die Landwirtschaft ganz übernehmen. Von der Brauerei wollte sie sich eine monatliche Pacht ausbedingen. Ebenso wollte sie etwa dreißig Tagwerk Wald für sich behalten, vielmehr auf den Moorhof überschreiben lassen. Sicher wußte Melchior Graf gar nicht, was für eine reiche Partie er machte.

Dafür wußte es der Baron von Schorer, und er versuchte noch einmal alles, Frau Konstanze diesen „blühenden Unsinn" auszureden.

Sie hörte ihm aufmerksam zu und fragte ihn dann: „Und was wäre nach Ihrer Meinung kein Unsinn?"

„Konstanze, meinst du nicht, daß es sich auf meinem Schloß leichter leben ließe als da drüben im Moor?"

„Das habe ich einmal gmeint. Vor vielen Jahren. Aber nun sehe ich es viel klarer. Der Herr Baron wird einsam. Ich weiß, daß Ihr Sohn bald eine junge Frau ins Schloß führt."

„Ja, das ist es, Konstanze. Wir beide könnten in die Stadt ziehen und uns einen Lebensabend einrichten, der dir wahrscheinlich mehr bieten würde als das, was dich da drüben im Moor erwartet."

„Was mich da drüben erwartet, weiß ich, und es ist eigentlich merkwürdig, daß Sie mich immer noch so wenig kennen. Gerade Sie müßten doch wissen, daß mich nichts mehr von dem abbringen kann, was ich mir einmal in den Kopf gesetzt habe. Außerdem, wenn es Sie interessiert — ich liebe diesen Mann da drüben im Moor."

„Das kann doch nicht dein Ernst sein?"

„Doch, doch, das ist mein voller Ernst. Das will bloß Ihre Eitelkeit nicht zugeben."

„Das hat mit Eitelkeit gar nichts zu tun, wenn ich nicht einsehen will, daß der Konstanze Beerlich so ein hergelaufener Zigeuner mehr bedeutet als der Baron von Schorer."

„Sie haben recht, er bedeutet mir wirklich viel mehr."

Es war das letzte, was Frau Konstanze und Schorer miteinander sprachen. Ein paar Wochen später, nachdem die Hochzeit seines Sohnes mit allem Pomp gefeiert worden war, zog der alte Schorer tatsächlich in die Hauptstadt des Landes, wo er noch ein vom Bombenkrieg halbzerstörtes Palais und ein paar Zinshäuser besaß, die gerade wieder aufgebaut worden waren.

Rafenstein hatte im Laufe seiner fast achthundertjährigen Geschichte schon manche festlichen Höhepunkte erlebt. Aber das Fest der Einweihung des Dorfes Marienmoor, das am 15. Mai des Jahres 1949 stattfand, stellte doch alles in den Schatten. Von weither waren die Menschen gekommen und hatten sich von dem Glanz hinreißen lassen, den weniger die Sonne dieses herrlichen Maientages über das Moor und den See hingeschüttet, als das farbenfrohe Bild der vielen Trachten und Gewänder, unter denen das Purpur des Diözesanbischofes leuchtete, der mit Mitra und Krummstab vor der schneeweißen Kapelle stand und mit seinen hellen Augen ein wenig neugierig den Riesen mit dem Stiftenkopf musterte, der sich soeben vor ihm tief niedergebeugt und den Bischofsring geküßt hatte. Dann hatte sich Melchior Graf aufgerichtet und war fast größer als der Bischof einschließlich der Mitra.

Und der Bischof hatte so laut und leutselig gesagt, daß der Landwirtschaftsminister und alle die hohen Herren ringsum es hörten:

„Sie sind also der Mann, von dem mir berichtet wurde, daß er eigenwillig und ohne Genehmigung der Behörde diese Kirche hier gebaut hat."

All den hohen Herren gefror fast das Blut vor Schreck, als der Moorkönig die Brauen runzelte und zur Antwort gab:

„Die Behörden haben zu strafen gewußt, Exzellenz, aber Gott hat mir bis heute noch kein Zeichen des Mißfallens gegeben."

Schweigen. Nur um die dünnen Lippen des Bischofs spielte ein leises Lächeln. Bogner nickte zufrieden und putzte seine Brille, und der Landwirtschaftsminister hustete verlegen. In Frau Konstanzes Augen aber lag ein Strahl unendlicher Liebe und des Stolzes. Sie stand etwas abseits der Gruppe, und Melchior Graf erwiderte ihren Blick mit der gleichen Leuchtkraft. Dann sagte der Bischof:

„Das wird er auch nicht, der liebe Gott. Dann wollen wir also beginnen . . ."

Der große Sommer brach an. Unter dem hellen Sommerhimmel zogen Vögel dahin, und auf dem See lag das Lichtgezitter in verschwenderischer Fülle. Die Siedler mähten das erste Heu. Ihre Rinderherde hatte sich bereits verdoppelt, und die Höfe standen schmuck und breit in der fruchtbaren Landschaft.

Ach ja, es war ein gesegneter Sommer. Die Siedler standen jetzt nicht mehr bis zu den Knien im Moor, sie waren bei ihrer Feldarbeit. Manchmal grollte es hinter dem Horizont. Ein Gewitter zog auf, und die junge Saat beugte sich unter dem Sturm. Dann läutete das Glöcklein im Turm eine Warnung, aber Gott war den Siedlern auch in diesem Jahr gnädig, er lenkte das Gewitter gegen die Berge zu.

Die Glocke läutete auch einmal in der Woche zu einer Messe. Der junge Kaplan von Rafenstein kam herüber. Zwei Kinder waren schon getauft worden, das Leben stellte freudig seine Forderung an das junge Dorf.

Und wenn der Roggen geschnitten ist, würde Roswitha ein Kind haben. So sagte wenigstens der Doktor von Rafenstein, der bis jetzt in Marienmoor noch kein Geschäft gemacht hatte.

Zuerst aber kam noch Juttas Hochzeit. Das Korn wurde schon gelb in den Spitzen. Melchior Graf ging am Rande seines Feldes hin. Es war Abend. Die Sonne ertrank im See, und die Berge standen purpurumflossen über dem Tal. Einmal griff seine Hand in die Ähren. Er ließ ein Korn über seinen Fingernagel spritzen. Es war noch ein wenig milchig. „Ein paar Tage Sonne noch", sagte er für sich hin und ging weiter. Er ging durch den Apfelgarten. Die Bäumlein waren noch zu jung, um schon Früchte zu tragen. Nur da und dort hing ein vereinzelter Apfel. Sein Auge suchte den, der bis zum Herbst am größten sein könnte und rote Backen haben würde, denn er hatte nicht vergessen, daß er einem Mädchen in Rafenstein drüben einen Apfel schuldig war, den ersten, der in „seinem Paradies" wachsen würde, wie er bei sich die Siedlung manchmal nannte.

In der Stube wurde das Licht angedreht. Die Vorhänge waren noch nicht zugezogen. Er sah durch die Lücken der Apfelbäume, wie Jutta den kleinen Adrian gerade fürs Bettgehen herrichtete und ihm das Nachthemd über den blonden Wuschelkopf stülpte.

Dann sah er den jungen Röder zur Kapelle gehen. Das Glöcklein läutete den Abendsegen. „Der Engel des Herrn brachte Maria die Botschaft . . ."

Melchior Graf ging zum See hinunter. Breit und behäbig lag „Emma" mit dem Kiel im moorigen Ufer. Er schob das Boot nach vorne, sprang hinein und ergriff die Ruder.

Auf halbem Weg schoß ein paar Meter neben ihm Ferdinands Motorboot vorbei. Er rief etwas herüber, aber Melchior Graf konnte es im Geknatter des Motors nicht verstehen. Er hob nur die Hand, und vielleicht hatte ihm Ferdinand zugerufen, daß die Tante Konstanze auf ihn warte, denn die Frau stand am Ufer, als das Boot anlegte.

„Ich wußte, daß du kommen würdest“, sagte sie einfach und schlicht.

„Ja, ich muß dir nämlich eine Botschaft bringen, Konstanze. Das Korn wird reif. In zwei Tagen beginnen wir mit der Mahd.“

Es war ja nichts Überwältigendes. Aber für diese zwei Menschen bedeutete es viel. Es war seine erste Ernte in der neuen Heimat, und für Frau Konstanze war es die unausgesprochene Aufforderung, nun bald ins Moor zu kommen, für immer. Sie verstand es wenigstens so und schmiegte sich wie fröstelnd in seinen schützenden Arm.

„Ja, bald“, flüsterte sie. „Du sollst mit deiner Ernte auch unser beider Glück in die Scheuer bringen.“

Nun war es soweit. Das Korn wurde gemäht. Und da jeder seinen eigenen Acker hatte, mähten die Siedler jeder für sich. Im nächsten Jahr würden die Felder nochmal so groß sein, und Melchior Graf dachte, während er die Sense wetzte, daß man dann einen Mähdrescher brauchen würde. Und nicht nur einen Mähdrescher allein, sondern alle neue Maschinen, die den Mangel an Arbeitskräften ausgleichen müßten.

Melchior Graf tat den ersten Schnitt in den trockenen Roggen. Er schloß die Augen dabei, es war für ihn ein begnadeter Augenblick, den er wie einen Traum auskostete. Den Traum des Bauern, der die Ernte als eine Gabe Gottes nimmt. Erdgeruch war um ihn, gelbliches Licht der Reife und der wunderbare Rausch der Fruchtbarkeit. Dieser Rausch hatte ihn jetzt erfaßt, und er bekam die Weite und Stille in seinen Blick, den Schnitter haben, wenn die gelbe Mauer rauschend zu ihren Füßen niedersinkt.

Und weil er sich so tief in seinen schönen Traum hineinverloren hatte, konnte er nicht sehen, daß Frau Konstanze schon eine ganze Weile hinter ihm stand, gleich hoch mit dem Korn. Erst als er sich einmal aufrichtete, um die Sense zu wetzen, da bemerkte er sie, und in seinen Augen leuchtete es auf.

„Macht es dir etwas aus, wenn ich die Garben binde?“ fragte sie. „Jutta hat nämlich noch so viel im Haus zu tun.“

„Kannst du es denn?"

Sie zog ein weißes Tuch hervor und band es über ihr blondes Haar. „Ich weiß nicht, ob ich es noch kann", meinte sie. „Bevor ich heiratete, bin ich Magd gewesen, aber ich weiß nicht, ob meine Hände das noch wissen."

Er fragte sie nicht, ob sie auch am Nachmittag kommen werde. Sie blieb gleich über den Mittag da. Am Abend war das halbe Feld abgemäht, und als sie die Garben aufgestellt hatten, nahmen sie sich die Zeit, sich noch an den Grenzgraben zu setzen und auf ihr Werk zu blicken.

Juttas Hochzeitsmorgen war angebrochen. Und weil sie nun aus dem Moor herausging und drüben ihre Wurzeln schlagen wollte, hatte Frau Konstanze den Vorschlag gemacht, daß sie das Brautkleid der Einheimischen tragen sollte, den schwarzen Schalk mit den schweeweißen Bruststpitzen und der schweren, siebengliedrigen Halskette mit dem goldenen Verschluß.

Es wurde eine Hochzeitsfeier, wie sie Rafenstein schon lange nicht mehr erlebt hatte. Mit den Siedlern, die bis auf die Kleinkinder so ziemlich alle vertreten waren, waren es an die hundertfünfzig Menschen, die in ihren malerischen Trachten hinter der dreißig Mann starken Blechmusik vom Bräuhaushof über den Marktplatz zur Kirche zogen.

Melchior Graf ging mit dem Forstmeister Breitsamer hinter dem Brautpaar. Dann folgte Bogner mit Frau Konstanze. Natürlich, wie hätte der getreue Bogner an diesem Tag fehlen dürfen!

Die Glocken begannen zu läuten. Man hörte die Orgel durch die geöffnete Kirchentür aufrauschen. Ruckweise schoben sich die vielen Menschen in die Kirche hinein. Dann wurde die Tür geschlossen, und eine schläfrige Ruhe lag über dem Marktplatz, bis nach einer Stunde das gleiche Schauspiel noch mal zu sehen war, als der Zug von der Kirche zurückzog zum Lammbräu in den festlich geschmückten Saal.

Die Verwandtschaft von der Beerlichseite her saß ein wenig verbittert an den weißgedeckten Tischen. War es ihnen doch immer schon ein Dorn im Auge gewesen, daß dieser Ferdinand einmal alles erben sollte, jetzt heiratete er ausgerechnet noch ein

Flüchtlingsmädchen. Und doch mußte man noch gute Miene zum bösen Spiel machen, denn was heute hier gegessen und getrunken wurde, ging alles auf Kosten von Frau Konstanze.

Und weil sich das fast alle dachten, gab es bis zum Abendessen schon ganz schöne Räusche unter den lieben Vettern und sonstigen Verwandten. Die noch nüchtern waren, blieben es auch bis zum Ende der Feier, so gegen elf Uhr, als das Brautpaar auf einmal verschwunden war.

Die letzten torkelten um vier Uhr morgens nach Hause und wünschten sich nur, daß vielleicht auch Frau Konstanze selber noch eine solch großartige Hochzeit halten möchte, mit Freibier und allem Drum und Dran.

Gerade dies aber besprachen an diesem Abend Frau Konstanze und Melchior Graf ganz eingehend. Ihre Hochzeit sollte so still wie möglich und ohne Aufhebens vor sich gehen.

Drei Wochen blieb Frau Konstanze noch in der Lammbrauerei, bis sie Jutta in alles eingeführt hatte und sehen konnte, wie Ferdinand seinen Mann stellte. Dann wurde das, was sie an Mobiliar mitzunehmen gedachte, ins Moor hinübergeschafft. Und eines Morgens, als Roswitha einem gesunden Mädel das Leben geschenkt hatte, wurden Frau Konstanze und der Siedlerkönig Melchior Graf in der kleinen Kapelle in Marienmoor in aller Stille getraut. dem Kaplan Moosreiner und dem Herrgott aus der Batschka mit und Regierungsrat Bogner als Trauzeugen. Und natürlich die Siedler, sogar bis zum kleinen Wickelkind der Martha Wigbert.

Es war kein besonders schöner Tag, als Frau Konstanze vor dem Kaplan Moosreiner und dem Herrgott aus der Batschka mit ihrem „Ja" zu wissen gab, daß sie bis an ihr Lebensende die treue Gefährtin des Melchior Graf sein wolle.

Die andere Frage wurde zwar von niemandem gestellt, aber als Frau Konstanze sich nach dem Schlußsegen umdrehte und aller Augen erwartungsvoll, ja fast bittend auf sich gerichtet sah, da neigte sie den Kopf ganz tief, wie zur Bestätigung, daß sie auch das Unausgesprochene zu erfüllen bereit war und allen die Siedlermutter von Marienmoor sein wollte. Und Melchior Graf stand daneben, mit einem feuchten Schimmer in den Augen, und zwirbelte mit seinen Fingern an der Uhrkette, obwohl ihm Frau Konstanze zu Weihnachten eine goldene Armbanduhr geschenkt hatte.

Ja, sie war sich bewußt, daß sie hier doch etwas mehr sein mußte als nur die Bäuerin vom Grafenhof. Ihr Mann hätte ihr das nicht erst am Vorabend noch sagen müssen, sie fühlte es selber, daß es ihre Bestimmung geworden war, für alle da zu sein, wenn sie ihre Sorgen, die kleinen und großen Nöte an sie herantrugen. Sie wußte aber auch, daß sie nun ihr Herz in voller Bereitschaft ganz weit dem Knaben Adrian öffnen mußte, der neben dem Mann das meiste Anrecht auf sie hatte. Er brauchte eine Mutter.

Und Frau Konstanze merkte dann mit einigem Staunen, wie ihr der aufgeweckte, hellockige Bub mit jedem Tag mehr ins Herz hineinwuchs. Sie lernte, Angst um ihn zu haben, wenn er sich zu weit ins Moor hinauswagte, und kostete die tiefen Freuden aus, wenn Adrian vor dem Einschlafen seine Ärmchen um ihren Hals legte und sie gar nicht mehr fortlassen wollte von seinem Bettchen. Sie stellte fest, daß Adrian jeder Zärtlichkeit mit stürmischer Heftigkeit begegnete. Seine Lippen waren so weich, seine Wangen wie Samt und sein Haar so seiden. Das „Mutter“ strömte so innig von seinen Lippen, als hätte es nie in seinem Leben eine „Tante Bier“ gegeben.

Die Wochen gingen dahin. Die Kartoffelernte war heuer so reichhaltig, daß Melchior Graf sich auf den Weg machen mußte, um Leute zu suchen. Und so krabbelten neben den Siedlern ein Dutzend Kartoffelweiber herum, die mit ihren roten Kopftüchern im Acker knieten und wie wild arbeiteten. Bei allem aber hielt Melchior Graf den Apfel im Auge wie ein Kleinod, und als er ihm reif genug erschien, pflückte er ihn und brachte ihn dem Mädchen Olga ins Rathaus.

„Nein“, sagte Olga und wurde so rot vor Freude wie der Apfel. „Daß Sie das nicht vergessen haben! Ich dachte gar nicht mehr daran.“

„Doch, doch, mein Kind, du hast schon daran gedacht.“

Natürlich hatte sie daran gedacht, sie hatte sich nur nichts mehr zu sagen getraut, denn Melchior Graf war längst nicht mehr der zugewanderte Batschkabauer, der so heftig um sein Recht gestritten hatte, sondern der Grafenbauer von Marienmoor, der wie ein

Rammbock gegen die Sturheit und Unvernunft angerannt war und den man heute allgemein achtete und schätzte. Nur ein Blinder hätte nicht sehen können, was für eine Pionierarbeit dieser Mann geleistet hatte. Und es ließ sich nicht abstreiten, daß er ein guter Bauer war und mehr um die Erde wußte, als manch anderer. Darum kamen sie jetzt oft zu ihm ins Moor, die Bauern um Rafenstein. Sie suchten seinen Rat und bekamen ihn bereitwilligst.

Hatte Frau Konstanze am Anfang auch gedacht, daß es vielleicht recht einsam für sie sein würde nach einem Leben voller Geschäftigkeit und Geselligkeit, erkannte sie dann, daß ihr diese Ruhe ganz gut tat, und daß es doch schön war, dieses Entspanntsein von allen Pflichten und nur mehr dasein zu brauchen für ihre kleine Familie. Sie fühlte sich tief geborgen in der Liebe dieses schweigsamen Mannes.

Sie stand nur dem Haus vor. Für den Stall und die Feldarbeit hatte sie von der Lammbrauerei eine Magd und einen Knecht mit herübergenommen. Und nicht nur das. Dreißig Tagwerk schlagbaren Wald hatte sie mit in die Ehe gebracht, etwa fünfzigtausend Mark Bargeld und außerdem war sie noch am Bierumsatz beteiligt. Melchior Graf war sozusagen mit einem Schlag ein reicher Mann geworden, ohne daß er sich dessen bewußt war. Er hatte zwar jetzt seinen eigenen Traktor, den er allerdings auch an die anderen Siedler auslieh, bis sie sich selber einen anschaffen konnten. Sie hatten ferner einen Volkswagen, mit dem sie sonntags zuweilen zu dritt über Land fuhren, nach Birkenstein, die herrliche Paßstraße hinauf ins Sudelfeld, oder hinüber nach Reichenhall und Berchtesgaden. Einmal fuhren sie auch nach Karolinenfeld und besichtigten dort die staatliche Moorkulturanstalt. Melchior Graf sprach dort nicht viel, er schaute nur und machte sich in Gedanken Notizen.

Nein, sie lebten keineswegs einsam und abgeschlossen. Auch nach Rafenstein hinüber riß die Verbindung nicht ab. Fast jeden zweiten Abend kamen Jutta und Ferdinand angefahren. Es kamen der Schrotthändler Rabitz mit seiner Frau, die immer noch kein Kind haben wollte, weil die Schwangerschaft die schönen Formen ihres Körpers verändert hätte. Melchior Graf nannte ihn nur den Eisen-Rabitz. Es kam der Regierungsrat Bogner, für den im Grafenhof stets ein Zimmer reserviert war. Und es kamen der Landrat und der Bürgermeister Stephan mit ihren Frauen sonntagsnachmittags zum Kaffetrinken. Frau Konstanze führte ein sehr gastliches Haus. Ihr Heim strömte eine Atmosphäre des Wohlbehagens aus.

An schönen Tagen fuhr auch Roswitha ihre kleine Tochter nach Marienmoor. Sie war nicht mehr das scheue, verträumte Rehlein von früher, das im Bannkreis ihrer Märchen und Sagen lebte. Sie war in der Mutterschaft erblüht zu einer reifen, jungen Frau.

Es war also nie langweilig im Grafenhof. Und die Wochen und Monate flogen nur so dahin. Es wurde gesät und geerntet. Die Siedler von Marienmoor kamen langsam und zäh zu einem gewissen Wohlstand. Die Kinder wuchsen heran. Der Wigbert Simon heiratete ein Mädchen aus Rafenstein, und der Andersch Bertl wollte es ihm gleichtun. Umgekehrt kam der junge Lindensteiner und hielt um die Kronberger Margret an. Ja, ja, sie mischten die Karten schon richtig durcheinander. Die Liebe schuf sich ihr eigenes Gesetz und riß alle Schranken der Voreingenommenheit nieder.

Im Herbst darauf lachte auch aus Jutta die werdende Mutter, und Melchior Graf sagte vor Kraft und Übermut:

„Da stempelt uns nun die Jugend zu Großeltern, und dabei sind wir selber noch so unverschämt jung.“

„Aber nur im Herzen“, lachte Frau Konstanze zurück und drückte dabei Adrian an sich, als wolle sie ihn mit all ihrer Liebe erdrücken.

Mit der Zeit dachte niemand mehr in Rafenstein daran, daß vor ein paar Jahren da drüben noch nichts war als Sumpf und Moor. Es war den Menschen, als sei dieses schöne Dorf mit seinen schmucken Höfen schon immer da drüben gestanden, und als sei die Glocke im Türmchen noch nie versunken gewesen und habe immer so fröhlich geläutet wie jetzt.

Frau Konstanze konnte ihrem Moorriesen freilich keinen Erben mehr schenken für den Grafenhof. Aber dieser Erbe wuchs ja bereits heran, wie die Saaten heranwuchsen, immer größer und reifer.

Manchmal gingen sie so zu dritt, den Adrian in der Mitte, nach Feierabend über die weiten Felder, die von Jahr zu Jahr die

Frucht wechselten. Die Frau ging erfüllt bis an den Rand ihres Herzens von Liebe für Mann und Kind. Der Blick des Mannes sagte ebenfalls Liebe und tastete dabei die Erde ab, das neben der Liebe ewig Bleibende. Damit auch sie es mitfühle, umschloß er dabei ganz fest und innig die Hand der Frau.

Dann fiel die Dämmerung. Die Sterne zuckten auf, und das Glöcklein von Marienmoor läutete den Abendgruß über das Dorf und den See hin, der so still dalag, als träume er schon.